Schattenschimmer

Ein Hauch von Freiheit

M. S. Krüger

WREADERS

WREADERS TASCHENBUCH
Band 64

Dieser Titel ist auch als E-Book erschienen

Vollständige Taschenbuchausgabe
Deutsche Erstausgabe

Druck: BoD – Books on Demand, Norderstedt
Umschlaggestaltung: Jasmin Kreilmann
Lektorat: Julie Roth
Satz: Lena Weinert

www.wreaders.de

ISBN: 978-3-96733-128-8

Für Jenny,
mein Herz

WREADERS

Prolog

Valencien war einst ein friedlicher Ort.

Lange Zeit, bevor die verschiedenen Völker sich nahe der Berge oder am Ufer des Meeres niedergelassen hatten. Doch seitdem war Valencien zu einem Ort des Kampfes geworden. Wir alle versuchten an Stärke zu gewinnen, uns weiterzuentwickeln und zu dem zu werden, was wir uns seit unserer Kindheit im Traum ausmalten. Wir wollten unsere Eltern beeindrucken, unsere Freunde übertreffen.

Doch dabei versuchten wir nur eines: der Wahrheit zu entkommen.

Denn in Wahrheit waren es nicht die Rangeleien auf dem Trainingsplatz, die uns antrieben, immer besser zu werden. Es waren nicht die Streitereien mit unseren Geschwistern oder die vielen Stunden, in denen wir versuchten, unserem Ziel näherzukommen.

Es waren unsere Feinde. Die anderen Völker, die Nachkommen der restlichen sechs Herrscher. Ständig lebten wir in der Angst, sie könnten uns erneut angreifen. Schon als kleines Mädchen wusste ich, dass die anderen Völker stark waren. Dass sie schon ihre Jüngsten trainierten und ihre Macht auf wenige Standorte beschränkten.

Wir Menschen aber verteilten uns im ganzen Land. Die meisten lebten in Nuria – unserer Hauptstadt. Hinter den hohen Stadtmauern genossen sie ein leichtes Leben, ohne in Sorge sein zu müssen, dass die Yhunix oder die Trolle sie von heute auf morgen vernichten könnten. Doch viele Menschen zog es ebenso ans Meer oder in die Nähe eines dunklen Waldes. In ungesicherte Gebiete, die nur zu gern von den geordneten Armeen aufgesucht wurden.

Wir lebten in Bergk, einer kleinen Stadt, in der Nähe Nurias, umgeben von einem weiten Waldstück. Großmutter hatte schon ihre Kindheit hier verbracht – nie hätte ich mir eine andere Heimat gewünscht. Die Wege waren bei weitem nicht so gepflastert wie in der Hauptstadt, doch der Brunnen auf dem Marktplatz war tausendfach schöner. Ich war ein aufgewecktes Kind, grüßte den Fleischer und den Bäcker, wann immer ich sie sah. Ich genoss das Leben. Und dennoch hörte ich oft, wie Mutter und Vater über die Yhunix, unseren größten Gegner, sprachen. Ich wusste, dass Mutter mich ungern allein nach außen gehen lassen wollte. Ich bemerkte, wie sie jedes Mal zitterte, wenn ich von den ungesicherten Gebieten außerhalb der Stadt sprach. Sie zeigte ihre Angst weder, noch verbot sie mir meine Ausflüge, doch schon damals konnte ich ihre Furcht spüren. Dabei wussten sie und Vater am besten über all die Grausamkeiten dieser Welt Bescheid.

Meine Eltern, die Löwen Bergks, wie sie von allen genannt wurden, stellten sich schon als junges Paar gegen die Auseinandersetzungen der Völker. Vater fühlte sich verantwortlich für unser Volk, schließlich war er direkter Nachkomme von einem der sieben großen Herrscher Valenciens. Die ehemaligen Herrscher zwangen sich nicht gegenseitig in die Knie für Macht, sie unterstützten einander. Der Herrscher des Eisens belieferte den Westen mit dem kostbaren Wertstoff, und erhielt im Gegenzug das gute Getreide, welches nahe des Meeres angebaut wurde. Sie akzeptierten die unterschiedlichen Sitten und Bräuche. Wir Menschen beteten zu den Göttern, die Trolle hingegen glaubten an keinen Gott, sie dankten lediglich Mutter Natur, dass sie in Tronien – einem weitläufigen Minengebiet – Schutz finden konnten.

Bis zu dem Tag, an dem Hyderis, Herrscher des Lliagebirges und der westlichen Seen, bei einem Besuch des östlichen Königs Frizenius durch einen Unfall in den Burggraben fiel und verstarb. Seitdem herrschten Misstrauen und Hass. Ungeklärte Feindschaften, die bis heute auf einem jeden Einwohner Valenciens lasteten.

Auch Vater konnte seine Sorgenfalten schon bald nicht mehr verdecken. Er war Erbe des Goldes, das angeblich unter den Trümmern des eisigen Berges im Ryangebirge verborgen lag. Alle Nachkommen der großen Herrscher hatten denselben Anspruch auf Reichtum. Und dennoch hatte er nie danach gesucht. Er war ein Widerstandskämpfer mit großem Herz. In kalten Tagen verschenkte er Decken an die Armen, die draußen in der Kälte froren, und kochte ihnen Tee. Im Sommer brachte er den Kindern den Nahkampf bei, sodass sie sich im Falle eines Krieges verteidigen konnten. Er war einer der Helden, wie sie in meinen geliebten Büchern beschrieben wurden.

Doch auch er brauchte Hilfe. Nie hätte ich gedacht, dass ich einmal einem Mann wie ihm behilflich sein könnte, und dennoch bat er gerade mich um einen Gefallen. Er führte mich in sein Zimmerchen und kramte unter dem Bett eine Truhe hervor. Ich wusste nicht, was sich in dieser Kiste befand, und hätte ich es gewusst, hätte ich es nie geglaubt. Die Truhe glänzte golden und musste von großem Wert sein.

Als er sie dann leise öffnete, fielen meine Augäpfel vor Schreck beinahe auf den knarrenden Holzboden.

Mein Vater zeigte mir in diesem Moment eins der sieben heiligen Schwerter. Meine Lippen zitterten, als hätte man mich in einer Eiswüste ausgesetzt und mir eine wärmende Decke verwehrt. In unserem Haus hatte sich all die Jahre eins der Schwerter der sieben ehemaligen Herrscher befunden.

Die Schwerter waren ehrwürdig, so viel wusste ich damals schon. In ihnen lag eine verborgene Macht, die die Welt von Unheil bewahren sollte, oder in den falschen Händen zum Untergang führen konnte. So erzählte es zumindest immer die Geschichtenspinnerin abends bei dem großen Feuer auf dem Marktplatz.

Ich fragte ihn bebend, weshalb er dieses Schwert in seiner Kammer hätte und was der Grund sei, dass er es mir zeigte. Schließlich war ich nur ein vierzehnjähriges Mädchen.

Er aber packte das Schwert lediglich in mehrere Hüllen und reichte mir eine Tasche voller geschmierter Brote. Zuletzt blickte er mir fest in die Augen und flüsterte leise: »Pass auf, dass niemand dich sieht. Bring das Schwert weit weg von hier und achte darauf, dass keiner dir folgt. Bring es an einen sicheren Ort und kehr erst dann zurück, wenn du dir sicher bist, dass es nie jemand finden wird. Hörst du?«

Damals hatte ich schreckliche Angst, meine Glieder bebten, meine Lider zitterten, doch ich wollte meinen Vater nicht enttäuschen. Er war sich so sicher, dass ich es schaffen könnte, also versprach ich ihm, die Aufgabe zu erledigen.

Ganz vorsichtig legte er das Schwert in meine Hände. Das Kribbeln meiner Finger bei der Berührung des ebenmäßigen Griffes würde ich nie wieder vergessen. Selbst durch den dunklen Stoff konnte ich die Magie spüren. Doch ich hinterfragte Vaters Auftrag nicht, sondern versteckte das Schwert lediglich.

Fünfzehn Tage war ich damals unterwegs, bis ich den Ort fand. Die Götter waren mir wohlgesonnen, meine Reise verlief ohne Komplikationen, und selbst das Wetter stellte sich mir nicht in den Weg. Ich war mir sicher, dass es der richtige Ort sei und dass Vater stolz über meine Wahl wäre.

Nach achtundzwanzig Tagen war ich wieder daheim. Ich bewegte mich meistens nachts in der Dunkelheit, in der Sicherheit des Schattens.

Als Frau hast du viele Stärken, mein Kind, doch leider kannst du auch oft verlieren, sagte meine Großmutter immer.

Der Tag, an welchem ich die roten Ziegelsteine unseres Hauses erblickte, war der wohl schönste Tag in meinem Leben. Ich war stolz auf mich und wollte meinem Vater alles von meiner Reise genau erzählen. Ich hatte es immer genossen, wenn er von seinen Reisen sprach, und ich wusste, dass er mir ebenso gespannt lauschen würde. Ich war aufgeregt und freute mich längst wieder auf Mutters Suppe, als ich den Heimweg antrat.

Daheim aber war alles anders als vor noch achtundzwanzig Tagen. Meine Eltern waren angespannt, Vater sagte kein Wort zu dem Schwert und ignorierte ebenso jede meiner Bemerkungen. Meine Geschwister, meine zierliche Schwester und mein sonst so aufgeweckter Bruder, spielten nicht mehr so entspannt wie zu dem Zeitpunkt, an dem ich gegangen war. Dabei waren gerade einmal vier Wochen vergangen.

Später erfuhr ich, dass man unser Haus beschattet hatte. Die Menschen hatten anscheinend erkannt, wer Vater war, denn dieser sprach bald mit niemandem mehr. Er verbrachte die Tage im Haus, ging nicht mehr mit mir auf die Felder, um zu trainieren. Er schien nicht mehr der Mann zu sein, den ich früher bewundert hatte. Plötzlich fühlte ich, dass auch er Angst hatte.

Und zu wissen, dass Vater Angst hatte, war das schrecklichste Gefühl, welches ich erleben musste.

Auch Mutter wurde zu dieser Zeit ruhiger, obwohl sie sich immer gegen den Völkerkrieg aufgelehnt hatte. Sie war eine starke Frau mit fest gesetzten Zielen. Den Handel zwischen den Völkern wollte sie verstärken, gerade die Yhunix waren in ihren Augen starke und treue Handelspartner. Sie besaßen noch viele wertvolle Rohstoffe im Ryangebirge, die den Menschen nach der richtigen Verarbeitung sicher eine Hilfe gewesen wären. Ich fragte mich oft, ob sie von dem Schwert wusste, doch in dieser turbulenten Zeit traute ich mich nicht, danach zu fragen.

Mutter hatte ihre eigenen Pläne, wie sie Valencien zu einem besseren Ort machen könnte. Sie wollte die Sklaverei auflösen, war sogar vor unseren König getreten, um ihn zu bitten, den Gefangenen im ganzen Land zu vergeben und sie zu befreien. Menschen, die böse Dinge in unserem Land getan haben, verdienen einen Neuanfang. Wir alle verdienen ihn, hatte sie gesagt. Sie war mutig und so unglaublich selbstlos. Ich war zu diesem Zeitpunkt mit Vaters Schwert beschäftigt und konnte ihr noch nicht ganz folgen, doch ich bewunderte sie für ihre Stärke und ihre Sturheit.

Der König aber lehnte ab. Und noch viel schlimmer.

Ein Krieg brach aus. Viele Menschen hatten Angst vor den anderen Völkern, viele verstanden Mutters Ideen nicht und bezeichneten sie als Hexe und Verräterin. Abends hörte ich sie oft weinen und jedes Mal war es, als stehle man mir einen Teil meines Herzens.

Und dann passierte es. Die Trolle und die Yhunix hatten sich anscheinend unbemerkt zusammengeschlossen und griffen die – damals so sichere – Stadt Bergk an. Die meisten kampffähigen Männer hatten zu diesem Zeitpunkt noch nie eine richtige Schlacht erlebt. Sie waren ängstlich und unbeholfen. Junge Männer, die am Abend nach einem kleinen Bier aufdringlich wurden, standen zitternd und bangend auf unserem Marktplatz. Dennoch schwor jeder Krieger unserem König die Treue und jeder von ihnen zog voller Mut und Hoffnung in die Schlacht.

Mit Hoffnung, die bald erloschen sein würde, schließlich hatten wir keine Chance.

Mutter bat Vater schon am Ende des ersten Tages, mit uns Kindern zu fliehen. Sie flehte ihn an, uns zu beschützen, sofern er dies trotz seines gelähmten Beines schaffte. Ich jedoch hätte sie nie verlassen können. Ihre Augen glänzten feucht, ihre einst so seidigen dunklen Haare hingen ihr strähnig ins Gesicht. Und doch bewunderte ich sie. Ich wollte auch so stark sein wie sie.

Also floh mein Vater nur mit meiner kreischenden Schwester und meinem Bruder, der die ganze Situation nicht einmal verstand, und ließ meine Mutter und mich allein.

Der Abschied war schmerzhaft. Wir alle wussten, dass es womöglich ein Abschied für immer sein würde, und gerade deshalb verabschiedeten wir uns mit stummen Worten und Blicken.

Aber ich wollte damals kämpfen und meine Eltern wussten beide, dass ich es konnte. Ich bewegte mich schnell, schneller als alle. Ich war klein und wendig, ein großer Vorteil. Ich konnte mich verstecken und hatte eine gute Treffsicherheit. Mein Bogen war damals mein Leben. Jeden Tag hatte ich zuvor trainiert. Ich hatte gehofft, dass ich später mit 18 Jahren in die Garde des Königs aufgenommen werden würde. Hatte gehofft, dass ich meinen Eltern eine gute Zukunft sichern konnte.

Doch wieso hatte ich Hoffnung, wenn es eigentlich längst zu spät war?

Schließlich war ich ein Kind. Ein naives, schutzloses Kind.

Kapitel 1

Sie nannten mich Schattenkind. Tochter der unendlichen dunklen Weite. Flink und unberechenbar.

Undurchschaubar.

Für sie war ich die geborene Spionin, das Kind mit dem unergründbaren, starren Blick. Mit gerade einmal vier Jahren durfte ich mit Vater das erste Mal auf die Jagd gehen, viel eher, als die ganzen Jungen in unserem Dorf überhaupt geradeaus laufen konnten, geschweige denn eine Waffe fest in der Hand hielten. An meinem zehnten Geburtstag schenkte er mir meinen Bogen, für den mich die Kinder in unserem Dorf neidisch beäugten. Vater versuchte deshalb immer, mich von den anderen abzuschirmen, und trainierte mich allein auf der weiten Wiese hinter unserem Haus.

Böse Zungen behaupteten, er hätte Angst vor ihren Reaktionen, doch mich hatte das nie gekümmert. Ich war stark und mutig und ich genoss es.

Heute war ich nichts mehr von dem. Jeder Teil von mir hatte sich mit dem Anschlag auf Bergk verändert. Mein altes Leben wurde mit jedem Flammenpfeil, der auf die Häuser der Einwohner Bergks geschossen wurde, ein bisschen mehr verbrannt. Ebenso wie meine Seele.

Heute trug ich keinen Namen mehr. Nun war ich gleich, genau wie alle anderen. Ich war nicht mehr besonders. Die dünnen Arme hingen schlaff an meinen Seiten hinunter, die hellen Haare fielen mir zerzaust ins Gesicht. Nun wagte ich es nicht einmal mehr, mein Spiegelbild in den Pfützen auch nur für den Bruchteil einer Sekunde anzublicken, dabei war Mutter immer entzückt von meinem weiblichen Aussehen gewesen. Sie war es gewesen, die mich ermutigt hatte, meine schrecklich blasse Haut der Öffentlichkeit zu zeigen.

Und nun? Ich war eine Sklavin, eine von unendlich vielen in den Waffenschmieden Eribons. Ich kickte einen kleinen Stein aus dem Weg und bog in den breiten, gewohnten Gang ein, ehe ich seufzend einen weiteren Brocken auf meinen Karren lud.

Ich hatte aufgehört, die Tage zu zählen, wusste nicht mehr wann Tag und wann Nacht war. Die Sonne schaffte es nicht, mit ihren zarten Strahlen unter die tiefe Erdschicht zu gelangen. Die Luft war stickig und roch nach faulen Eiern. Aus der Schmiede hörte man das Stöhnen der Arbeiter, die das blanke Eisen zu Schwertern, so hart wie Stein, verarbeiten mussten. Eisen war kein leicht zu verarbeitender Rohstoff und bei neuen Arbeitern dauerte es oft Wochen, bis die Schwerter brauchbar waren. Nur leider gab es nicht viele Arbeiter, die es schafften, mehrere gute Eisenschwerter zu schmieden. Die meisten wurden viel zu früh von der Hitze des Feuers, dem Schmerz der Verbrennungen oder den tiefen Verletzungen ihrer Aufseher erdrückt.

Die Yhunix, Mischwesen, gekreuzt aus Elfen und Menschen, hatten Hunderte von uns einst hier unter den Ländern Eribons eingesperrt. Sie waren schlaue Wesen, anmutig und dennoch gefährlich. Damals erzählte man uns Geschichten, dass sie unbesiegbar wären. Schmerz war ein Gefühl des Menschen, doch jedem Yhunixkind wurde dieser schon früh ausgetrieben. Verbrannte Haut durfte nicht mehr verursachen als ein Zucken im Augenwinkel. Gebrochene Knochen für nicht mehr als ein hilfloses, kurzes Aufstöhnen sorgen.

Äußerlich waren sie elegant anzusehen. Ihre blasse Haut wurde durch die hellen Haare ergänzt, die schlanke Linie hatten sie dem Verzehr des ausschließlich mageren Fleisches zu verdanken. Doch ihr Gesicht schien in Stein gemeißelt, nie verzogen sie auch nur für eine Sekunde die Miene, nie umspielte ein Lächeln ihren Mund. Jedes Wort glich einem Bellen und auf jeden Ton folgte zumeist ein

Schlag. Meine Lungen zogen sich schmerzhaft zusammen, als ich an den Tag vor fünf Jahren dachte. An den Tag, der alles veränderte.

Das Sommerfest stand kurz bevor. Überall sah man Kinder auf der Straße umhertollen. Die Frauen schmückten die Häuser und die Männer waren von früh bis spät auf der Jagd nach dem besten Fleisch. Alle waren zufrieden und überlegten, was sie zu einem solchen Fest nur anziehen könnten. Bis der Feind plötzlich überall zu sein schien.

Es dauerte nicht lange und die Yhunix hatten die komplette Nordstadt besetzt. Die Südstadt hatten die Trolle zu diesem Zeitpunkt schon längst zerstört. Sie hielten nicht viel von Überlebenden. Einzig das Gold, welches sich im Schloss des Königs befand, war für sie Grund, die Stadt anzugreifen. Ich wusste noch, wie eins der Kinder zu uns gerannt kam und von den vielen Toten sprach, die sich im Süden der Stadt stapelten. Ich war dankbar, dass mir dieser Anblick erspart wurde. Ich hatte genügend Menschen gesehen, deren Leben an diesem Tag ein Ende fand.

Oft malte ich mir aus, wie Vater mit meiner kleinen Schwester und meinem Bruder floh. Er musste eine lange Reise auf sich nehmen, alle Dörfer um Bergk waren längst nicht mehr geschützt, vermutlich hatten die Yhunix einige sogar völlig ausgelöscht. Ich betete, dass er dennoch einen sicheren Ort gefunden hatte. Es musste schwer für ihn gewesen sein, uns zurückzulassen und ohne zu wissen, was die Zukunft bringen würde, ein neues Leben zu beginnen. Ich überlegte oft, welche Arbeit er in der neuen Heimat begonnen haben könnte. Er war ein begabter Mann, vielleicht hatte er es geschafft, einer der Berater des Königs zu werden, so wie er es einst in Bergk gewesen war. Manchmal fragte ich mich, ob er auch meinen Geschwistern das Kämpfen lehrte. Er hatte mir so viel beigebracht, es wäre schade, wenn er sein Wissen nicht weitergeben würde. Doch ich könnte ihn verstehen. Wann immer ich abends auf meinem schmalen Bett lag, dachte ich daran, wie er Mutter wiedertraf. Wie sie es geschafft hatte, ihn aufzuspüren, und wie sie sich freudig in die Arme fielen. Ich dachte an den Schmerz in seinen Augen, wenn sie ihm erklärte, dass sie mich nicht hatte retten können. Viele meiner Freunde verstanden damals nicht, wie viel Vater mir bedeutete und wie nah wir uns standen. Doch sein Blut floss durch meine Adern, ich hatte ihm alles zu verdanken.

Ich konnte mir vorstellen, wie er Mutter fragte, wie wir uns hatten verlieren können, wo sie doch versprochen hatte, mich keine Sekunde aus den Augen zu lassen. Doch es ging alles viel zu schnell, als dass wir besser aufeinander hätten aufpassen können.

Wir wurden sofort getrennt, als die Yhunix plötzlich aus allen Gassen kamen. Mutter hatte versucht, einen alten Mann aus dessen brennenden Haus zu ziehen, als ich sie das letzte Mal sah. Ich wusste noch, wie ich auf den Yhunix gezielt hatte, der sie von hinten überwältigen wollte. Der Pfeil hatte ihn am Schlüsselbein getroffen. Er war noch weit von ihr entfernt, als er zusammensackte.

Mein erstes Opfer. Mutter hatte sich umgedreht, hatte den Mann eine Sekunde betrachtet und sich anschließend suchend umgesehen. Doch sie hatte sich nicht bei mir bedanken können.

Einer der Gegner hatte mich bereits gepackt und über die Schulter geworfen. Ich musste das Bewusstsein verloren haben, denn das Nächste, an was ich mich erinnerte, waren die Stangen des Eisenwagens.

Für die Yhunix waren wir potenzielle Gefangene. Wir Kinder wurden zu dem Ort gebracht, an welchem wir heute lebten. Die meisten Jungen wurden zu Nahkämpfern und Bogenschützen ausgebildet. Die Kinder, mit welchen ich einst auf der Straße gespielt hatte, kämpften heute an der Seite des Königs von Eribon. Das beklemmende Gefühl in meiner Brust wuchs mit jedem Gedanken daran.

Mich hatte man auch zur Bogenschützin ausbilden wollen. Zwei Jahre lang hatte ich eifrig trainiert. Die Stimme meines Vaters hallte stets in meinem Hinterkopf. *Sei stark. Sei schnell.* Ich war gut. Die Beste von allen, das wusste der Yhunixkönig. Meine Pfeile bohrten sich gezielt in die Herzen der Übungspuppen, kaum ein Schuss verfehlte sein Ziel.

Und doch war ich ungehorsam. Ich hörte nicht auf die Befehle des Königs, beleidigte die Soldaten und beschimpfte das ganze Volk der Yhunix. Wütend hatte ich meinen Bogen zu Boden geworfen, als man mich für einen neuen Auftrag in die äußeren Gebiete schickten wollte. Trotzig hatte ich dem König meine Meinung gesagt, sodass sogar die aufsichtsführenden Wachen schlucken mussten. Ich sah es nicht ein, dass ich den Wesen gehorchen musste, die meine Familie mutwillig auseinandergerissen hatten. Bis heute wusste ich nicht, ob Mutter es rechtzeitig aus der Stadt geschafft hatte. Doch ich erlaubte mir keinen Gedanken daran.

Schon bald sah man auf meinem Rücken eine Karte meiner Verbrechen. Ich schrie bei jedem Schlag, weinte bis spät in die Nacht, doch ich ertrug die Schmerzen. Ich ertrug die spöttischen Blicke der Wachen und das schlaffe Gefühl meines Körpers, wenn ich mal wieder nur Sterne vor den Augen sehen konnte. Ich war nicht so wie meine ehemaligen Freunde, die die Schuhe der Wachen saubergeleckt hätten, um deren Zuneigung zu erlangen. Man konnte mich nicht manipulieren. Ich würde nie für die kämpfen, die meinen Heimatort zerstört und meine Familie getrennt hatten. Ich würde mein Leben nicht für ein Volk aufs Spiel setzen, das all meine Lebensziele zunichte gemacht hatte.

Ich ließ den alten Karren für einen Augenblick los, schüttelte meine müden Glieder aus und lächelte träge. Mutter Natur musste es gut mit mir meinen, und ich dankte ihr, dass sie mir einen solch starken Willen geschenkt hatte.

Zu der Zeit, in welcher meine zahllosen Wunden heilten, schickten die Yhunix ihre neugewonnenen »Krieger« in erste Kämpfe, ließen sie in den Wäldern den Spionen auf die Spur gehen und brachten sie dazu, andere Menschen umzubringen. Eine grausame Zeit, in welcher sich meine damaligen Freunde stark veränderten.

Mit meinem verwundeten Rücken konnte ich wochenlang nicht einmal aufrecht stehen, geschweige denn arbeiten oder kämpfen.

Irgendwann wurde es ihnen zu viel. Ich war Abfall, unbrauchbar.

Ich wurde wieder vor den König geladen. Am Tag zuvor war ich mir sicher, dass ich am nächsten Tag sterben würde. Denn was tat man mit einem arbeitsunfähigen Kind? Mein Körper hatte gebebt vor Anspannung, mein Hals war damals ausgetrocknet gewesen wie das Gebiet der kargen Hügel. Ich hatte nicht einmal an Flucht oder an meine verlorene Zukunft gedacht. Ich war bereit, meine Geheimnisse mit mir zu nehmen und für ewig zu ruhen. Und ich wusste, dass auch meine Eltern diesem Entschluss gefasst hätten. *Tod vor Verrat.* Das Motto des ehemaligen Herrschers Dyregas, Beschützer der Menschen, Gebieter der weiten Lande.

Doch der Yhunixkönig ließ mich wider Erwarten am Leben, befahl mir, lebenslänglich in den Schmieden zu arbeiten. Schließlich war es die härtere der beiden Strafen, und ich lernte in der kommenden Zeit, was wahrer Schmerz bedeutete. Würde ich dort irgendwann einmal auffallen, würde er mich, ohne mit der Wimper zu zucken, öffentlich auf dem Marktplatz hinrichten lassen. Mein sechzehnjähriges Ich hatte gebebt vor Anspannung und doch verließ bei der Ohrfeige der Wache kein Ton meine Lippen.

Die Jahre danach hatten sich nicht wirklich verändert. Es war, als hätte man meinen Körper mit einer eisigen Dürre belegt, einer Dürre, die ihn langsam von innen her zerfraß. Er war ertaubt, doch die Stimmen in meinem Kopf dafür umso kreischender. Ich versuchte tagtäglich gegen die bösen Geister anzukämpfen, die mich um den Verstand bringen wollten, und doch hätte es so oft die Chance gegeben, alles hinzuwerfen. Doch eins wusste ich: Ich würde nicht aufgeben.

Mühsam hob ich das blanke Stück Eisen auf die alte, verrostete Karre, um es zu den Schmieden zu bringen. Meine Hände waren vernarbt von den Schnitten der scharfen Kanten des Eisens, und täglich rissen dünne Hautpartien an den Fingern auf. Jede Berührung der offenen Wunden schmerzte.

Ich zwang mich, weiterzuarbeiten. Die Augen der Yhunix schienen doppelt so scharf zu sein wie die der Menschen. Sie erkannten Schwäche meist schon, bevor man erschöpft zusammensackte. Und die Folge von Gebrechlichkeit war Schmerz. Das lernte hier schon das kleinste Kind.

Die anstrengende Arbeit zehrte täglich an meinen Kräften und dennoch hatte ich mir schon bei meiner ersten Bestrafung – einer Ohrfeige für unerlaubtes Sprechen – geschworen, dass ich kämpfen würde.

Langsam und in gebückter Haltung schob ich meinen Karren durch die dunklen Gänge. Die anderen Sklaven huschten an mir vorbei, einige schluchzten leise vor Schmerzen beim Gehen, andere pressten sich eng gegen die Wand, sodass sie mich nicht behinderten. Doch keins der Kinder blickte mir in die Augen oder lächelte. Kälte schoss durch meine Venen, meine Hände zitterten unkontrolliert. Viele von ihnen waren noch keine zwei Wochen hier. Doch das Gefühl der Freude war längst aus ihren zierlichen Körpern getrieben worden. Ich erkannte einige von ihnen, die Verbände, die ich um ihre Arme und Beine gewickelt hatte, waren kaum zu übersehen.

Das war alles, was ich für sie und für mich selbst tun konnte. Den Schaden minimieren. Während der Jahre hier unter der Erde hatte ich versucht, Mutters Wissen in mein Gedächtnis zu rufen. Hatte versucht, bei den Stichwunden die Blutung zu stillen, blaue Augen durch kühles Wasser zu beruhigen.

Und ich überlebte. Und ich würde auch in Zukunft leben.

Kapitel 2

»He, du!«

Eine junge Wache riss mich aus meinen Gedanken. Ich zuckte zusammen und strich mir rasch einige lockere Strähnen aus dem Gesicht. Kurz darauf spürte ich den brennenden Schmerz seiner Peitsche auf meinem vernarbten Rücken. Leise zischte ich auf.

Ich arbeitete zu langsam. Die Erinnerungen an meine Familie waren eine schreckliche Ablenkung, sodass ich vergessen hatte, das Stück Eisen rechtzeitig in den Schmieden abzuliefern. Die Gänsehaut, die sich bei dem Gedanken an mögliche Bestrafungen für mein Fehlverhalten über meine leichenblasse Haut ausbreitete, war kaum zu übersehen und dennoch versuchte ich sie zu ignorieren.

Verhalte dich unauffällig, Nuraya.

Ich hoffte darauf, dass die Yhunixwächter nur wieder jemanden zum Schikanieren brauchten, ohne wirklich schwerwiegende Maßnahmen zu ergreifen.

Die meisten Wächter waren nach ein oder zwei Schlägen zufrieden. Wenn man Pech hatte oder die Aufseher aufgrund schlechter Laune grober wurden, musste man die doppelte Anzahl ertragen. Die oberen Aufseher hingegen kamen zum Glück nur selten während des Tages hier runter, weshalb es an den meisten Tagen nur kleine Verletzungen gab.

Dennoch drehte ich mich ängstlich und ein wenig ungelenkig um und blickte in das schmale Gesicht des Wachmanns. Er schien maximal einige Jahre älter als ich zu sein und doch überkam mich ein Schauer, als ich ihn anblickte. Ein Schauer, der erneut all die Härchen auf meinen Armen aufstellte.

Er war makellos. Yhunix trugen das unvergleichliche Aussehen der Elfen.

Hübsch, zart und elegant. Helle, kurzgeschorene Haare ergänzten das schlanke, anmutige Gesicht. Der Hals verband den Kopf mit den schmalen, aber nicht schmächtigen Schultern, die einen jeden Yhunix als eine Widerspieglung der Perfektion darstellten. Die Kleidung des Mannes war in einem hellen Beige gehalten und die Goldaufdrucke, die sich über die Armlängen schlängelten, spiegelten den Glanz und den Reichtum des machthabenden Volkes wider.

Der Anzug saß wie angegossen, sodass man meinen konnte, er wäre für den Mann geschneidert worden. Nach genauerem Überlegen war ich mir sogar ziemlich sicher, dass es sich um eine Maßanfertigung handeln musste.

Ich seufzte innerlich. Soldaten trugen einen hohen Rang in der Ordnung der Yhunix. Vermutlich würde dieser junge Mann heute nach seinem Dienst noch die Hurenhäuser im Osten der Stadt besuchen und sein ganzes Geld für seine Befriedigung ausgeben. Oft hörte ich die Männer über die jungen Frauen reden und jedes Mal war ich dankbar, dass ich meinen Körper mit den wenigen Stofffetzen bedecken durfte.

Wenn man den jungen Mann eine Zeit lang musterte, würde man vermutlich nie auf den Gedanken kommen, dass gerade diese Rasse mit ihren gefürchteten Kriegern Valenciens Städte und Dörfer ausplünderte. Trotz ihres eleganten und leichtfüßigen Aussehens galten die Yhunix als barbarisch, als gnadenlos, fast wie die Menschen. Gerade das machte sie zu unserem größten Feind.

Diese Ähnlichkeit mit den gewissen kleinen Unterschieden.

»Arbeite schneller!«, grunzte der junge Mann. Sein Handrücken traf scharf meine Wange. Tränen sammelten sich in meinem Augenwinkel, doch ich blinzelte sie schnell weg und antwortete mit gesenktem Blick: »Verstanden, Herr.«

Erst dann trat er weg. Ich gab einen leisen, erleichterten Laut von mir, ohne in Sorge sein zu müssen, dass der Wachmann dieses unangebrachte Geräusch gehört hatte.

Ganz kurz hatte ich gehofft. Das Klopfen meines Herzens verstärkte sich, doch ich zwang mich ruhig zu atmen und verdrehte innerlich die Augen.

Nun ja, ich wusste nicht, worauf ich gehofft hatte.

Freiheit- pah!

Ein höhnisches Schnauben entfuhr mir.

Da hätte ich mir auch gleich wünschen können, dass der Krieg aufhören solle, ehe er überhaupt richtig ausbrach.

Denn eins wusste ich. Seit dem Angriff auf Bergk war ein ernsthafter Krieg aller Völker keinesfalls auszuschließen. Täglich kehrten Verletzte abends zu uns zurück und ich hatte mich ständig um Kinder mit abgetrennten Fingern und anderen verletzten Körperteilen zu kümmern.

Einzelne vom Schmutz ergraute Strähnen fielen in mein Gesicht, während ich mich bückte, um das Eisen aus dem Karren zu heben. Schluckend ließ ich das Stück in eine ausgehobene Grube fallen, ehe ich mich mit dem Wagen zurück in Richtung Eisenhalle begab. Die Kinder, die mir entgegenkamen, waren gebrochen, die Stille in den Hallen erdrückend.

Fünf lange Jahre waren mittlerweile vergangen, seitdem ich von meinem Zuhause getrennt wurde, und doch hatten die Kinder denselben Ausdruck in den Augen, wie ich ihn damals hatte. Angst.

Angst vor der Zukunft. Angst vor der Reaktion der Yhunix.

Denn für viele Verletzte gab es keine Zukunft.

Wem nützte schließlich ein Bogenschütze mit nur einem Arm? Wer brauchte einen Nahkämpfer, wenn diesem ein Bein fehlte?

Erneut lud ich schwere Metallstücke, die neben einem zusammengesackten Kind auf dem Boden lagen, in einen

Korb. Diesen hievte ich, unter den Augen der Wache, auf meinen Rücken, der dabei erneut leicht brannte. Auch heute Abend würde er schmerzlich wehtun. Ich stieß ein Keuchen aus, der Korb rieb an meinen zahlreichen Kratzern. Und dennoch gab ich nicht auf.

Nachdem ich diese Fuhre bei den Schmieden abgegeben hatte, ertönte der Gong, ein dumpfes Geräusch, welches jedoch eine enorme Freude in meinem Körper ausbreitete. Es war vorbei für heute.

Wir hatten einen weiteren Tag überlebt. Ich wischte mir den Schweiß von der Stirn und legte den Korb in das Ausgabefach, aus welchem ich ihn mir morgen wieder nehmen würde. Reine Routine. Der Karren knarrte, als ich ihn zu den anderen stellte und für mich klang es beinahe nach einem Lob. Stumpf lächelte ich.

Danach reihte ich mich zu den anderen Unfreien und wartete, bis die Wachmänner uns zu den einzelnen Zellen brachten.

Aufstand war zwecklos, das wusste ich mittlerweile. Es würde weder schneller gehen, noch wäre man frei. Es brachte nur neue Pinselstriche auf dem Rücken und von denen hatte ich schon genügend. In meinem Kopf machten sich vergangene Bilder breit, die mich sonst nur in meinen Träumen heimsuchten. Ich nahm einen tiefen Atemzug und versuchte diese Erinnerungen zu verdrängen.

Fast fünfzig kleinere bis gewaltig tiefe und langgezogene Narben befanden sich zurzeit auf meinem Rücken und auf meinen Oberarmen. Ich zählte jeden Schlag, notierte gedanklich jeden einzelnen Stich.

Meine größte Narbe verlief einmal längs über meinen rechten Oberschenkel. Unbewusst griff ich mir an die staubbedeckte Hose. Der König selbst hatte mir damals aus Wut über meine Beleidigungen in den Oberschenkel gestochen und den Dolch einige Zentimeter nach oben gezogen.

Es war der Tag, an dem ich das erste Mal den Bogen nach einem der Wachen geworfen hatte, weil ich keine Sekunde länger trainieren wollte. Man hatte mich an den Haaren gepackt und in den großen Saal geschleift, wo der König längst wartete. Ich hatte geschrien, sodass die gesamte Halle bebte und die schweren diamantbesetzten Leuchter an den hohen Decken zitterten. Es waren Schmerzen, die ich mir nie zu erdenken gewagt hätte. Jedes Mal, wenn ich an diesen vergangenen Tag dachte, schien mein Bein erneut in Flammen zu stehen.

Und der König hatte dabei gelacht. Auch heute noch hörte ich dieses abscheuliche Geräusch, als wäre es erst gestern geschehen. Fröstelnd fuhr ich mir über die Oberarme. In diesem Moment war ich mir sicher gewesen, dass der Herr Eribons mir den Tod schenken würde.

Jeder Zentimeter meines Körpers hatte geschmerzt, beinahe hatte ich mich nach dem Himmel gesehnt.

Doch der König ließ mich damals nicht verbluten. Man stoppte die Blutung und bandagierte mein Bein sogar. Ich konnte fast drei Wochen lang nicht stehen, geschweige denn laufen.

Nach wie vor konnte ich mein rechtes Bein nicht völlig belasten, doch die Schmerzen zu jener Zeit waren undenkbar gewesen.

Es solle mir eine Lehre sein, hatte es damals geheißen. Und das war es. Ich hatte mich nicht mehr getraut, auch nur ein Wort gegen den König zu erheben. Still verrichtete ich meine Arbeit. Wie alle.

In unserer Zelle angekommen, einem Raum mit vierzehn schlichten Betten und einem kleinen Waschtisch, warf ich mein durchnässtes Oberteil auf mein Bett und begann meinen Körper mit dem kalten Wasser abzuspülen.

Schamgefühle hatte ich schon lange nicht mehr. Die Mädchen und Jungen in meinem Zimmer waren allesamt jünger als ich und die Wachmänner, die zu jeder Zeit hineinplatzen konnten, hatten sicherlich schon hübschere Oberkörper gesehen. Oft hörte man die Yhunixsoldaten über ihre nächtlichen Ausflüge reden, sie feixten, tranken und bewerteten ihr Vergnügen, sodass einem vom bloßen Zuhören übel wurde. Ryans Hurenhäuser in der Nähe der Berge waren massive Gebäude, prunkvoll gestaltet und mit den besten Mädchen des Landes bestückt. Die Männer, die nachts dort aufkreuzten, waren wilde Tiere, die ihr Verlangen stillen mussten. Mit einem Körper konnte man viel verlieren, das wusste ich von einer jungen Freundin, die längst alles verloren hatte. Ich schluckte, als ich an ihre wilden, roten Locken und die vollen Lippen dachte. Aufgrund eines kleinen »Spiels« eines alten Soldaten hatte sie beinahe ihr gesamtes Augenlicht verloren. Sie kam in der Dunkelheit in einem der eisigen Gitterwägen nach Eribon und hatte diesen Ort nie wieder verlassen können. Schmerzerfüllt griff ich kurz an meine Brust, im ihrer gedenken zu können.

Der kratzige Stoff der Hose erinnerte mich daran, dass ich noch immer die Möglichkeit hatte, diese dicken Steinmauern eines Tages hinter mir zu lassen.

Freiheit war etwas Außergewöhnliches. Wenn man frei durch die Wälder und Täler Valenciens streifen konnte, die Sonne und den Regen auf der eigenen Haut spüren durfte, dann genoss man es, doch hinterfragte es nicht. Hier unter der Erde war die Freiheit der Rettungsanker, der einen dazu ermutigte, dem kommenden Tag entgegenzublicken.

Erschöpft ließ ich mich auf die harte Pritsche fallen und sah mich in dem kleinen Raum um, der nur durch die Laternen am Eingang und über einzelnen Betten beleuchtet wurde. Die vier Steinwände waren zu meinem neuen Heim geworden, einem Ort des Schutzes und der Erleichterung. Ich dachte an die vielen Stunden, die ich in völliger Dunkelheit auf einer der Holzliegen verbracht hatte. Dachte an Träume, die mich durch die Nacht gejagt hatten. Riesige Fratzen und scharfe Messer, die sich in meine blasse Haut bohrten. Ich musste meine gehetzten Augen für einen Moment schließen, alles in meinem Kopf schien sich zu drehen. Dabei meinte Vater immer, ich sei mutig.

Jeden noch so großen Stein, der dir in den Weg gelegt wird, räumst du mit einer Leichtigkeit hinfort, mein Schatten.

Ich lächelte traurig. Wie so oft waren es seine Worte, die mich trösteten.

Auch heute waren drei neue Kinder in unserer Zelle, zwei Mädchen und ein Junge, alle ungefähr im Alter von acht oder neun Jahren. Einem Alter, in welchem sie leicht zu manipulieren waren. Denn das war das Ziel der Yhunix. Neue Krieger, die sie einfach kontrollieren konnten.

Das Mädchen mit den blonden Goldlocken weinte bitterlich, während sie sich verkrampft an das weiße Hemd des anderen Mädchens klammerte. Mein Herz zerriss bei dem Anblick spürbar in zwei Teile, weshalb ich stark schlucken musste und enorm gegen die Versuchung ankämpfte, das hilflose Kind in die Arme zu schließen.

Ignoriere sie. Du hast es auch geschafft.

Die Stimmen in meinem Kopf knurrten dunkel. Unter keinen Umständen durfte ich für eines der Kinder Gefühle aufbauen. Viel zu schnell würde ich erneut enttäuscht werden.

Der Raum war noch überaus leer, über die Hälfte fehlte, was bedeutete, dass die Krieger noch nicht zurückgekehrt waren.

Nervös blickte ich zur Tür und malte unrunde Kreise in den sandigen Boden. Ich wusste nicht, wie schlimm es draußen aussah. Womöglich hatte sich niemand eine ernsthafte Verletzung zugezogen. Die Kinder begannen mit einfachen Schlagtechniken, die sie in den Randgebieten Ryans trainierten, weite Felder, die leicht zu überblicken waren. Kleine Überfälle konnten die aufsichtshabenden Wachen meist schnell niederschlagen.

Krieger Nurias hatten es mehrmals versucht, während ich auf den Wiesen trainierte. Mein Herz war explodiert vor Freude, endlich wieder zurück in die Heimat zu kommen, doch nie überlebten unsere Retter. Die Kampftechniken der Yhunix waren den unseren viel zu überlegen. Seitdem waren die Versuche seltener geworden.

Die Nachtwachen sprachen in letzter Zeit jedoch oft von den Trollen, die sich bedeutend weit von ihrem Heimatgebiet Tronien entfernt hatten, seit Bergk gefallen war.

Sie waren Meister im Abschätzen einer Handlung und wussten meist schon vor dem eigentlichen Schlag, was ihr Gegenüber plante. Ihre fehlende Körpergröße glichen sie mit Masse und einer barbarischen Kraft aus. Man erzählte sogar, dass sie ganze Steinbrocken entzweischlagen konnten. Das Gold Bergks reichte ihnen noch lange nicht und Ryan war die reinste Goldgrube, weshalb immer wieder kleine, mordslustige Gruppen bis in den inneren Zirkel vordrangen. Doch keine von ihnen hatte es je bis zum Schloss geschafft.

Die Yhunix konnten es mit den kleinen, aber breit gebauten, instinktfolgenden Wesen aufnehmen, doch die Kinder hatten meist keine Chance.

Nervös biss ich mir auf die durch den Schmutz gräulich verfärbten Fingernägel, während ich den Blick über die vielen leeren Betten schweifen ließ. Mutter hatte immer angespannt zur Tür geschaut, wenn ein neuer Patient ihre Hilfe benötigte. Ich versuchte tief einzuatmen und Gedanken an vergangene Tage beiseite zu schieben.

Ich war in Eribon, niemand konnte mir jetzt noch helfen.

Ich durfte mich nicht ablenken lassen, so sehr mich auch das lächelnde Kindergesicht meiner Schwester in der Nacht verfolgte und mir wieder einmal deutlich machte, dass ich sie nie wieder in meine Arme schließen würde.

Nun konnte es jeden Moment so weit sein, dass andere Kinder meine Unterstützung brauchten, und wahrscheinlich war es sogar noch schlimmer, als ich es im Augenblick erwartete.

Das Knarzen der Tür riss mich endgültig aus meinen Gedanken. Zwei Soldaten zwängten sich durch den schmalen Bogen und positionierten sich am Eingang, um den Blick auf das Chaos freizugeben. Etliche Jungen und Mädchen mit stark blutenden Wunden humpelten stöhnend an ihnen vorbei. Ich war erschrocken, wie tief die Verletzungen waren. Ich wünschte für einen Augenblick, ich hätte mehr Zeit in Mutters Kräuterküche verbracht.

Sofort sprang ich auf und bedeutete den neuen, verschreckten Kindern, mir dabei zu helfen, die anderen sachte zu den Betten zu befördern. Die Luft roch nach Blut und Erde und ich sah aus dem Augenwinkel, wie die Yhunixsoldaten nur augenverdrehend den Kopf schüttelten. Wut kochte in mir auf, doch ich beschloss, jeden weiteren Gedanken aus meinem Kopf zu verbannen. *Die Patienten brauchen deine volle Unterstützung und Hingabe, mein Kind.* Die Stimme meiner Mutter im Ohr war auf irgendeine Art stärkend.

Ein mitleidiges Schnaufen entfuhr mir, während ich meinen Blick für den Bruchteil einer Sekunde über die Menge schweifen ließ.

Es schien eine ersthafte Auseinandersetzung gegeben zu haben. Der Junge, der sich gerade verzweifelt an meinen Oberarm krallte, trug eine tiefe Schnittwunde am Schienbein, durch die er es kaum schaffte, vernünftig aufzutreten. Seine spitzen Fingernägel hinterließen Kratzspuren an meinem Oberarm und ich musste mich zusammenreißen, um nicht laut aufzuschreien. Wimmernde Geräusche füllten den Raum und bei jeder vergossenen Träne tauchten vergangene grausame Bilder in meinem Kopf auf. Ich schluckte, und obwohl die Kinder nur leise jammerten, schien es plötzlich ohrenbetäubend laut zu sein.

Ich half dem Jungen auf eine kleine Holzpritsche am Eingang des Raumes, während ich schnell nach einigen Stoffbandagen griff, um die Blutung zu stoppen. Gleichzeitig nahm ich ein kurzes Band, um mir die weißen Haarsträhnen zu einem Knoten zu binden, denn auf meine brustlangen Haare konnte ich die nächsten Stunden weniger Acht geben.

Dies würde eine lange Nacht werden.

Kapitel 3

Am darauffolgenden Tag war ich die Erste, die aufstand. Es hatte etwas Vertrautes an sich, die Stille der hohen Mauern für einen Moment ganz für sich haben zu können. Die Schreie der vergangenen Nacht waren verstummt, die grausamen Bilder in meinem Kopf für einen Moment vertrieben.

Ich hatte mir diesen Rhythmus eingeprägt, um vor dem Arbeitsbeginn noch einmal nach allen Verletzten sehen zu können. Ich fühlte mich verantwortlich für das Leben der anderen, auch wenn ich die Wenigsten von ihnen beim Namen kannte. Kaum eines der Kinder würde jemals mein Alter erreichen, viele von ihnen waren schwach und hilflos. Gewaltvoll von den Eltern getrennt und an diesen grausamen Ort verschleppt.

Ich hatte stundenlang geschrien, als ich in dieser Dunkelheit ankam. Meine Stimme hatte versagt und die bösen Schatten hatten meinen bebenden Körper verschluckt. Jedes Mal, wenn ich an die ersten Wochen unter der Erde dachte, zerbrach ein weiterer Teil von mir. Ich schuldete den hilflosen Seelen ein wenig Liebe unter all den gefrorenen Yhunix, für die das Wort *Liebe* einzig fünf unverbundene Buchstaben ohne Bedeutung waren.

Anfangs dachte ich, sie versteckten die Emotion, um uns schnellstmöglich zu barbarischen Bestien zu verwandeln. Erst später erfuhr ich, dass Mutter Natur ihnen einen Großteil aller Gefühle verwehrte. Yhunix schliefen miteinander, um Nachwuchs zu zeugen und Befriedigung zu erlangen, doch sie liebten nicht. Sie lachten, wenn sie sich sicher und überlegen fühlten, doch sie weinten nie. Ihre Gedankengänge waren stets strukturiert und komplex, Unsicherheit war ihnen ein Fremdwort. Früher hatte ich mir jemanden gewünscht, der mich nach einem weiteren grausamen Tag in den Arm nahm, anstatt mir erneut

Schläge für jegliches Gefühl in meinem Körper zu geben. Doch heute war ich froh, wenn man mich nicht beachtete.

Weniger denken, mehr machen.

Ich überprüfte die nassen Lappen über den Wunden und tauschte einige von ihnen aus, die sich bereits mit dunkelrot glitzerndem Blut vollgesogen hatten. Die warme Flüssigkeit schlängelte sich langsam an meinen Fingern entlang, ich genoss den kurzen Moment der Wärme. Der menschliche Körper faszinierte mich. Zerbrechlich und zugleich unfassbar stark und widerstandsfähig.

Die Aufgabe wäre sicherlich nicht einfach für jemanden, der kein Blut sehen konnte. Viele meiner Freunde in Bergk hatten schon bei einem aufgeschürften Knie Probleme, ohne glasige Augen zu Hause anzukommen. Ich lachte verbittert, während ich an den Metzgerjungen dachte, der beim Schlachtfest ohnmächtig wurde, als er einem kleinen Huhn den schmalen Kopf abschlagen sollte.

Doch das war gewiss nicht meine Sorge. Immerhin war Mutter eine Art Wunderfrau, wenn es um Verletzungen und Kräuter ging. Auch wenn genau die vielen Salben und Cremes mir hier fehlten. Ich konnte mich an keinen Tag erinnern, an dem sie nicht von früh bis spät probiert hatte, die Schmerzen eines Patienten zu lindern. Oft saß ich an dem großen Küchenfenster und beobachtete sie stumm. Ich lächelte, als ich an ihr konzentriertes Gesicht dachte, als sie die tiefe Schnittwunde meiner Freundin Laryssa vernähte. Der raue Stoff der Verbände in meiner Hand gab mir das schöne, unbeschwerte Gefühl, zumindest für einen Moment mit ihr verbunden sein zu können. Ich versuchte, logisch vorzugehen.

Wechsle die Binden mehrmals am Tag, stille die Blutung mit Druck und halte gebrochene Knochen still. Mutters Stimme in meinem Kopf beruhigte meine zitternden Hände, doch sie konnte noch nicht meine flackernden Lider bändigen.

Schmerz war menschlich. Für die Yhunix war Schmerz das Sinnbild der Schwäche. Und Schwäche war der größte Fehler, den man sich als Mensch erlauben konnte.

Unruhig wanderte ich durch die Reihen, deckte einige Kinder zu, strich anderen übers Haar. Selbst im Schlaf sah man ihnen die Schmerzen an. Mein Herz flimmerte in meiner Brust, wie so oft. Angst, Ungewissheit. All diese Dinge schienen die Kinder im Traum zu verarbeiten. Dabei wäre es so wichtig gewesen, dass sie sich ausruhen konnten.

Ich dachte an die dunklen Momente des Angriffs, die mein Geist Nacht für Nacht erneut hervorkramte.

Die vielen kleinen Häuser mit den Holzdächern standen bereits in Flammen, als die Soldaten es schafften, durch das massive Stadttor zu brechen. Ich dachte an die alten Frauen, die ihr einziges Hab und Gut vor den Händen der Yhunix verteidigten. Ich wollte nicht an den Tag denken, doch die Bilder brannten in meinem Kopf und nichts schien sie vertreiben zu können. Die Geschichte war längst geschrieben.

Einige Familien hatten Glück, Mutters ungutes Gefühl hatte sie vor dem sicheren Tod gewarnt, viele konnten Bergk noch vor dem Angriff verlassen. Sie flohen in die Hauptstadt und konnten sich hoffentlich dort ein neues Leben aufbauen. Genauso viele weigerten sich aber, ihre Heimat stumm hinter sich zu lassen. *Tod vor Verrat.* Nie würde ich dies leugnen.

Hier hatte nun die Dunkelheit gesiegt, und jeder, der sich ihr nicht beugte, verlor sich selbst kreischend in den schwarzen Fluten.

Noch immer zitternd strich ich dem Mädchen mit der tiefen Stichwunde über die Wange. Der straffe Verband, der ihren gesamten Oberarm umhüllte, hielt der starken Blutung kaum stand. Ihre Mundwinkel zuckten für einen Moment, der mir das Gefühl der Zuneigung schenkte. Doch viel zu schnell verschwand diese Wärme wieder und die Angst machte sich erneut in meinem Körper breit. Wenn in naher Zukunft wirklich ein Krieg zwischen den Völkern ausbrechen sollte, wusste ich nicht, ob meine wenigen Fähigkeiten reichen würden, um den jungen Kämpfern zu helfen. Mutters Heilkünste waren umfassend, doch auch sie konnte verlorenen Seelen die Hoffnung nicht zurückschenken.

Und doch war meine Familie noch irgendwo da draußen, da war ich mir sicher. Ich wollte nicht, dass sie ihr Leben ein weiteres Mal riskieren mussten. Zu gut kannte ich meine Mutter, sie würde niemals in ihrem Leben kampflos aufgeben.

»Niedlich, wie du dich um die Kinder kümmerst. Als ob diese Hilfe den Tod von ihnen fernhalte könnte«, ertönte plötzlich eine spöttische Stimme hinter mir.

Erschrocken wirbelte ich umher und stieß mir dabei das rechte Schienbein am Bett des braunhaarigen Mädchens. Ich zischte kurz vor Schmerz, fasste mich aber schnell wieder und blickte zum Eingang des Raumes. Meine Augen wurden groß, während ich mir schnell durch das weiße Haar fuhr. An der Tür lehnte einer der wohl am höchsten angesehenen Yhunix der Region.

Der Sohn des Königs.

Er war groß und breit gebaut, breiter als all die anderen Yhunix. Ein Tyrann. Ein Mutant, inmitten all der zarten Geschöpfe. Trotz alledem war sein Haar golden und zart schimmernd, fast als riebe er es täglich mit frischem Honig ein. Sein Gesicht hatte markante Linien, seine dunklen Augenbrauen bildeten einen scharfen Kontrast zu seinen eisigen Augen. Ich verfluchte mich selbst, dass ich ihn diesen einen Moment lang direkt gemustert hatte, und sofort war der Zauber seines eleganten Anblickes erloschen und Ekel machte sich in meinem Körper breit. Dieses Wesen wusste von dem Schmerz in diesen Wänden und dachte nicht einmal daran, etwas dagegen zu unternehmen. Die Wut in meinem Körper flammte auf, doch ich ballte die Hände zu Fäusten und presste die Lippen fest zusammen.

Du kannst gegen ihn nichts ausrichten, Nuraya.

Sein Blick lag auf meiner Gestalt, locker fuhr er mit der Hand über seinen zuckenden Mundwinkel und setzte wieder einen düsteren Blick auf. Ich versuchte die Begierde in seinen Augen auszublenden und betrachtete eisern die goldenen Stiefel.

Er war ein Yhunix. *Perfekt.*

»Was führt euch in unsere tristen Gemächer, Herr?«, fragte ich höflich und deutete eine kleine Verbeugung an, in der Hoffnung, der Prinz würde mir meine Erschrockenheit nicht übelnehmen. Meine Stimme klang kratzig, meine Lippen schienen ausgetrocknet, so staubig war die Luft in den Zellen. Ein Wunder, dass der Thronfolger mich nicht längst zum Auspeitschen auf den Hof geschickt hatte, nachdem ich länger als eine Sekunde in seine eisigen Augen geblickt hatte.

Schließlich wurde widerstrebendes Verhalten nur zu gerne bestraft. Meine Lungen zogen sich schmerzhaft zusammen beim Gedanken an die lange, schwarze Peitsche, die sich zischend in die Haut brannte und tiefe rote Striemen hinterließ.

Ein unvorteilhaftes Verhalten bringt dir Feinde und mit Feinden hast du das Leben nicht leicht. Mutters Worte waren fest in meinem Kopf verankert und auch jetzt bewahrten sie mich davor, dass voreilige, unerlaubte Sätze aus meinem Mund sprudelten. Die Aufregung konnten sie mir dennoch nicht nehmen. Ich wippte unruhig umher, zu sehr verunsicherte mich die Anwesenheit des breit gebauten Mannes.

»Mein Vater schickt mich«, lautete seine unterkühlte Antwort, während er gelangweilt den Blick durch den Raum schweifen ließ. Seine Augen blieben an dem Jungen mit dem gestauchten Fuß hängen, dessen Bein ich auf mehreren Laken hochgelegt hatte. Dieser murmelte gehetzte Worte und am liebsten wäre ich zu ihm hinübergeeilt und hätte ihn aus einem weiteren düsteren Traum befreit. Jedoch schienen meine Beine wie festgefroren. Spottend grinste der Yhunixsohn über meine nächtliche Arbeit, entblößte eine lange Reihe elegant aufgereihter, strahlend weißer Zähne. Ich schnaubte innerlich auf und konnte den Drang, ihm ins Gesicht schlagen zu wollen, nur knapp unterdrücken.

Meine Hände zitterten und ich wusste nicht, ob es die Wut oder die Angst war, die mich in diesen Ausnahmezustand versetzte. Wenn der König seinen Sohn persönlich schickte, konnte das nicht Gutes bedeuten. Die Königsfamilie ließ sich in diesen düsteren Gängen kaum blicken. Ganz selten, wenn einer der Adligen auf der Suche nach etwas Spaß war, verirrten sie sich an diesen grausamen Ort. Denn die Dunkelheit schwieg und schluckte alle Geheimnisse. Ich wagte erneut einen kurzen Blick auf den Prinzen, während ich fieberhaft überlegte, für welche Taten der König mich dieses Mal bestrafen lassen würde. Leider wollte mir spontan keine Angelegenheit einfallen, zu der ich bedeutend negativ aufgefallen war, schon gar nicht, seitdem ich jede freie Minute zur Versorgung der Kranken und Schwachen genutzt hatte. Aus dem Gesichtsausdruck des Prinzen versuchte ich den Grund für den Befehl des Königs zu erkennen, doch wenn es um das Verdecken der Gefühle ging, waren die Yhunix unserer Rasse einen großen Schritt voraus.

»Ist es wegen den Verletzten? Ich habe bereits getan, was ich konnte! Sie werden bald wieder kampffähig sein, aber gebt ihnen Zeit.« Meine Stimme wurde unangebracht laut und nach einem strafenden Blick des Prinzen entschuldigte ich mich murmelnd.

Zügle deine Wut.

Ich schluckte bitter und blickte flehend in den dunklen Raum. »Ihre Wunden sind tief.«

Und ohne Salben und Kräuter heilen sie langsam, fügte ich grimmig in Gedanken hinzu. Yhunixmeister galten als besonders begabt mit den heimischen Kräutern und schufen die wirksamsten Salben. Mutter hatte einst bei einer alten Kräuterfrau der Yhunix gelernt, deren Wissen nahezu grenzenlos schien. Ich seufzte innerlich. Der Geiz des Königs verwehrte mir jegliche Hilfe durch diese Wunderheilmittel.

Der Prinz betrachtete die Kranken, schüttelte dann aber den Kopf.

»Das ist es nicht. Der König befiehlt dir, ihm gegenüberzutreten. Sofort.« Er bedeutete mir mit einer Geste, zu ihm zu kommen, doch ich stockte. Mit großen Schritten verringerte er den Abstand zwischen uns. Mein Puls stieg rasend in die Höhe, unsicher klammerte ich mich an das alte, rostige Bett. Nach jedem Besuch im Festsaal des Schlosses in Ryan konnte ich wochenlang nicht stehen, geschweige denn in den Nächten ruhig schlafen.

»Weshalb?«, hauchte ich zittrig. Er grunzte laut, worauf ich ängstlich zusammenzuckte und mir schmerzhaft auf die Lippe biss.

Ich murmelte leise Entschuldigungen, doch viel zu schnell landete seine flache Hand auf meiner Wange. Zischend atmete ich aus, während ich zur Seite taumelte und mich gerade noch vor einem Sturz bewahren konnte.

Einige Kinder hatten unsere Auseinandersetzung bereits mitbekommen und hockten jetzt ängstlich in den Ecken ihrer Betten. Ein Mädchen wimmerte leise auf, als sie meine aufgeplatzte Lippe bemerkte, doch der wilde Blick des Prinzen brachte sie dazu, sich schweratmend zusammenzurollen. Mein Herzschlag schmerzte, ich traute mich nicht, auch nur noch einen Blick in die Richtung des Yhunix' zu wagen.

»Darüber wird er selbst mit dir sprechen. Komm jetzt!« Die Härte in seiner Stimme ließ mich ein weiteres Mal zusammenzucken. *Verärgere niemals deinen Feind.*

Ich nickte zitternd und ließ mir von ihm die Hände hinter dem Rücken zusammenbinden. Es schmerzte, doch keine Träne verließ meine Augen. Die Kinder beobachteten uns stumm und ich betete, dass sie auch nach meinem Tod einen Weg zum Überleben fanden.

Der Gang außerhalb der Zellen war schwach beleuchtet, die Wachen wirkten in den niedrigen Gemäuern wie Riesen, die ihre gierigen Augen nicht von ihrem Fraß lassen konnten. Ich spürte einige ihrer brennenden Hände auf meinem schwach bekleideten Körper, jeder raue Finger verschaffte mir eine erneute Gänsehaut. Ich hörte, wie sie dem Prinzen schmeichelten, doch dieser knurrte nur düstere Worte, bis sie irgendwann verstummten. Ich schluckte schwer. Dies war also meine persönliche Hölle und die Götter waren anscheinend noch lange nicht fertig mit mir.

Kapitel 4

Der Eisenstab des Prinzen bohrte sich fordernd zwischen meine Schulterblätter, sodass mir nichts anderes übrigblieb, als flehend auf die Knie zu fallen. Ich zählte acht Wachen, die mit durchgestrecktem Rücken und schwerer, glänzender Rüstung das Podest des Königs bewachten. Die ersten Male in diesem Saal waren es noch halb so viele Wachen gewesen, die den Herrscher schützten. Anscheinend war man in meiner Gegenwart um des Königs Sicherheit besorgt. Ein stummes, humorloses Lachen überkam mich. Die Fesseln um meine Hände kratzen unangenehm, mein Atem ging abgehackt und bei jeder schnellen Bewegung drohte ich zusammenzusacken wie ein Sack voller Hülsenfrüchte.

»Vater, wie gewünscht.« Der Prinz deutete mit einer undefinierbaren Geste auf meine bebende Gestalt. »Ich halte sie aber nicht für geeignet. Schaut, wie sie bebt vor Angst.« Er stieß erneut gegen meine Rippen und ich musste zischend Luft holen. Wimmernd versuchte ich mit dem Marmorboden zu verschmelzen, was den Prinzen nur noch mehr zu belustigen schien.

»Herr, womit kann ich Euch dienen?«, murmelte ich kaum hörbar, fast als hätte ich diese Worte einstudiert. Ich zwang mich, meine vermutlich letzten Lebensstunden hinauszuzögern und die Gunst des barbarischen Yhunixkönigs ein letztes Mal zu erlangen.

Die Kinder unter der Erde hatten niemanden außer mich. So sehr ich mir an manchen Tagen den Tod wünschte, so hatte ich dennoch die Verantwortung für die vielen jungen Menschen.

Ein belustigtes Grunzen verließ den Mund des Königs, weshalb ich für einen Wimpernschlag den Blick über seine massive Gestalt wandern ließ. Sein Haar war ergraut, die tiefen Falten ließen ihn alt, aber erfahren wirken. Ein Mann, der für seine Ziele über Leichen ging.

Der Mann, der meine Heimatstadt hatte niederbrennen lassen und für den Wohlstand seines Volkes unschuldige Kinder zu Barbaren ausbildete. Wut sammelte sich kochend in meiner Brust, starr musterte ich das ausgefallene Muster des Bodens, um meinen zischenden Atem unter Kontrolle zu halten.

Du verlierst sowieso.

Der Prinz hatte mich zu dem großen Thronsaal des Eribonkönigs geleitet, einem Raum bestückt mit Gold, Diamanten und Juwelen.

Der einzige Schwachpunkt der Yhunix. Der Drang nach Gold und Silber. Alles, was glänzte, befand sich in ihrem Besitz. Kein Yhunix konnte an etwas Glänzendem vorbeigehen, ohne die Kostbarkeit von Nahem betrachtet zu haben. Ich hatte in den Minen Geschichten über die jährlichen Goldspiele gehört, bei denen der Gewinner des blutigen Gladiatorenkampfes mit Juwelen geradezu überschüttet wurde. Auch zwei Schwerter der ehemaligen Herrscher hatten die Yhunix erobern können. Man hatte sie gekreuzt über dem Thron aufgehängt, und fast könnte man meinen, es wäre nie anders gewesen. Als stände ihnen das Recht zu, die gefährlichen Waffen ihrer gefallenen Gegner zur Schau zu stellen. Das Schwert der Yhunix, die Waffe des ehemaligen Königs Quinfis, Gebieter über die Länder Eribons und Vater des Eisens, thronte auf einem goldenen Tisch rechts neben dem Herrschersitz. Jeder, der dem glänzenden Metall zu nahekam, bezahlte es mit seinem Leben.

Der Saal war fast so groß wie die Westseite Bergks, wo wir als Kinder oft auf den weiten Feldern zwischen den hohen Maispflanzen Verstecken gespielt hatten.

»Spar dir die Nettigkeiten«, grunzte der König herrisch, während mir sein Sohn für die Heuchelei eine weitere schallende Ohrfeige verpasste. Stöhnend versuchte ich die

Tränen in meinem Augenwinkel zu ignorieren. Alles in meinem Kopf drehte sich.

»Danke, Mirnas.« Die Stimme des Königs schallte durch den Raum.

Elegant erhob sich der alte Mann mit den eisblauen Augen. Kurz nickte er seinem Sohn uninteressiert zu, welcher sich mit Stolz in den Augen verbeugte.

Ich bereute es plötzlich, nicht mehr Widerstand geleistet zu haben und wünschte, ich würde nicht gefesselt auf dem kühlen Boden knien müssen. Der König war ein großer Mann, nicht sonderlich breit gebaut, aber mit einer überragenden Körperlänge. Nun kam ich mir viel zu klein vor, obwohl ich als Kind immer alle anderen um einen halben Kopf überragt hatte.

Nuraya, das Mädchen so groß und stark wie die Siegesgöttin Nike. Unaufhaltbar und mutig. Meine Freunde hatten es genossen, mit mir auf die Jagd zu gehen oder die Jungs aus dem Norden der Stadt zu ärgern.

Doch nun war ich schwach. Dabei war gerade dies das Gefühl, welches ich stets verhindern wollte.

Schwäche machte den Menschen angreifbar.

Unruhig rutschte ich auf dem glatten Boden umher. Geduld war nie meine Stärke gewesen. Ich versuchte mich etwas aufzurichten, in Hoffnung, mit gewonnener Größe auch Stärke wiederzuerlangen. Doch der gefrorene Blick des Prinzen gab mir viel zu schnell zu verstehen, dass ich diesen Platz nicht so einfach verlassen würde.

»Was wird mit mir gemacht?«, fragte ich heiser. Viel zu schnell flossen die Worte über meine Lippen und ich wünschte, ich hätte sie zurücknehmen können Es war verboten, direkte Fragen an den König zu stellen, doch ich war zu nervös, um noch länger auf seinen Befehl zu warten. Ich sehnte mich nach der Zeit zurück, in der die Menschen mir zuhörten. Die Abende, an denen ich wieder von einem meiner Ausflüge erzählte. Stundenlang saß ich damals mit einigen Freunden zusammen, die jedes meiner

Wörter gebannt verfolgten. Tristus erzählte dann meistens, wie stolz er darauf sei, mich schon einmal geküsst haben zu können. *Starke Frauen gibt es viel zu selten hier. Ich habe aber die stärkste Frau von allen*, hatte er immer gesagt. Ich musste schmunzeln, kaum ein Abend verging, ohne dass er mir erneut seine Liebe gestand.

Er war einer der ersten, die dem Eribonkönig ewige Treue schworen, und jetzt die beinahe fünf Jahre später ein hoch angesehener Soldat. Zwei Mal hatte ich ihn gesehen, seitdem man mich zu den Schmieden gebracht hatte. Er sah gut aus, ich wusste, weshalb die Mädchen von Bergk ihn anhimmelten. Das schwarze Haar kurzgeschoren, die Augen braun und intensiv. Doch er war kalt geworden, fremd.

Und ich war nun nicht mehr als ein stummer Arbeiter, der seine Interessen und Bedürfnisse zu verdrängen hatte. Eine niedere Arbeitskraft, die weder irgendwelche Anforderungen stellen durfte noch das Recht auf eine eigene Meinung besaß.

Die Folge für meine ungezogenen Worte folgte nur wenige Sekunden später. Ich kannte den Schmerz, der mir durch die Wange fuhr. Beinahe vertraut und bittersüß zog er sich durch meine rechte Gesichtshälfte. Ich spürte Blut aus meiner Nase tropfen und ein kurzes Wimmern schlich über meine Lippen.

»Hüte deine Zunge, Mädchen«, kam sogleich der keifende Spruch des Königs, der all dies noch auf die Spitze trieb. Ich konnte ein Schluchzen nur mit aller Kraft zurückhalten. Eribon raubte einem jeden einen Teil seiner Seele und vermutlich hatte auch ich mich nicht davor schützen können.

Hier war ich allein. Ein kleines, dummes Mädchen, welches zu gehorchen hatte.

Verhalte dich ruhig, dann wirst du überleben.

»Wie viele Jahre hast du nun unter der Erde verbracht?« Mit beinahe sanften Bewegungen fuhr der große Mann über mein Kinn. Jede Stelle, die von seiner weichen Haut berührt wurde, fühlte sich unwohl an. Sein Gesicht schien interessiert, seine Augen lagen wissbegierig auf meiner zusammengekrümmten Gestalt. Ich versuchte das unwohle Gefühl zu ignorieren, aber es zog sich rauschend durch meine Adern. Ich zitterte am ganzen Leib, während ich versuchte den Grund seiner Frage zu erkennen.

War das hier womöglich das Ende, das mich schon vor Jahren hätte ereilen sollen? Vermutlich hatte er mich nur hierherbringen lassen, um mir in die Augen sehen zu können, während ich starb. Eine letzte Genugtuung. Das Kind der Löwen Bergks aufgespießt vor den Augen des Feindes. Völlig verdreckt und eingeschüchtert. Dabei kam mir ein prunkvoller Thronsaal zum Sterben beinahe wie eine Belohnung vor, nachdem ich unter der Erde nicht mehr als Schmutz und den Gestank des Todes kannte.

Oder wollte er sich womöglich über mich lustig machen, dass ich es nach all den Jahren nicht geschafft hatte, zu fliehen?

Viele versuchten die dicken Mauern zu durchbrechen. Ich hörte alles, von tiefen Tunneln bis zu Bestechungen der aufsichtshabenden Wachen. Niemand überlebte. Die Schmiede unter der Erde war wie eine Festung, undurchdringbar und unzerstörbar. Mir wurde heiß und kalt zugleich, als ich an meinen eigenen Ausbruchversuch dachte. Ich hatte damals alles genau geplant. Ich war gerade einmal wenige Wochen unter der Erde, hatte Teile meines Brotes versteckt, am Abend heimlich kontrolliert, wann die Wachablösung war. Aufgrund der Erzählungen der Kinder, die vor ihrer Zeit in den Schmieden an der Oberfläche gearbeitet hatten, wusste ich grob, wie die Gänge aufgebaut sein mussten. Die nächste Treppe wäre nur zweihundert Meter entfernt gewesen. Ich war auf alles vorbereitet, aber zögerte im letzten Augenblick. Die Angst vor einer erneuten Strafe hatte damals über all meine Triebe gesiegt.

Zum Glück. Ich wäre nicht weiter als bis zu dem kleinen Gang vor unserer Zelle gekommen. Schon gar nicht ohne Waffen. Nie wurden alle Wachen zur selben Zeit ausgetauscht. Ich wäre blind in meinen eigenen Tod gerannt.

Und seitdem hatte ich keinen Gedanken mehr an die Flucht verschwendet.

»Drei Jahre«, murrte ich mit zusammengebissenen Zähnen. Ich hatte über die Zeit ein Gefühl für Wetterschwankungen und Temperaturen bekommen. Auch in den Minen spürte man den Winter, spürte die Kälte, die sich durch den Stein zog und es beinahe unmöglich machte, das Eisen aus der Wand zu schlagen. In der Nacht lauschte ich dem Flüstern für neue Informationen. Die Kinder erzählten viel, um die Dunkelheit zu vertreiben, und die Wachen übertönten einander mit neuen Geschichten aus der großen Stadt. Und ich überlebte.

»Drei Jahre Folter ziehen sie hinab, böse, böse Bestien wachen in der Nacht. Dunkle, dunkle Wälder haben größte Macht, drei Jahre Folter, den Kopf stieß man ihr ab …«, sang Mirnas leise lachend im Hintergrund und als ich seine Präsenz dicht hinter mir wahrnahm, zuckte ich vor Schreck zusammen. Ich kannte das dunkle Lied, man sang es kleinen Kindern vor, um sie vor den dunklen Wäldern und den höllischen Biestern zu bewahren. Nervös schluckte ich, doch der Kloß in meinem Hals verschwand nicht.

Würde der Thronerbe Eribons meinem Leben ein Ende setzen? Das glänzende Schwert steckte fest in seiner Gürteltasche. Nur ein Hieb und mein Leib wäre unter ihm zertrennt.

»Das Lied ist eine Warnung und soll Menschen schützen«, sagte ich angespannt. Meine Stimme war kalt und kratzig. Man konnte mir Schmerzen zufügen, doch ich würde mich hüten, auch nur ein zustimmendes Wort in der Gegenwart eines Yhunix' auszusprechen.

»Und trotzdem endet es im Tod.« Mirnas Worte klangen bissig, fast, als ärgere er sich, überhaupt etwas gesagt zu haben.

»Träumst du nicht manchmal von den weiten Ländern Valenciens und wünschtest, sie erkunden zu können?«, fragte der König beinahe lieblich. Er war aufgestanden und kam mir so nahe, dass ich seinen Atem auf der nackten Haut spürte. Seine Finger fuhren eisig über meinen vernarbten Rücken und doch schien es, als würde sich jede Berührung in meine Knochen brennen.

Ich zwang mich nicht zusammenzuschrecken, sondern versuchte meine zitternden Glieder unter Kontrolle zu halten. Es gab kaum Thema, welches mich mehr beschäftigte. In manchen Nächten reiste ich gen Westen zur Hafenstadt oder genoss den Duft der Tannen im Talhan um der Dunkelheit der Minen zu entkommen. Ich würde alles dafür geben, noch einmal die weiten Sonnenblumenfelder nördlich Bergks sehen zu können. Mein Herz flatterte nervös, während ich an die vielen Orte dachte, die mir fehlten. Ich hatte mir vor einiger Zeit verboten, diese Gedankenspiele zuzulassen, doch nun überfluteten mich die Sehnsüchte geradezu.

Lass dich nicht von deinen Wünschen beherrschen. Vaters Stimme in meinem Kopf klang streng. Ich sah seine zusammengezogenen Augenbrauen geradezu bildlich vor mir. Ich schluckte schwer und schob jeglichen Gedanken an Valenciens Schönheit in die hinterste Ecke meines Kopfes.

Wünsche schafften es, dass der Mensch über sich hinauswuchs, doch sie waren hinterlistig und konnten einen in einer surrealen Welt festhalten.

Etwas unruhig nickte ich. Ich hatte keine Ahnung, worauf der feindliche König hinauswollte, und doch bereiteten mir seine Worte plötzlich ein wenig Hoffnung. Hoffnung auf Freiheit.

Der alte Mann ging erneut ein paar Schritte, umkreiste mich wie seine Beute vor dem letzten Atemzug.

War dies nun das Spiel zu meinem Ende? Ein letzter Gedanke an Freiheit, ehe es ein für alle Mal enden würde.

Mit Sekunde zu Sekunde wurde ich unruhiger, mit jedem weiteren Schritt des Königs verlor ich ein Stück meiner Geduld.

Geduld ist eine Tugend. Gutes widerfährt jenen die warten, hatte meine Großmutter immer gesagt. Schnaubend versuchte ich sie zu ignorieren. Ich hasste diese Worte.

Der König beobachtete mich einen Moment. »Der Wunsch nach Freiheit scheint dich tatsächlich am Leben zu erhalten.« Beinahe glaubte ich einen Hauch Anerkennung in seinen mürrischen Worten zu erkennen. Ich lachte humorlos auf. Der König blieb stehen und musterte mich mit einem zynischen Lächeln auf den Lippen. Zögerlich drehte ich meinen Kopf in seine Richtung und blickte ihm in das makellose, wenn auch gealterte Gesicht.

Als Kind hatte ich all die Bücher voller Legenden und Geschichten über Valencien geradezu verschlugen. Das Land voller Möglichkeiten, in dem jedes Kind zu dem werden konnte, was es sich erträumte. Als Mutter mir das Lesen gelernt hatte, wusste ich schnell über die Weiten der Nya-Ebene, der Heimat der Riesen Bescheid. Ebenso wie über die Feen im Lliagebirge. Ich fing an, die Geschichten über unseren Vorfahren Dyregas, den Beschützer der Menschen und Gebieter der weiten Lande, zu lieben.

Dyregas. Der Mann, der ganze Städte mit seinen bloßen Händen errichten konnte. Ein zu Fleisch gewordener Gott. In den alten Büchern gab es zahlreiche Zeichnungen des *großen Mannes*, wie man ihn nannte. Lange dunkle Haare, starke Arme und Beine und das Gesicht zum Himmel – zum Sieg – emporgestreckt. Heimlich hatte ich eine Seite des Buches herausgetrennt und zum Schlafen unter mein Kopfkissen gelegt, so sehr wünschte ich mir, einmal wie er sein zu können.

Er war aufopferungsvoll, inspirierend und willensstark. Ich hatte so viel von ihm aus den Geschichten gelernt. Das warme Gefühl der Geborgenheit schaffte es für einen Augenblick, die Kälte in meinem Körper zu verdrängen und ich dankte Mutter Natur für diese liebevolle Geste.

Jeder der ehemaligen sieben Herrscher liebte sein Volk, das war in all den Büchern bei weitem kein Geheimnis. Städte wurden errichtet, Rohstoffe zu Gütern verarbeitet und auf den Märkten herrschte frohe Handelslust. Valencien blühte und jede Rasse schaffte sich einen Platz zum Leben.

Die Götter – die Mutter Gaia, die Göttin der Nacht Nyx und Hemera, die Tagbringerin – waren den Wesen Valenciens wohlgesonnen und beschenkten ihre Herrscher mit den sieben heiligen Schwertern.

Sieben Schwerter, die jedem Einzelnen Schutz boten, jedoch in Verbindung eine Magie in dieser Welt freisetzen würden, die niemand, weder damals noch heute, zu erdenken mochte. Oft hatte ich geträumt die Schwerter allesamt in den Händen halten zu können und die Stärke ihrer Macht durch meine Adern zu spüren. Die Träume waren hoffnungsvoll, die Nächte leider viel zu kurz. Auch jetzt übernahm das Gefühl der Enttäuschung und Leere wieder die Oberhand über meinen Körper.

Ich würde diese Magie in meinem Leben nie zu spüren bekommen, schon gar nicht, wenn drei der Schwerter zu Unrecht in den kriegerischen Händen der Yhunix lagen.

Die Gerechtigkeit, die einst über Valencien waltete, war längst erloschen.

Und auch ich begann das allmählich zu verstehen.

Kapitel 5

Würdet Ihr euch die Freiheit wünschen, wärt Ihr täglich gefangen? Die Frage lag mir längst auf der Zunge, doch ich zögerte. Niemand sprach einen König direkt an, schon gar nicht, wenn es der Feind war. Meine Hände waren taub, mein Kopf schmerzte. Ich würde lediglich die Wut in ihm schüren. Die Angst, dass Eribons Herrscher in den nächsten Sekunden sein Schwert zog und mir die Chance auf Freiheit endgültig nahm, wuchs mit jeder Sekunde, die verstrich. Ich durfte es nicht noch selbst provozieren.

Mit schmalen Lippen zwang ich mich, den Blick wieder etwas zu senken. Der König hatte es tatsächlich beinahe geschafft, mir die Hoffnung zu rauben.

»Gewiss würde ich dies wünschen.«

Er strich sich grinsend über den Bart, während er erneut auf dem Thron Platz nahm. Meine Augen wurden groß, mein Hals hingegen ganz eng. Die Gedanken in meinem Kopf waren viel zu laut für diesen Ort, das Wissen des Königs anscheinend unbegrenzt.

Wieder lächelte der König, zog den Mund so breit, dass seine geraden Zähne leuchtend zum Vorschein kamen. »Vor dir liegt sie.« Er machte eine ausschweifende Geste. »Deine Freiheit, du musst sie dir nur nehmen.«

»Was hättet Ihr davon?« Unruhig blickte ich zwischen dem König und dessen Sohn hin und her. Er musste den Tod meinen, den er mir nun doch schenken wollte. Ich versuchte für einen Moment die Augen zu schließen und zu spüren, was diese Aussage in meinem Körper anrichtete, doch da war nichts.

Ich spürte nichts, weder Trauer noch Dankbarkeit. Mein Kopf war wie leergefegt.

Ich war in die Minen geschickt worden, um meine Strafe abzusitzen. Man hatte mich gelehrt, meine Meinung hinter den Willen der Yhunix zu stellen. Und das war vermutlich der Dank dafür. Die Puzzleteile in meinem Kopf waren noch immer zerstreut und doch schien das hier das Ziel all der Jahre zu sein. Ich spürte die unausgesprochene Drohung und dennoch konnte ich nicht danach greifen. Und gleichzeitig schien alles auf einmal klarer zu werden. Vermutlich hatten die Yhunix ihr Reich vergrößern können, die Verletzten würden weniger werden, und ich würde wieder nur eine Arbeitskraft sein. *Ersetzbar.*

Nun war es also an der Zeit den Menschen ein letztes Mal zu zeigen, wie machtlos sie waren, indem sie ihnen den Kopf des Löwenkindes schickten. Für den Bruchteil einer Sekunde bewunderte ich den König für diesen klugen Schachzug. Ich war seine Spielfigur und das schien sein endgültiger Zug zu sein. Mutter und Vater würden außer sich sein vor Wut, ein Angriff würde sie ins Verderben ziehen. Und mit ihnen die gesamte Menschheit.

Die vielen neuen Informationen überschlugen sich in meinem Kopf und am liebsten hätte ich all den Schmerz aus mir rausgeschrien. Ich würde der Schlüssel zum Erfolg der Yhunix sein.

Mein Herz bebte vor Furcht. Ich wusste, dass der Plan aufgehen würde, zu sehr kannte ich meine Eltern. Ich versuchte all meinen Schmerz in meinen Gesichtsausdruck zu legen, doch die beiden Männer blieben vollkommen regungslos.

»Nachdem der Großteil meiner ausgebildeten Krieger im vergangenen Kampf verwundet wurde, wirst du in Begleitung einen Brief für mich überbringen.« Die Worte des Königs waren monoton, es schien, als hätte er seinen Plan mehrmals auf Pergament geschrieben und würde nun die Wörter auswendig wiedergeben. Im ganzen Saal war es so still, dass man eine der kleinen Nähnadeln, die Mutter für unsere dünnen Kleider nutzte, zu Boden hätte fallen lassen können. Das Klirren wäre ohrenbetäubend laut.

Mir entfuhr ein kurzes Lachen, was den König anscheinend verwirrte. Ich glaubte, mich verhört zu haben. Die Gedanken kreisten in meinem Kopf umher, jeder Teil der Geschichte schien falsch.

Ich fragte mich, welches Spiel der König mit mir spielte. Er schien überzeugt von seiner Aussage, fast schon glaubte ich, dass er zum Morgen die Finger nicht von seinem Wein lassen konnte.

»Wieso solltet Ihr mir vertrauen?«, fragte ich misstrauisch. Unter keinen Umständen hätte ich je geglaubt, dass der König mich als seinen Boten herauspicken würde.

Nun verzog der alte Mann missmutig das Gesicht und antwortete: »Mein alter Freund ist sehr eigen, wenn es um das Beantworten meiner Briefe geht. Er weigert sich seit Monaten, mir einen Boten zukommen zu lassen. Du sollst ihn etwas - erheitern.«

»Nein.« Das Wort kam blitzschnell über meine Lippen. Die Gänsehaut umschloss all meine Glieder, mein Körper bebte. Dieses Spiel nahm eine böse Wendung und wenn ich nicht aufpasste, war der Tod noch meine kleinste Sorge. Mirnas knurrte und nur wenige Sekunden später spürte ich erneut das Brennen auf meiner Wange. Ich war viel zu benommen von den Worten des Königs, als dass ich auch nur hätte zusammenzucken können.

»Noch ein Wort und ich schneide dir die Zunge heraus«, fauchte er wie ein wildes Tier. Sein Atem ging schnell, ebenso wie meiner, doch seine Augen waren dunkel und die Mordlust kaum zu übersehen.

»Valerio mag junge Menschenfrauen mit hellem Haar.« Der König stöhnte genervt, als wäge er ab, mir überhaupt davon zu erzählen. Dabei hätte ich mir sowieso am liebsten die Ohren zugehalten. »Das Kind der Löwen Bergks sollte seinen Ansprüchen genügen.« Kurz neigte er den Kopf, schien zu überlegen, ob er seine Zeit weiter mit mir verschwenden sollte.

»Und du wirst unseren Plänen gewiss entgegenkommen«, ergänzte Mirnas leise. Das gezwungene Lächeln um seine Lippen schnürte mir den Atem ab.

Bleib stark, versuchte ich mich ein weiteres Mal zu ermutigen.

»Niemals.«, flüsterte ich atemlos. Schon jetzt fühlte ich die schmierigen Finger des fremden Mannes auf meiner Haut. Er würde sich das nehmen, was einen jeden Mann am Tage umhertrieb. Ich erschauderte. Gewiss gab ich eine erbärmliche Figur ab, und doch flehte ich zu den Göttern, mich zu verschonen. Mirnas' Ohrfeige folgte fast in derselben Sekunde, und diesmal konnte ich die Tränen nicht mehr unterdrücken. Bebend hockte ich auf dem Steinboden, die Knie aufgeschürft, die Hände schmerzlich verdreht. Unruhig versuchte ich meinen Atem unter Kontrolle zu halten. Ich hatte etliche dunkle Stunden durchstehen müssen, auch diese würde ich überleben.

Der König ignorierte meine jämmerlichen Versuche, Stärke zu zeigen. Bedeutend langsam umschloss er mein Kinn, sodass ich gezwungen war, ihn anzusehen. Erneut schien es, als würde sich die Kälte seiner Augen langsam und qualvoll in meinem gesamten Körper breitmachen.

»Gewiss wirst du meine Pläne unterstützen, dummes Mädchen«, spuckte er mir finster ins Gesicht. Kurz kniff er die Augen zusammen.

»Sohn, würdest du bitte?«, fragte er gefährlich leise, ohne den Blick von mir zu nehmen. Ich musste schlucken, während er auf eine kleine Tür, die mir bis zum jetzigen Zeitpunkt nicht aufgefallen ist, deutete.

Hatte der König einen Löwen oder sogar einen Wolf hinter der hohen Türe versteckt?

Ich wusste, dass die Yhunix seit Jahren Löwen in Schaukämpfen gegeneinander antreten ließen. Die Tiere waren elegant anzusehen, keine Frage. Als Kind hatte ich ein Buch voller wunderschöner Wappen aller Völker Valenciens von Mutter geschenkt bekommen. Der brüllende Löwe auf dem dunklen Wappen der Feinde hatte etwas Magisches an sich. Oft saß ich stundenlang am Fenster unserer Stube und versuchte das Wappen abzuzeichnen, so wirklich gelang es mir nie. Doch obwohl mich die samtigen Tiere faszinierten, so wusste ich, dass sie meinen zitternden Körper in nur wenigen Sekunden in Zwei reißen konnten.

War das nun also mein Schicksal? Ich musste mich entscheiden, den Herrscher zu unterstützen, oder wurde von einem Tier gefressen?

Brauchte er tatsächlich diese Befriedigung? Mein Atem ging schneller, während ich vor meinem geistigen Auge schon aufgeschlitzt und blutend auf dem Boden lag. Mirnas zog kräftig an meinen Haaren, nur um anschließend seinem Vater mit stechendem Blick zuzunicken. Quälend langsam ging er zu der besagten Tür und fast schon wollte ich ihn anschreien, mein Schicksal nicht so hinauszuzögern. Seine langen Finger, die zum Teil mit goldenen Ringen übersät waren, umschlossen den schmalen Türgriff und drückten diesen langsam herunter. Ich hielt für einen kurzen Moment den Atem an, während er flüchtig über die Schulter blickte und mir einen spöttischen Blick zuwarf. Hilflos überlegte ich, an welchen Gedanken ich kurz vor meinem Tod festhalten sollte. Ich dachte an meine Familie, an die vielen Stunden, die ich mit Vater das Bogenschießen geübt hatte, und an die vielen Länder Valenciens, die ich nun in Zukunft nicht mehr sehen würde.

Die Tür knarrte, als Mirnas sie aufstieß. Ich kniff die Augen zusammen, wartete auf das Brüllen des majestätischen Tieres. Doch nichts geschah.

Langsam hob ich den Blick und wagte es, in den kleinen Raum zu schauen.

Für einen Moment schien die Welt stillzustehen. Mein Herz setzte einige Sekunden aus, holprig und schmerzhaft schlug es mir kurz darauf gegen die Brust. Jegliches Blut wich aus meinem Gesicht, während jeder Gedanke in meinem Kopf umhergewirbelt wurde.

»Nein«, war das Einzige, was meinen Mund verließ, während ich langsam zurück auf die Knie sank. All die Jahre hatte ich unter der Erde gekämpft, all die vielen dunklen Tage gehofft.

Ganz kurz hatte ich gezweifelt, doch im nächsten Moment war ich mir zu einhundert Prozent sicher. Meine Beine versagten, als ich mich nach vorn bewegen wollte, und ich landete längs auf dem harten Marmorboden. Kein Ton verließ meine Lippen. Meine Augen wanderten erneut nach vorn, meine Kehle brannte.

»Alyria!«

Mein Herz zog sich beim Klang ihres Namens zusammen, zu lang hatte ich ihn nun nicht mehr ausgesprochen. Das Beben in meinem Kopf wurde lauter, die Übelkeit in meiner Brust mit jedem Wimpernschlag größer. Ich traute mich nicht zu atmen, selbst das Schlucken fiel mir schwer.

Das junge Mädchen wimmerte auf, während der Sohn des Königs sie grob nach vorne stieß. Alles in mir schrie danach, ihn anzubrüllen, ihn zu schlagen und ganz weit von diesem Ort zu verschwinden. Doch mein Körper gehorchte mir nicht, meine Schreie waren stumm.

Am liebsten hätte ich meine kleine Schwester in den Arm geschlossen, doch die Fesseln um meine Handgelenke verhinderten dies.

Es mochten fünf lange Jahre vergangen sein, doch meine kleine Schwester hätte ich unter Hunderten erkannt. In der Zeit, in der ich noch auf den Feldern trainierte, glaubte ich oft sie sehen zu können, dabei wusste ich, dass Vater sie längst an einen sicheren Ort gebracht hatte. Es war ungewohnt, sie zu sehen, beinahe erwachsen war sie nun. Tränen traten mir in die müden Augen, verschleierten meinen einst so scharfen Blick. Der

Schmerz in meiner Brust wuchs ins Unermessliche, ich vergaß für einige Augenblicke zu atmen.

Alyrias Haare waren in der vergangenen Zeit gewachsen und sie trug sie nun in einem hüftlangen, geflochtenen Zopf. Und wie unglaublich groß sie in den letzten Jahren geworden war, sie reichte mir jetzt bestimmt schon bis zum Kinn. Weiche Kurven umspielten ihre schlanke Linie und ich dankte Mutter Natur, dass sie dafür gesorgt hatte, dass es meiner Familie in den vergangenen Jahren gut ergangen war. Ich vermutete, dass Vater in die Hauptstadt geflohen war. Der Osten wäre nicht sicher gewesen, der Süden war von Trollen überlaufen.

Ich blickte in ihr kleines, spitzes Gesicht, schon damals war ich neidisch auf ihre zarte Nase und die großen braunen Augen gewesen. Mutter hatte immer gesagt, ein jeder Mensch war einzigartig, wenn er daran glaubte. Und es stimmte, alles an meiner Schwester war besonders. Mit einem schwachen Lächeln betrachtete ich ihr Gesicht, ein dunkler Schatten zog sich unter ihrem rechten Wangenknochen entlang. Ich schluckte, während das feurige Gefühl in meiner Brust erneut aufflammte. Ihre Augen blickten nun kraftlos drein, ihre Lippen waren spröde und trocken.

Panik übermannte meinen Körper und nahm mir die Luft zum Atmen. Meine Familie wurde erneut auseinandergerissen, und wieder trugen die Yhunix die Schuld daran.

War Nuria also längst gefallen?

Über die Hauptstadt hatte ich nie viel gelesen. Das damalige Königspaar war schon sehr alt, als Bergk angegriffen wurde. Vermutlich regierten sie heute schon gar nicht mehr. Nuria war eine verwinkelte, altertümliche Stadt, gesegnet mit warmen Temperaturen und fruchtbaren Feldern. Vater hatte mir nie erlaubt, mit ihm in die Hauptstadt zu reisen, zu groß war seine Sorge vor der Nacht, die Nurias Schattenseiten zum Vorschein brachte. Ich wusste wenig über die Gebietsaufteilung, nur, dass die Arbeiter einst außerhalb der massiven Mauer leben mussten. Die Felder zogen sich bis zum Ufer des glänzenden Pera-Sees, es wäre nicht möglich gewesen, eine Mauer, um all diese weitläufigen Gebiete zu ziehen. Doch Mutter konnte den Kranken und Schwachen helfen und Vaters Wissen schien unbegrenzt, sodass ich all die Jahre davon ausging, dass sie im inneren Zirkel mit offenen Armen empfangen wurden. Die Soldaten des Feindes mussten die Bürger Nurias überrascht haben, die Stadt des Lichts galt als uneinnehmbar. Ich wollte mir nicht ausmalen, mit welchen Schmerzen meine Eltern zu kämpfen hatten, als man Alyria unbarmherzig aus dem Haus zog. Krampfhaft verbot ich mir jeden Gedanken daran, was mit ihnen geschehen sein könnte.

»Wie geht es dir?«, flüsterte ich leise in ihr Haar und wünschte, ich könnte sie ganz nah an mich ziehen, um ihren Herzschlag spüren zu können. Ich nahm einen tiefen Atemzug, in der Hoffnung, ein Stück Geborgenheit einzuatmen. Doch alles, was ich fühlte, war Leere. Für eine Sekunde schloss ich wehmütig die Augen. Ich erlaubte meinen Gedanken, sich eine Welt in Harmonie vorzustellen, versuchte mir auszumalen, wie das Leben in Bergk hätte verlaufen können. Vermutlich wäre ich tatsächlich in der Königsgarde gelandet und hätte meiner Familie Ehre und Ansehen gebracht.

Ich wäre einer der großen Hüter Bergks gewesen, von denen ich immer bis spät in die Nacht las. Das wohlige Gefühl der Zuneigung und Dankbarkeit durchfuhr mich. Für einen Moment schien die Energie wieder in meinen Körper zu fließen. Doch Alyrias wild klopfendes Herz holte mich in die Realität zurück.

»Nura …«, flüsterte sie zögerlich. Ihre Hände bebten vor Angst und sie versuchte ihre kleinen Finger in mein zerrissenes Hemd zu krallen. Ich wollte mir nicht ausmalen, welche Schmerzen sie bis zum heutigen Tag schon hatte erleiden müssen.

»Alles ist gut«, flüsterte ich, während mir die heißen Tränen beim Klang ihrer seidigen Stimme unaufhörlich über die Wangen rinnen.

Jedes Wort war eine Lüge. Ich wünschte, irgendetwas wäre in dieser Welt gut, doch dann würde Alyria nicht vor mir kauern.

»Was soll das hier?« Meine Stimme war nun nicht mehr als ein schwacher Hauch. Meine Lippen zitterten, nachdem die Worte meinen Mund verlassen hatten.

Bleib stark, Nuraya.

Ich wünschte, Großmutter würde vor mir stehen und mich in den Arm nehmen. Ihre Worte in meinem Geist waren ermutigend, doch gleichzeitig fremd und unbelebt.

»Familie ist wichtig, dummes Mädchen«, antwortete Mirnas und zuckte spöttisch grinsend die Schultern. Sein Blick glitt zum König, der die Anspielung jedoch ignorierte. Ich musste schlucken und versuchte, all die Fragen zu verarbeiten, die meinen Kopf zu zerplatzen drohten.

Das Spiel des Königs war undurchschaubar und ein weiteres Mal fühlte ich mich wie eine lästige Spielfigur, die er beliebig auf dem Platz verschieben konnte. Nur, dass ich nicht verstand, weshalb er das Leben meiner Schwester nun auch mutwillig zerstören musste.

»Wieso?« Die Frage kam als Keuchen von meinen Lippen. So einfach würde ich es dem Yhunixherrscher nicht machen. Er konnte meine Seele haben, aber ihr junges Leben war nicht bereit, für seine Sache geopfert zu werden.

Glaube und bete, mein Kind, und deine Wünsche werden wahr. Großmutters Rat schenkte mir wie so oft Trost in diesen düsteren Hallen.

»Absicherung«, war das einzige Wort, welches die Lippen des Königs verließ, ehe er mich interessiert musterte. Meine Gedanken überschlugen sich, während ich fieberhaft überlegte, wieso er eine Absicherung für eine mittelklassige Minenarbeiterin benötigte. Eine Flucht aus den Tunneln war schließlich unmöglich.

Doch dann fiel es mir wie Schuppen von den Augen. Seine Worte kamen mir wieder in den Sinn.

»Niemals.« Mein eben gewonnener Mut war längst wieder erloschen. »Das könnt Ihr nicht tun.« Bilder offener Wunden und schlafloser Nächte flogen wild in meinem Kopf umher.

Nicht auszudenken, dass meine Schwester dieselben Qualen wie ich über sich ergehen lassen sollte. Das Bild ihres geschundenen Körpers in einem der vielen dunklen Räume nahm mir die Luft zum Atmen.

Nura, du lebst. Du musst weiteratmen. Du darfst jetzt nicht aufgeben. Das breite Lächeln auf Großmutters Gesicht in meinem Kopf war lieblich. Ihre Worte sanft wie Balsam, doch mein Kopf formte ein grausames Schreien aus ihren sanften Tönen, welches mich bis ins Mark gefrieren ließ.

Ich versuchte, der Luft Einlass in meine Lungen zu gewähren, doch es war schwer und ich musste vor Anstrengung husten. Schwach. Erbärmlich.

»Ich bin bei dir Nura. Ich bin hier. Es geht mir gut, es geht uns allen gut.« Alyrias ruhige Worte verlangsamten meine Atmung, doch mein Herz schien kurz vor dem Versagen. Ich wusste, dass sie mich beruhigen wollte, doch meine Gedanken waren längst zu mächtig geworden.

»Nura, ich brauche dich.« Flehend drückte sie ihre Finger gegen meine Brust. Ich schloss die Augen, versuchte die bösen Geister aus meinem Kopf zu verscheuchen und stark für sie zu sein.

Doch ich schaffte es nicht.

Kapitel 6

»Sie ist der Grund, weshalb du zurückkehren wirst.«

Die Worte des Königs trafen einen Kern in mir, den ich jahrelang versucht hatte zu schützen. Nun lag er blutend und zerfetzt vor ihm. Ich wünschte, er hätte mich zusammengeschlagen, zu sehr schmerzte es, diese Laute hören zu müssen. Salzige Tränen schossen mir erneut in die Augen, die Gedanken in meinem Kopf formten sich zu realen Bildern. Ein stummer Schrei verließ meine Lippen. Ich war ein Wrack. Eine leere Hülle, die aufgehört hatte, zu kämpfen.

Was nützte einem die Chance, ganz Valencien noch einmal sehen zu können, wenn dieser Schmerz schlimmer war als jeder Peitschenschlag zuvor? Wie sollte ich mich frei fühlen, im Wissen, sie würde dafür zahlen müssen?

Wo Freiheit ist, ist auch Hoffnung, mein Kind.

Zum ersten Mal in meinem Leben konnte ich nicht mehr auf Großmutters Worte vertrauen. Diese Freiheit war Schmerz.

Wofür sollte ich kämpfen, wenn Alyria in dieser Hölle leiden musste?

Meine Stimme war schwach, meine Hände zitterten, während ich gebrochen flüsterte: »Lasst sie gehen, sie ist klein und wendig, sie wird euren Auftrag da draußen erledigen, wenn er eine solch hohe Bedeutung für Euch hat.«

Ich war dankbar, dass Hemera, die Mutter des Lichts, mir diese Idee schenkte, die die dunklen Träume in meinem Kopf erhellte. Ich stieß lautlos ein Gebet gen Himmel. Alyria würde die Chance ergreifen können und fliehen.

Meine Worte waren hilflose, abgehackte Fetzen und doch entlockte ich dem kalten Herrscher Eribons ein höhnisches Grinsen. Ich wagte es kaum, zu atmen.

»Nein.«

Seine Antwort war kurz, zu kurz für all die Emotionen, die in mir steckten. Entsetzt musterte ich seine gehobenen Mundwinkel.

»Wieso kann nicht eine Soldatin Eurer Leibgarde diesen Brief überbringen, wieso ich?« Meine Stimme war holprig, meine Brust vibrierte. Alyrias Schluchzen neben mir wurde lauter und ich musste erneut die Lippen aufeinanderpressen, um die Fluten in meinen Augen zurückzuhalten.

Der König jedoch machte nur eine kurze Handbewegung und nur den Bruchteil einer Sekunde später spürte ich das Brennen von Mirnas' Handrücken auf meiner Wange. Ich schmeckte das Blut auf meinen Lippen, doch ich beachtete es nicht einmal.

Der Prinz packte meine Schwester schneller, als ich denken konnte. Ihre dünnen Beine zappelten in der Luft, während er ihren Körper erkundete. Mirnas verzog die Lippen zu einem Grinsen. »Vater, ich glaube sie würde mir viel Freude bereiten.«

Ich gab einen keuchenden Laut von mir, während sich in Alyrias Augen große Tränen sammelten. Begehrend fuhr er über ihr Dekolletee, ehe er sie eng an sich zog. »Vorzugsweise nackt«, hauchte er gegen ihre angespannten Lippen.

Ich nahm ein entsetztes Fauchen wahr, ehe mein Kopf realisierte, dass es aus meinem Mund kam. Der Prinz lachte, das Keuchen meiner Schwester verstummte.

»Schluss jetzt.« Die Stimme des Königs hallte durch den Raum. »Das Mädchen bleibt hier. Eine Leibgarde hält – wie der Name schon sagt – dem König die Feinde vom Leib, weshalb es schwierig ist, einen meiner exzellenten Krieger für ein Stück Papier in die Welt zu schicken, Mädchen.« Mit einer bedrohlichen Präsenz kam er mehrere Schritte näher, ehe er mich abwägend musterte.

»Mein Verbündeter erhielt bereits einen Raben, der deine Position beschreibt und ihm die weitere Vorgehensweise erklärt, sobald der Brief überbracht ist. Jeder dumme Versuch mich zu belügen, wird Konsequenzen haben, die deine kleine Schwester bestimmt liebend gern an ihrem zarten Körper zu spüren bekommt.« Ich schluchzte bei seiner Drohung auf. »Habe ich mich klar ausgedrückt?« Seine Worte zersplitterten den letzten Rest von mir, sodass ich nicht mehr als ein Wimmern zustande bekam.

»Dachte ich es mir doch.« Der König wirkte zufrieden und warf einen kurzen Seitenblick auf seinen Sohn, der nach wie vor den jungen Körper meiner Schwester mit seinen Krallen erkundete.

»Schaff sie mir aus den Augen.« Kurz zog er genervt die Augenbrauen zusammen. »Und spiel dich an einer Hure aus.« Seine Worte waren so eisig, dass sogar der Prinz kaum merklich zusammenzuckte.

Er salutierte und zog Alyria unsanft hinter sich her.

Ich versuchte, ihren Blick auf mich zu lenken, um ihr ein letztes Mal zu sagen, dass alles gut werden würde, doch ihre Augen waren fest zusammengekniffen.

Ich liebe dich und werde dich hier rausholen.

Mein Mut, die Gedanken laut auszusprechen, war erloschen und doch hoffte ich, dass sie mein Versprechen hörte.

Als kleines Kind hatte ich ihr immer aus den alten Legenden vorgelesen, wenn sie wieder einmal nachts nicht schlafen konnte. Die Geschichten über die Riesen und Feen hatten ihren aufgeregten Körper mit der Zeit beruhigt und die bösen Geister vertrieben. Ich wünschte, ich könnte ihr sagen, wie sehr ich sie all die Jahre vermisst hatte. Ich hätte alles dafür gegeben, mir den Schmerz aus der Seele zu schreien, um sie endlich wieder mit offenen Armen an meine Brust drücken zu können.

Doch so sehr ich auch vor Verzweiflung kochte, kein Ton verließ meine Lippen. Meine Augen wanderten zu dem goldenen Thron und trafen auf den spöttischen Blick des Königs. »Ich nehme an, ihr Leben wird dir Ansporn genug sein?«

Seine Frage verlangte keine Antwort. Mein Hals war zugeschnürt, fast als würde man die Klinge eines Schwertes gegen die Adern drücken und nur noch darauf warten, dass das Opfer kraftlos zusammensackte.

Der König tippte ungeduldig mit der Fußspitze auf die Marmorfliesen und ließ seinen Blick gelangweilt durch den Raum streifen. »Du wirst diesen Brief nach Windorw bringen, eine große Stadt im Norden des Landes.« Er deutete auf einen goldenen Umschlag, welcher fein säuberlich auf dem Silbertischchen neben dem Thron lag.

Ich schluckte, hatte aber keine Kraft mehr, Fragen zu stellen. Die einzige Frage, die meinen Kopf explodieren zu lassen drohte, beschäftigte sich mit Mirnas' Absichten in Bezug auf meine Schwester. Und ich wollte mir wirklich nicht vorstellen, was hinter den Saalwänden geschah.

Weil du zu schwach bist, um deine eigene Schwester zu schützen. Ich zuckte zusammen, so bissig knurrte die Stimme in meinem eigenen Kopf.

Den König schienen meine Hirngespinste wenig zu interessieren. »Dort lebt mein Verbündeter Valerio Cyron. Sag ihm, der große König Eribons schicke dich. Meine Soldaten werden sich bedeckt halten, es wird deine Aufgabe sein, ihn zu überzeugen. Es kommen schwere Zeiten auf uns zu.«

»Schwere Zeiten?« Verwirrt wagte ich einen erneuten Blick in seine Augen, doch auch dieses Mal war sein Gesicht wie ein Buch mit sieben Siegeln verschlossen. Die Yhunix waren neben den Menschen die stärkste Macht in Valencien und mit drei heiligen Schwertern in ihrem Besitz beinahe unbesiegbar. Täglich kehrten Verletzte in die Tiefen der Minen zurück, und doch konnte der Gedanke an eine ernsthafte Verwundbarkeit der Yhunix nicht in meinen Kopf eindringen. Perfektion war das einzige Wort, welches sie beschreiben konnte.

»Frag nicht so viel. Das geht dich nichts an, du überbringst den Brief nur«, murrte der König, machte aber nicht die Anstalten, von seinem Thron aufzustehen. Dennoch schmerzten seine Worte wie ein Faustschlag ins Gesicht. Ich wollte gar nicht wissen, was geschah, wenn ich den Mann nicht von dem Plan des Königs überzeugen konnte. Schwer schluckend versuchte ich, diesen Gedanken aus meinem Kopf zu verbannen.

»Mein Sohn wird dich zu einer meiner persönlichen Dienerinnen bringen. Diese wird dir angemessene Kleidung und einen Bogen geben.« Der König verstummte und musterte mich erneut mit seinem wachsamen Blick.

Bei seinen Worten wurde ich erstmals hellhörig.

Man vertraute mir eine Waffe an? Nach all dem, was man mir angetan hatte? In meinem Kopf entstanden ganz neue Möglichkeiten.

Lüge! Ich durfte dem König nicht vertrauen, egal, welche Möglichkeiten er mir gerade bot.

Seitdem ich mich geweigert hatte, Bogenschützin in der jungen Armee des Königs zu werden, hatte man mich konsequent von jeglicher Waffe ferngehalten. Zum Arbeiten bekam ich stets die stumpfen Werkzeuge, viel zu oft hatte ich am Anfang versucht, sie zu Wurfwaffen umzufunktionieren. Oftmals sogar mit Erfolg.

Doch auf jeden Erfolg folgte Ernüchterung, weil Yhunixsoldaten niemals allein die Gefangenen beobachteten. Und der Schmerz, der dann folgte, führte dazu, dass meine Ausbruchsversuche weniger wurden, bis ich schließlich still meine Arbeit verrichtete. Wie alle.

Der König schien mein plötzliches Mienenspiel verfolgt zu haben, denn er räumte sogleich ein: »Denke nicht einmal an Rache. Solltest du auch nur einen meiner Leute verletzen, wirst du das kleine Mädchen nie wieder zu

Gesicht bekommen. Es liegt in deiner Hand.« Ich nickte lediglich. Es hatte keinen Sinn, ich würde nie irgendetwas gegen diesen Mann bezwecken können.

Yhunixstützpunkte waren im ganzen Land verteilt. Kaum hätte ich die Soldaten an meiner Seite verletzt, würden sich neue Begleiter finden. Und mit ihnen auch neuer Schmerz.

Dennoch flossen die nächsten Worte viel schneller über meine Lippen, als dass ich auch nur einen Funken Verstand hätte einsetzen können.

»Eine Bedingung. Sie fassen meine Schwester nicht an und werden sie nicht zwingen, diese Arbeit hier zu verrichten.«

Der Gedanke, Alyria in diese Hallen zu verbannen, schien mich von innen heraus auszubrennen. Mit etwas Glück würde der König sie stattdessen in die Kammern der Kräuterhexen stecken und sie würde die verletzten Yhunixsoldaten pflegen. Schon als kleines Kind war ihr Wissen über die Kräuter weit größer als meines gewesen und ich war mir sicher, dass sie auch die vergangenen Jahre Mutter bei der Arbeit geholfen hatte. Die Kräuterfrauen waren ehrenwerte Menschen. Alyrias Leben würde gut verlaufen und womöglich würde sie sogar einen Weg zurück in die Stadt des Lichts finden. Meine Schwester war schlau, das wusste ich.

Die Sekunden verstrichen und Stille breitete sich im Raum aus. Ich fluchte leise. Ich hätte es wissen müssen. Eigentlich hatten die Jahre unter der Erde meine dummen Versuche, Stärke zu zeigen, eingedämmt. Meine Lungen schmerzten, ich wünschte ich könnte die Worte zurücknehmen. Ich hasste es, wenn Nyx, die Dunkelheit, es schaffte, völlig unvorbereitet die Oberhand über mich zu gewinnen und meine Gedanken zu Worten formte.

Ich schnaufte leise und bereitete mich innerlich schon auf meine Hinrichtung vor. Das Blut rauschte in meinen Ohren, mein Kopf schmerzte von all den Tränen.

Niemals hatte eine Sklavin das Recht, ihrem Herrscher etwas vorzuschreiben. Jedes Kind in den Eisenminen wusste, dass Aufmüpfigkeit mit dem Tod bestraft wurde.

Ich versuchte nicht einmal, die Entschuldigungen über meine Lippen fließen zu lassen, sondern starrte stattdessen zu Boden.

Die Chance, meine Schwester jemals wieder in der Sicherheit meiner Eltern zu wissen, war verspielt. Ich hatte es geschafft, mich all die Jahre unter dem Willen der Yhunix zu beugen, und nun hatte ich Alyria in die Hölle verbannt und jede Aussicht auf ein gutes Ende verspielt.

Erbärmlich.

Der scharfe Schmerz auf meiner Wange war tröstlich, die Tränen in meinen Augen blieben aus.

»Denkst du, du hast das Recht, Anforderungen zu stellen? Wage es ja nicht, mir zu befehlen, was ich zu tun habe!«

Mit jedem Wort schien der König größer zu werden. Ich schluckte, wagte es aber nicht, noch ein weiteres Wort zu sagen.

Ich war eine Enttäuschung.

Der König packte mich fest an den Schultern und stieß mich schließlich mit voller Wucht auf den kalten Boden. Das Brennen meines Rückens ließ mich die Augen zusammenkneifen und doch schaffte ich es, mich vorsichtig wiederaufzurichten. Das durfte so nicht enden.

Alyria, Alyria, Alyria.

Die Worte brannten in meinem Kopf und ich stöhnte schmerzvoll auf.

»Denkst du eigentlich, dir alles erlauben zu können?« Mirnas' Stimme plötzlich so nah an meinem Hals zu spüren, ließ meinen Körper innerlich explodieren. Aus reinem Reflex schlug ich um mich und traf seine schlanke, gerade Nase, sodass er einige Meter nach hinten taumelte.

Mein Herz setzte einen Moment aus.

Nein, nein, nein. Das konnte nicht passiert sein.

Ich kniff die Augen zusammen und betete zu Mutter Natur, dass sie das ungeschehen machte. Ohne Erfolg.

Keine zwei Sekunden später lag die Spitze einer scharfen Klinge an meinem Hals und nahm mir die Luft zum Atmen. Ich wagte es nicht einmal mehr, zu schlucken. Eine meiner einst so leuchtend weißen Strähnen fiel mir kraftlos ins Gesicht und kitzelte mich an der Wange, doch ich bewegte mich nicht. Zu groß war meine Furcht vor dem Tod. Der Yhunixsoldat hinter mir hielt mich fest und womöglich wäre ich jeden Moment vor Angst einfach zusammengeklappt.

»Beleidigung des Königs, Körperverletzung an königlichem Blut. Du kennst die Strafe für ein solches Vergehen.« Die Worte des Soldaten waren unglaublich weit weg, zu laut hörte ich das Blut in meinem Adern rauschen. Ich dachte an meine Eltern und spürte ihre Enttäuschung über mein Versagen. Das Kind der Löwen, gestorben aufgrund von Beleidigung in der Gefangenschaft. Vater hatte sicherlich Großes von mir erwartet. In der Kindheit hatte er sich oft auf meine Bettkante gesetzt und Heldengeschichten erzählt, bis ich ganz müde wurde. Und am Ende flüsterte er immer leise: *»Und einer dieser Helden wirst du eines Tages sein, meine Kleine.«* Und nun stand ich hier, zitternd, meine Schwester ihrem grausamen Schicksal überlassend. Nicht mehr als ein Schatten meiner selbst.

Ich hatte versagt.

»Angst?«, lachte der König, während er die Hände schallend zusammenschlug. Sein Sohn hatte neben ihm Platz genommen. Helles Blut ruinierte seine Uniform, während er seine Nase mit den blassen Fingern umklammerte. Seine Augen rammten eisige Pfeile in meine Brust.

Ich schluckte, versuchte jedoch ein letztes Mal meinem Blick Stärke zu verleihen und mich komplett auf meine Sinne zu verlassen. Der Soldat hinter mir atmete schwer, die Bediensteten im Raum warfen ängstliche Blicke in meine Richtung. Ich konnte ihnen die Furcht nicht verdenken, zu sehr war die Unsicherheit auch in meinen Körper gekrochen.

Ich wartete darauf, dass der König das Zeichen für mein verlorenes Schicksal gab, einen kurzen Pfiff oder ein zustimmendes Nicken. Mehr brauchte es nicht. Mein Blut würde den hellen Boden in Sekundenschnelle dunkelrot färben und der Wachmann könne ein weiteres Opfer in seine Liste eintragen. Es würde vermutlich nicht mehr als zehn Sekunden dauern.

Ich dachte an den langwierigen Prozess einer Geburt, an die Schmerzen einer jeden Mutter, wenn sie ihr Kind gebar. Ich hatte einige wenige Geburten als junges Mädchen begleiten dürfen. Die Frauen waren alle blass und verschwitzt, die Männer mussten zumeist den Raum schon frühzeitig verlassen.

All diese grausamen Strapazen und nun würde ich eine von vielen sein, die durch ein fein geschliffenes Stück Metall in ihrer Kehle zu Grunde gehen würden.

Eine Handbewegung später zuckte ich zusammen. Der Leibwächter löste mit einer schnellen Bewegung das Schwert von meinem Hals und entfernte sich einige Schritte von mir. Ich wusste nicht, ob ich vor Erleichterung oder Überraschung nach Luft schnappen musste. Von aller Kraft verlassen knickten meine Beine ein und mit einem dumpfen Geräusch landete ich auf dem Boden.

»So einfach wirst du dieser Welt nicht entfliehen«, sagte der König mit angespannter Stimme. Genervt fuhr sein Blick über meine jämmerliche Figur. Ein Seufzen verließ seine Lippen. »Valerio wird alles an dir begehren, schon als Junge sehnte er sich nach schwachen Menschenweibern.« Er faltete die Hände krampfhaft auf dem Schoß, als müsse er sich ermahnen, mir nicht eigenhändig den Kopf abzuschlagen. Einzig und allein ein goldener Brief trennte mich noch von dem Reich der Toten. Ich zitterte und wusste nicht, ob ich Mutter Natur danken sollte, oder ob ich das Ende mit weit geöffneten Armen hätte empfangen sollen.

Alyrias Leben steht auf dem Spiel, die Stimme in meinem Kopf fauchte beinahe, *reiß dich verdammt nochmal zusammen.*

»Deine Schwester wird schreckliche Schmerzen erleiden, falls du ohne Erfolg und später als zur Sommersonnenwende zurückkehrst. Dein Name wird durch die Tunnel tief in der Nacht schallen, während du mit eigenen Augen ihrem Untergang beiwohnen darfst.«, rief der König und schnalzte dann mit der Zunge. Der laute Ton erinnerte mich an einen Peitschenschlag. Wie ein geschlagenes Kind taumelte ich einige Schritte zurück und wimmerte. Eingesackt hockte ich erneut vor dem König und wünschte, der Albtraum würde irgendwann ein Ende finden.

»Aus meinen Augen mit ihr, Mirnas.«

Grob packte mich der Prinz am Oberarm und schleifte mich ohne ein weiteres Wort aus dem Raum, ohne dass ich die Möglichkeit hatte mich aufzurichten.

»Vergiss nicht, bis zur Sommersonnenwende!«, rief der König mir noch hinterher, ehe die Tür ins Schloss fiel. Als wir den Thronsaal hinter uns gelassen hatten, packte der Erbe Eribons mich für einen kurzen Moment am Hals und knurrte mordlustig: »Du wirst die Schmerzen deines Lebens erleiden, das verspreche ich dir.« Seine Augen waren glänzende Eiskristalle, sein Körper bebte. »Wenn dieser verdammte Brief nicht so bedeutend wäre, würde ich dich auf der Stelle hier nehmen und dann blutend in der Ecke verrotten lassen.« Seine Hände brannten sich tief in meine Haut. Erst meine würgenden Geräusche brachten ihn dazu, meinen Hals loszulassen. Der Druck verschwand trotzdem nicht.

Kapitel 7

Das Mädchen, das mir die Kleidung einer Yhunixsoldatin brachte, war nicht älter als Alyria. Kaum, dass ich sie sah, sammelten sich erneut die Tränen in meinen Augen. Ich wollte um mich schlagen, beißen, kratzen, schreien, und gleichzeitig fühlte ich mich leer, verletzlich und schuldig. Schuldig, meine eigene Schwester ihrem düsteren Schicksal zu überlassen. Die Tränen verklebten meine Augen und ich musste mich zwingen, nicht auf der Stelle loszuheulen. Das kleine Mädchen verbeugte sich, als der Prinz in den Raum trat, und half mir gehorsam, in die beige Kleidung zu steigen. Der Anzug bedeckte zwar den Großteil meiner Haut, aber es fühlte sich dennoch an, als hätte man mich nackt ins Schmiedefeuer gelegt. Augenblicklich wünschte ich mir das alte Leinenkleid zurück, doch das Mädchen hatte dieses längst in eine alte, staubige Truhe gepackt. Vielleicht war es eine Strafe, dass man mir so ein kostbares Kleidungstück gab, um mich für immer an diese düsteren Hallen zu fesseln. Mit der Kleidung einer Yhunixsoldatin repräsentierte ich das Schloss, so wie der König es all die Jahre gewollt hatte.

Das Mädchen gab sich alle Mühe, schnell und kontrolliert die vielen Einzelteile des Anzuges trotz meiner zitternden Glieder an die richtigen Körperteile zu ziehen.

Es beunruhigte mich, dass der Prinz die gesamte Zeit am anderen Ende des Raumes stand und mich mit den Augen fixierte. In der vielen Zeit unter der Erde hörte man die Sklaven flüstern und über den Prinzen gab es mehr als nur eine Geschichte. Seine häufigen Besuche der Hurenhäuser waren dabei schon lange kein Geheimnis mehr. Wenn man dem Flüstern vertraute, mochte er es grob und herrisch und man erzählte sich sogar, dass ein Mädchen unter seinem bebenden Körper starb. Mir wurde erneut schlecht, doch aus Angst konnte ich den Blick nicht abwenden. Ich fragte mich für einen kurzen Augenblick, wie das Leben als hoch angesehener Thronerbe wohl aussehen musste. Als Kind hatte ich mich oft mit meinen Freundinnen als junge Prinzessinnen verkleidet. Wir trugen Kleider aus locker zusammengenähten Tischtüchern und Bettlaken, frisierten unsere Haare mit Blumen und Federn. In Gedanken gingen wir auf Bälle in großen Tanzsälen, aßen feinste exotische Früchte von der Küste. Ich schmunzelte für den Bruchteil einer Sekunde, ehe ich erneut auf Mirnas' starre Gestalt blickte. All die Pflichten eines Herrschers ignorierten wir geflissentlich und in Wahrheit war ich immer froh, mit Mutter und Vater in einem kleinen Haus am Stadtrand zu wohnen.

Ich zuckte zusammen, als ein wütender Schrei den Mund des Prinzen verließ, und blickte erschrocken zu einem kleinen Jungen, der vermutlich nicht schnell genug die Wäsche wusch. Krampfhaft umklammerte er den Holzkorb, während Mirnas' flache Hand auch auf seine Kinderwange traf. Der Ton hallte in dem kleinen Raum für einen Moment nach und ich bemerkte, wie sich das Mädchen neben mir versteifte. Unauffällig fuhr ich einmal über ihren zarten Rücken, ihr schien es aber nicht einmal aufzufallen. Die Lippe des Jungen zitterte, in seinen Augen sammelten sich kleine Tränen, während er um Vergebung flehte und anschließend wegtrat. Vor noch etwa einem Jahr wäre ich auch hier laut geworden. Hätte mich der Ungerechtigkeit entgegengestellt und das Kind fest in meine Arme geschlossen. Ungezogene Worte hätten meine Lippen schneller verlassen, als ich überhaupt hätte nachdenken können. Die impulsive Seite meines Körpers gewann viel zu oft die Oberhand über mein Denken. Ich erschauderte beim Gedanken, welche Folgen ein bloßer aufgebrachter Satz hinter sich gezogen hätte. Mirnas' hasste jeden Teil von mir, vermutlich wäre er als nächstes zu mir gekommen und hätte so lang auf mich eingeschlagen, bis ich kaum noch einen Schritt hätte gehen können.

Es war, als würden die alten Narben erneut aufplatzen, während ich daran dachte. Alte Bilder schossen in meinen Kopf, grausame, qualvolle Bilder. Ich, keuchend auf dem schmutzigen Erdboden vor Schmerzen zusammengerollt, während die Aufseher blind auf mich eintraten. Aus Unachtsamkeit war ich damals in einen der höheren Aufseher gelaufen. Er hatte mich an den Haaren gepackt und in die Mitte des Raumes geschleift. Eine meiner Rippen war bis heute nicht wieder richtig zusammengewachsen und wenn ich auf meiner linken Seite lag, schmerzte es.

Das Schluchzen des kleinen Jungen wurde lauter, mein Herz zog sich bei seinem wimmernden Anblick schmerzhaft zusammen. Nervös blähte ich die Nasenflügel auf, konnte mich aber noch zusammenreißen.

Alyria musste wegen mir schon genug leiden.

»Bringt Ihr mir eine Blume von außen mit?«, fragte das Mädchen plötzlich kaum hörbar, während sie mir eine Gürteltasche, die mit einer spärlichen Verpflegung gefüllt war, um die Taille legte. Unruhig schaute ich zu dem Prinzen, doch er war gerade so beschäftigt, dass er unser kleines Gespräch nicht mitbekommen würde. »Aber natürlich«, flüsterte ich schwach lächelnd, was dem Mädchen ebenfalls ein Schmunzeln ins Gesicht zauberte. Ihr Mund war schön geformt, sicherlich hätte sie viele Verehrer in ihrem Leben gehabt.

Ich wünschte, ich hätte ihr tatsächlich die blühende Schönheit aus den weiten Landen Valenciens mitbringen können, doch die Pflanze hätte in diesen Hallen viel zu schnell ihr Ende gefunden. Das Mädchen fummelte unruhig an meiner Tasche herum, fast als lägen ihr die flehenden Worte auf der Zunge, die sie sich nicht traute auszusprechen. Ich erkannte den Schmerz in ihren Augen, doch wagte es nicht, ihren zerbrechlichen Körper in die Arme zu schließen.

»Es tut mir leid«, flüsterte ich ehrlich, während ich ihr behutsam die rötlichen Haare aus der Stirn strich.

Erst der harte Griff des Prinzen an meiner Schulter brachte mich dazu, mich von dem Kind abzuwenden. Kurz darauf landete seine Hand auf der Wange des Mädchens, worauf die Kleine leise aufwimmerte. Ich zuckte beim Klang des dumpfen Geräusches zusammen.

»Willst du heute Nacht draußen schlafen? Du sollst arbeiten!«

Beschämt senkte das Kind den Blick und wischte sich zitternd die Tränen aus dem Gesicht.

»Nein. Entschuldigt, Herr«, brachte sie ängstlich hervor, während sie wieder an dem Verschluss meiner Tasche nestelte. Ihre Finger waren schweißnass. Die Tasche hing schwer auf meiner Schulter.

Ich schnaubte leise. Ehe aber ein unüberlegtes Wort aus meinem Mund schießen konnte, welches ich später bereuen würde, griff das Mädchen beruhigend nach meinem Arm.

»Schon gut, ich habe das verdient. Das war ungezogen von mir.«

Ich blickte in ihr abgemagertes Gesicht und erkannte Alyrias Wärme in ihren Augen. Ich musste stark sein und durfte mich nicht von meinen Gefühlen leiten lassen.

Alyrias Leben steht auf dem Spiel.

Ich zwang mich, den Ärger runterzuschlucken und knöpfte das helle, leinenartige Hemd an meiner Brust zu. Ich hasste den Anzug schon jetzt.

»Hier.« Zitternd überreichte mir das Mädchen einen glänzenden Bogen.

Voller Bewunderung starrte ich ihn an. Zuletzt hatte ich vor drei Jahren eine solche Waffe in der Hand gehalten. Ich hatte Angst, das Bogenschießen, welches ich einst so geliebt hatte, nun verlernt zu haben. Etwas unsicher rollte ich den Bogen in der Handfläche umher. Er war glatt, ganz anderes als der Bogen, mit welchem ich in meiner Kindheit immer auf die Zielscheiben geschossen hatte. Dieser Bogen war hochwertig, ein Bogen des Königs. Feines Holz aus dem Osten, vermutete ich. Zarte Ornamente zogen sich an den schlanken Seiten entlang. Ich konnte mir schlecht vorstellen, dass jeder Soldat einen solchen Bogen nutzen durfte. Doch vermutlich gab es keine Waren in der Welt, für die die Yhunix nicht zahlen konnten.

»Fertig?« Mit einem Mal lag die Hand des Prinzen erneut auf meiner Schulter, worauf ich zusammenzuckte. Es war schrecklich ungewohnt, ständig berührt zu werden. Zumal die Hand des Prinzen kalt war, sodass sich all meine Härchen aufstellten.

»Ja Herr«, flüsterte das Mädchen mit den roten Haaren und blickte erneut zu Boden.

»Kümmere dich um die Wäsche, und zwar sofort. Und

du-« Er blickte mich prüfend an, weshalb ich unbeabsichtigt die Luft anhielt. Das lange ebenmäßige Schwert baumelte an seinem Gürtel, wenn er schnell zugriff, hatte ich keine Möglichkeit, ihm irgendwie zu entfliehen. Mein Blick huschte zu seinem Gesicht, starr musterte er jede meiner Regungen.

»Du richtest keinen Schaden hiermit an. Du hast sowieso keine Chance.« Er deutete auf den Bogen und warf mir dann einen spöttischen Blick zu.

Ich konnte darauf nur stumm nicken. Nervosität machte sich in meinen Gliedern breit.

Die Möglichkeit, ganz Valencien noch einmal in seiner Pracht erleben zu können, lag direkt vor mir. Und doch hatte ich mich noch nie so sehr an das Königshaus gebunden gefühlt. Ich wollte frei sein, doch die Freiheiten, die man mir nun zugestand, fühlten sich wie dicke Eisenmanschetten an, die eng um meine Handgelenke saßen. Die Gedanken an meine Schwester, die die nächsten Wochen in dieser Hölle verbringen musste, wirbelten in meinem Kopf auf und ab.

Ich musste mir mit dem Brief die Freiheit meiner Schwester erkaufen, so sehr sich auch jede Faser meines Körpers in mir davor sträubte. Ich schwor mir, nicht aufzugeben, ehe ich dem König auch noch diesen Wunsch erfüllt hatte und Alyria endlich wieder in Sicherheit leben konnte.

»Hier ist der Brief. Du bringst ihn nach Windorw zu Valerio Cyron. Und wage es ja nicht, die kostbaren Pfeile zu verschwenden. Du bist eines solchen Bogens eigentlich nicht einmal würdig. Aber Vater bestand darauf, schließlich repräsentierst du das mächtigste Königshaus des Landes. Also würdige das auch.« Eine Ader an der Stirn des Prinzens war hervorgetreten und pochte nun aufgeregt.

Ich nickte schnell, ehe er mir in seiner Wut doch noch den Kopf abschlug.

Vorsichtig griff ich nach dem kostbar eingeschlagenen Brief und verstaute ihn in meiner Jackentasche. Meine Hände zitterten, doch Mirnas sollte sehen, dass ich meine Schwester nicht kampflos in seinen Fängen lassen würde. Ich würde alles dafür geben, dieses Schriftstück zu seinem Empfänger zu bringen, und dann würde ich meine Schwester aus diesem Loch befreien.

Kampfbereit hob ich den Blick und fing Mirnas' spöttisches Lachen ein.

»Hoffen wir, dass du überlebst, Kleine.«

Die Palasttür war bestimmt drei Meter hoch und durch das viele Glas wurden die weichen Strahlen der Sonne in alle Richtungen geschickt. Die Wärme fuhr wie eine liebliche Hand über meine Wange. Ich wünschte, diesen Moment für ewig einfangen zu können und an schlechten Tagen genau dieses süße Gefühl auf der Haut spüren zu dürfen. Mirnas öffnete die Tür quälend langsam. Ich schnaubte innerlich und musste mich zusammenreißen, nicht selbst nach dem goldenen Türknopf zu greifen.

Lange hatte ich mir diesen Moment ersehnt, und nun musste ich blinzeln, so hell war das Sonnenlicht, welches mir drei Jahre verwehrt worden war. Als Kind hatte ich immer meine Hände zum Himmel gestreckt und versucht das Licht mit den Fingern einzufangen. In den Tiefen Eribons lernte man schnell, wie wichtig Sonnenlicht war. Ohne die warmen Strahlen wurde man schneller müde und verlor die Kraft in den Muskeln, die man eigentlich so dringend für die schwere Arbeit benötigte.

Drei lange Jahre waren vergangen und ich sehnte mich danach, diesen Ort endlich verlassen zu können.

Doch gleichzeitig waren die tiefen Tunnel und die heiße Schmiede ein Teil von mir geworden. Ein Teil, welcher sich nicht so einfach aus meinem Herzen verbannen ließ. Ich dachte an all die Momente voller Angst und Trauer. Bilder hatten sich längst in meinen Kopf gebrannt. Schreckliche Bilder, die so schnell nicht vergessen werden konnten. Trotz des warmen Sonnenlichts schien es auf einmal kühl zu werden. Eribon hatte mir meine größten Ängste gezeigt und so sehr ich auch jegliche Hoffnungen verloren hatte und Schmerzen einstecken musste, so stand ich doch immer noch hier. Das Schicksal hatte anscheinend noch einen Plan für meine Zukunft, daran glaubte ich fest.

Neugierig öffnete ich meine zusammengekniffenen Augen, um der Zukunft entgegenzukommen. Der prunkvolle Innenhof des Yhunixpalastes war mit einzigartigen Bäumen bepflanzt. Die grünen Pflanzen schienen zu leuchten, bunte Blüten tummelten sich entlang der Pflastersteine. Prunkvoll gestaltete Häuserfassaden gaben dem Hof die Perfektion, die auch ein jeder Yhunix ausstrahlte. Die vielen weißen Steine und die ebenmäßig gedrehten Säulen mussten ein Vermögen gekostet haben.

Ein sanftes Plätschern erreichte mich von dem großen Brunnen, der in der Mitte des mit Marmor gepflasterten Platzes thronte. Ich war so überwältigt von der Schönheit des Hofes, dass ich beinahe vergaß zu atmen.

»Wenn der rote Himmelsball zur Sommersonnenwende untergegangen ist, bist du lieber längst zurückgekehrt«, sagte der Prinz unmittelbar hinter mir und doch kam es mir so unglaublich weit entfernt vor. Ich klammerte mich an mein Ziel, meine Aufgabe schnellstmöglich zu erfüllen. Nicht einmal Mirnas konnte jetzt noch Zweifel in mir streuen. Es würde eine schmerzhafte Reise werden, doch am Ende würde ich das Leben meiner Schwester retten. Danach würde ich wieder zurückkehren und alles würde so weitergehen wie bisher.

Für Alyria. Ich nickte, um mir Mut zu machen, mir Kraft zu schenken. Ich musste die Aufgabe erledigen. Für meine Schwester und für meine Familie.

Familie, wie gern hätte ich alle noch einmal in die Arme geschlossen. Wie gern noch einmal mit meinem Vater auf den weiten Feldern das Bogenschießen trainiert. Er war immer beeindruckt gewesen, wie schnell ich mich Tag zu Tag verbesserte. Das machte mich unglaublich stolz.

Was hätte ich darum gegeben, mich mit meinem Bruder zwischen Mutters neuer Wäsche zu verstecken, nur um anschließend jedes Kleidungsstück am Owens einzeln waschen zu müssen.

Wie mühselig dieses Wäschewaschen war und wie sehr wir beide es hassten. Und doch hatten wir nie aufgehört.

»Vierundfünfzig Tage. Nutze sie. Deine Zeit läuft.«

Mirnas drückte mir einen Köcher voller wertvoller Pfeile in die Hand, den ich, immer noch über die Kostbarkeit staunend, um meine Schulter legte. Die vier Soldaten, die mich begleiteten, hatten die Gesichter zu strengen Minen verzogen. Vermutlich gefiel es ihnen nicht, mit einer geschwächten Sklavin durch das halbe Land reisen zu müssen. Ich fragte mich, was der König ihnen für den

Auftrag versprach, gleichzeitig wollte ich es gar nicht wissen. Sie würden dafür sorgen, dass ich nicht auf dumme Gedanken kam, und das war mir Information genug.

Ich warf einen kurzen Blick zum Prinzen und versuchte all meine Energie in einen starken Ausdruck zu legen. Er sollte mich nicht als schwache Arbeiterin in Erinnerung behalten. Ich mochte Alyria in diesen Mauern zurücklassen müssen, doch ich würde ihr Schicksal nicht einfach hinfort werfen und sie diesem Ekel an Mann überlassen.

»Auf Wiedersehen, mein Herr.« Ich deutete eine extra große Verbeugung an und ging aufrechten Ganges den marmorierten Weg entlang, hinaus in die Freiheit. Mirnas zischte wütend hinter mir einige Schimpfwörter, die sich für einen Mann seines Standes wohl kaum gehörten, doch sie machten mir nichts aus. All die Schläge, die ich in den letzten Jahren ertragen hatte, schienen mich in diesem Moment stärker zu machen und ich wusste, dass ich mehr als das wimmernde Mädchen im Thronsaal sein konnte.

Ich hatte vierundfünfzig Tage Zeit und würde keinen von ihnen verschwenden.

Kapitel 8

Vater hatte einmal ein großes Buch auf dem Tisch unserer Stube ausgebreitet. Ich musste um die acht Jahre alt gewesen sein, Alyria konnte gerade einmal ihre ersten Sätze sagen. Neugierig hatte ich den roten, eingerissenen Umschlag begutachtet. Die Blätter waren alt und verstaubt und tausende Wörter reihten sich auf all den Seiten aneinander.

Nur auf einer Seite nicht. Die Karte Valenciens hatte mich schon damals magisch angezogen, sodass ich heimlich am Abend das Buch unter der Sitzbank hervorzog und mir die gemalten Berge und Seen anschaute. Meistens fand mich Vater dann bei Kerzenschein auf dem Boden sitzen und zeigte mir die Orte, die er unbedingt einmal sehen wollte. Die Seestadt Bo Harbour hatte es ihm besonders angetan. Tagelang erzählte er von den Häusern, die über dem Wasser schweben konnten, und dem Steinschloss, das auf einem Berg aus Sand thronte. Doch auch sein Wissen über Windorw hatte er mit mir eines Nachts geteilt. Auch heute noch, Jahre später, faszinierten mich seine Erzählungen.

Die geteilte Stadt des Nordens, beherrscht von den Menschen und den Yhunix. Jedes Jahr gab es ein großes Fest, auf dem die Mischlingskinder gefeiert wurden und man Gaia – der Mutter aller Erde – für die göttliche Fügung dankte. Vater sah Windorw als Beweis, dass das Leben zwischen den Völkern überall so ablaufen konnte. Die Yhunix verteidigten mit ihrem Scharfsinn die Stadtmauern, die Menschen sorgten für die Versorgung der Kinder und der Alten.

Doch zwei oder drei Jahre später brach auch dort ein Krieg aus.

Die Yhunix waren wütend, scheinbar war ihr Stadtteil im Osten etwas kleiner als der westliche Teil der Menschen.

Sie klagten, dass der Herrscher der geteilten Stadt menschlicher Abstammung war, und überfielen die menschliche Rasse im Schlaf. Viele Unschuldige starben und eine hohe Mauer trennte seitdem die Völker. Mischlinge wurden verfolgt und öffentlich hingerichtet. Alles, worauf die Stadt einst stolz war, wurde von der Habgier und der Verbitterung der Yhunix zerstört. Beim Gedanken an Vaters ausgelaugtes Gesicht wurde ich traurig. Auch er hatte Bekannte in Windorw.

Ich versuchte logisch an die Sache heranzugehen. Windorw lag im Norden, das Schloss des Eribonkönigs ziemlich mittig der großen Stadt Ryan. Die Stadt wurde im Norden von dem größten Gebirge Valenciens geschützt, also war der einzige Ausweg Richtung Osten. Wir mussten lediglich das Ostviertel Ryans durchqueren und vor Einbruch der Dunkelheit einen sicheren Platz zum Schlafen außerhalb der Stadt gefunden haben. Ein Kinderspiel.

Ich fragte mich, wie die Yhunix reagieren würden, wenn sie mich erkannten. Sie würden Fragen stellen, mich beschimpfen, und dann konnten auch die Yhunixsoldaten an meiner Seite vermutlich nicht mehr viel ausrichten. Der Hass war ein Teil der Yhunix, der ihnen Leben und Energie schenkte. Nervös schluckte ich.

Es war nicht so, dass man mich sofort enttarnen würde, schließlich trug ich das goldene Zeichen Ryans knapp über meiner Brust. Doch was würde passieren, wenn auch nur einer, und mochte es auch ein naives Yhunixkind sein, meine schneeweißen Haarsträhnen zu Gesicht bekäme? Vorsorglich zog ich die große Kapuze noch tiefer in die Stirn.

Ich durfte keinesfalls scheitern. Zu viele Unschuldige hatten in den eisernen Mauern leiden und sterben müssen. Ich musste meine Schwester vor diesen Wesen bewahren.

Koste es, was es wolle.

Valencien lag offen vor mir. Ich hatte nach all den Jahren voller staubiger Luft die Chance, endlich all die Orte, von denen Vater geschwärmt hatte, selbst sehen zu können. Die Götter waren gnädig gewesen, als sie unsere Welt erschaffen hatten. Weite Feldlandschaften zogen sich durch das Land. Die dichten, dunklen Wälder, in denen ich als Kind immer mit Freunden Verstecken gespielt hatte, schienen in der Nacht mit dem Rauschen der Blätter zu rufen. Und dann die beiden Seen, in welchen das Sonnenlicht von glasklarem Wasser nur so gespiegelt wurde. Vater versprach uns einst, uns an einem warmen Sommertag mit dem Ausflug in die Randgebiete Nurias zu überraschen. Ich lächelte. Ein Bad im angrenzenden Pera-See sollte unsere Sorgen verschlucken und unseren Geist stärken. Die Magie der Hemera, des Lichtes, schien in dem See zu stecken.

So war es zumindest bis vor fünf Jahren. Der Krieg hatte unsere einst so wundervolle Stadt Bergk in eine trostlose Ruine verwandelt. Häuser waren zusammengefallen zu Steinhaufen. Bäume umgehackt, Kinder bei lebendigem Leibe verbrannt. Der Hass ließ sich nicht so einfach vertreiben und die Kranken nicht so schnell heilen.

Valenciens Gleichgewicht war gestört.

Vielleicht war es aber auch die Hoffnung, die mich glauben ließ, dass Valenciens Natur noch immer an seiner Schönheit festhielt.

Schließlich war ich früher täglich stundenlang draußen gewesen. Ich hatte es geliebt, durch die flachen Länder Eribons zu streifen. Mutters Angst, einmal in die Hände der Yhunix zu gelangen, konnte ich damals nie nachvollziehen. Ich versteckte mich in Kuhlen unter der Erde, kletterte auf die höchsten Bäume und nie entdeckte man mich. Doch sie fürchtete täglich, dass ich nicht zurückkäme und schloss mich immer ganz fest in den Arm, sobald ich zur Haustür eintrat. *»Mach das nie wieder«*, hatte sie immer in mein langes, helles Haar gemurmelt, während ihre Finger in Kreisen über meinen Rücken fuhren.

Die schmerzende Sorge um meine Mutter ließ sich nicht aus meinen Gedanken vertreiben und ich versuchte für einen Moment, all die Grausamkeiten der Welt auszublenden und mich meinen Erinnerungen hinzugeben.

Wie ein Vogel sah ich unser Haus unter mir, das kleine Holzhaus mit der knarzenden Tür. Ich sah das dunkle Dach und das kleine Fenster über Mutters Feuerstelle. Ich beschloss, meine Gedanken in die vier Wände zu leiten, sah unsere Schlafkammer und Vaters geliebten Schaukelstuhl. Meine Mundwinkel zogen sich leicht nach oben. Wie oft wir dort in der Stube vor dem offenen Feuer gesessen und Vater beim Vorlesen zugehört hatten. Wir lebten wie einfache Leute am Rande der Stadt. Doch wir hatten uns. Ich musste tief durchatmen und mich an eine Wand in der abgelegenen Gasse, die wir gerade durchquerten, lehnen. *Alles würde wieder gut werden.*

Bergk war keine besonders große Stadt, demzufolge waren wir bei den meisten Menschen bekannt und auch wir kannten einen Großteil von ihnen. Mutter lud abends oft Freunde oder ehemalige Patienten auf ihre gute Pastete ein und wir Kinder genossen das Herumtollen in der Abendsonne. Ich spürte das Kribbeln der warmen Strahlen auf meiner kühlen Haut, als wäre ich selbst wieder ein Kind. Es war schön gewesen, einen Apfel des Bauern aus dem südlichen Teil Bergks zugesteckt zu bekommen. Ich wusste noch, wie ich immer darum gebettelt hatte, den Wochenmarkt mit meiner Mutter besuchen zu können, nur um nach dem Apfelbauern Ausschau zu halten. Die Früchte von dort waren immer ganz rot und sehr süß. Ganz anders waren die grünen Äpfel unserer Nordstadt, die eher einem Stein glichen und schon dem ein oder anderen die Zähne ausgeschlagen hatten.

Vater meinte einmal, die Bauern aus der Nordstadt würden die Äpfel bereits Anfang des Herbstes pflücken, um die Erträge für den Winter zeitig zu sichern.

Die südlichen Bewohner aber ließen den Äpfeln noch ein paar Wochen Zeit zum Reifen. Zeit, die ein Wunder mit den Früchten geschehen ließ.

Einmal nahm mich Vater mit zu einem Handelstausch nach Phenmont, einer großen Stadt südwestlich von Bergk, etwa zehn Tagesritte entfernt. Ich war damals so begeistert gewesen, schließlich war Phenmont eine gigantische Stadt.

Es gab Wirtshäuser, in welchen mein Vater sich an den Abenden ein großes Maß bestellte. Ich hatte zu diesem Zeitpunkt noch nie so riesige Bierkrüge gesehen. Mit meinen dünnen Kinderärmchen konnte ich den Krug nicht einmal vernünftig halten. Aber den wundervollen Schaum durfte immer ich abtrinken. Vaters warmes Lachen an diesen Abenden brachte mir selbst jetzt ein wohliges Gefühl in den Bauch. Wie lebensfroh er mich in die Arme schloss und mir versprach immer auf mich Acht zu geben, egal, was kommen würde.

Doch die Jahre hatten ihn verändert. Er war einst so besonnen und gutmütig gewesen, doch kurz bevor wir getrennt wurden, lachte er kaum noch.

Wie ich sein Lachen heute vermisste. Es hatte immer rau und tief geklungen und wenn er lachte, fielen ihm einige dunkle Strähnen ins Gesicht. Doch die Suche nach den heiligen Schwertern wurde von Jahr zu Jahr bedeutender. Schon damals kam es vor, dass am Abend das Haus von Soldaten durchsucht wurde.

Auch bei uns stand eines Tages ein Soldat vor der Tür. Vater hatte verzweifelt versucht, ihn abzulenken, und ich fragte ihn danach kurzerhand aus, weshalb das Schwert so wichtig sei, wenn wir doch in einer friedlichen Welt lebten.

»Ein Schwert allein bringt dir nichts als kurzweilige Sicherheit, doch hast du alle Schwerter in der Hand und stehen die Sterne dir

wohlgesonnen, so passiert Magie«, hatte er darauf geantwortet. Welche Magie dann geschehen würde und wie sich das auf den Besitzer auswirkte, konnte er mir nicht verraten. Ebenso karg antwortete er auf die Frage, wie die Menschen und die Yhunix die Schwerter der anderen Wesen in ihren Besitz bringen konnten, wenn doch die Schwerter rechtmäßig aufgeteilt wurden.

Als von den Wölfen unter Herrscherin Clementine, Gebieterin des Aironiawaldes, bei dem großen Brand vor sechshundert Jahren nicht mehr als etwas Haar übrigblieb, wurden die Menschen mit diesem weiteren Schwert für ihre Tapferkeit belohnt. Sie waren es, die die Wölfe ehrenhaft bestatteten, sodass sie ihren Frieden finden konnten.

Fast zweihundert Jahre später im Kampf der Titanen, schafften es die Yhunix, die einst so gefürchteten Riesen mit einer List aus der Nya-Ebene zu locken. *Eisiges Blutbad* wird dieser Tag in all den alten Büchern genannt. Beide Anführer schwangen das heilige Schwert, ehe der damalige Eisenkönig auf den Rücken seines fliegenden Teufels stieg und das blaue Metall in den Hals des Riesen rammte. Niemand kannte die Wahrheit des blutigen Kampfes, doch am Ende hielt der Yhunixkönig zwei Schwerter in den Händen. Und nicht nur das, kurz darauf fielen die Yhunix in das östliche Waldgebiet ein. Über die kleinen Wesen, die dort hausten, wurde in Büchern nicht viel berichtet. Manchmal sprach man von den Todesbringern, die jeden Funken Leben zerstörten. In einem anderen Werk schienen die Wesen aus Myx jedoch harmlos und schwach. Sie lebten zurückgezogen hinter dem finsteren Wald, noch nie hatte jemand eine solche Kreatur zu Gesicht bekommen.

In den Aufzeichnungen steht nur, dass sie den Yhunix zu dieser Zeit unterlegen waren und das Schwert schon nach wenigen Tagen in den Händen der großen Männer lag. Bis heute wusste man nicht, ob Wesen dieser Rasse die Belagerung der Yhunix überlebt hatten.

Einzig die Trolle hatten ihr Schwert tief in den unterirdischen Gängen Troniens verstecken können. Das Schwert der Feen im Lliagebirge wurde seit dem Tod des Herrschers Hyderis nicht mehr gesehen. Vermutlich würde es für immer verschollen bleiben.

Doch das wusste der junge Soldat damals natürlich nicht, schließlich war er nur dazu ausgebildet, in fremde Häuser einzudringen und die Schätze der Familien zu plündern. Vater verwickelte ihn aber anschließend mit genügend Getränken in ein Gespräch über die glänzende Rüstung der Königsgarde, sodass der Soldat am Ende nicht mehr wusste, weshalb er überhaupt bei uns aufgetaucht ist.

Ich hatte Vaters Taktspiel sofort erkannt, traute mich aber nicht, nach dem Grund zu fragen. Hätte ich schon eher von dem Schwert erfahren, hätte es längst in Sicherheit sein können, als man unser Haus beschattete, und Vater hätte sich nicht so viele Sorgen machen müssen.

Ich seufzte auf, hätte mir im nächsten Moment aber am liebsten auf den Mund geschlagen. Etwas unsicher blickte ich zu beiden Seiten. Der Soldat neben mir grunzte. »Sei still.«

Ryan war eine gut besuchte Stadt. Und auch gut gepflegt. An fast jeder Ecke standen Brunnen, die frisches Wasser für jede Bevölkerungsschicht lieferten. Frauen und Kinder lehnten sich über die Steine und lachten, wenn die kühlen Spritzer ihre Haut berührten. Männer mit langen, weiten Roben unterhielten sich mit angespannten Mienen.

Die Wege waren hochwertig gepflastert, die teuren Steine lagen bei uns in Bergk damals nur vor dem Haus des Ortsmannes und der Kirche. Ansonsten waren die Wege in Bergk reine Trampelpfade, geformt durch die vielen Menschen, die sie täglich betraten. Doch so bekam Bergk diese wundervolle Geborgenheit und das Persönliche, was mir in Ryan fehlte. Jedes Haus glich dem

Nächsten, jeder Yhunix trug ein helles Gewand, von einfachen Hosen und Hemden bei den Arbeitern bis hin zu den kunstvoll bestickten Kleidern der adligen Herren. Monoton.

»Pass doch auf!« Neben mir fiel irgendetwas zu Boden, doch ich nahm das dumpfe Geräusch nur teilweise wahr, denn ich strauchelte bereits. Ich schnappte nach Luft und griff hektisch nach irgendeinem Objekt, welches mich vor dem Sturz bewahren könnte. Vergeblich. Mit lautem Aufprall landete ich auf den Pflastersteinen, die ich noch vor wenigen Augenblicken für ihre Genauigkeit bewundert hatte. Mir entfuhr ein Zischlaut.

Verdammt.

Mit schnellem Griff fuhr ich über die pochende Stelle an meiner Schulter, um kurze Zeit später erleichtert festzustellen, dass nichts ernsthaft verletzt worden war. Denn so etwas erkannte man sofort, wenn man Jahre lang Verletzten die Schulter hatte einrenken müssen. Vorsichtig stand ich auf und strich den Mantel etwas glatt.

»Das sind also die Soldaten von heute! Nicht einmal Augen im Kopf!«, wurde ich sogleich von einem Bürger getadelt. Etwas ehrfürchtig blickte ich nach oben, darauf bedacht, meine Kapuze, welche bereits ein Stück meines Haares offengelegt hatte, zurück an ihren angestammten Platz zu schieben.

Ein Yhunix aus der Arbeiterklasse mit müden, alten Augen stand wenige Meter neben mir und regte sich tierisch über meine Unachtsamkeit auf. Er knurrte beleidigende Worte, während sein Blick auf meiner Gestalt lag. Vermutlich erwartete er eine Entschuldigung. Keine zwei Sekunden später erkannte ich auch den Grund, weshalb.

Ich war über seinen fein gewobenen Korb gestolpert, der nun sein ganzes Innenleben auf die Straße verteilt hatte. Der Mann schnappte empört nach Luft.

»Entschuldigt, werter Herr. Unsere Neuen müssen sich noch in Anstand üben«, sprang einer der Soldaten für mich ein und packte mich grob im Nacken. Ich zischte leise auf, worauf er seinen Griff verfestigte.

Der Mann murrte leise Beleidigungen, nickte aber den Soldaten zu. »Ich hoffe doch, man wird heute Abend eine ordentliche Bestrafung für diese Unachtsamkeit fordern.«

Mein Gesicht gefror. Aus dem Augenwinkel sah ich, wie einer der Soldaten grinste. »Seid gewiss, dafür ist gesorgt. Einen guten Tag, der Herr.«

Der Griff um meinen Hals wurde gelockert, ich stolperte. Fluchend richtete ich mich auf und spürte sogleich die kalte Hand von einem meiner Begleiter an den Schulterblättern. »Verhalte dich gefälligst normal«, zischte er grimmig.

»Entschuldigt.« Ich nickte dem alten Mann widerwillig zu, welcher bereits begann, seine Äpfel erneut einzusortieren. Die Soldaten verabschiedeten sich höflich und manövrierten mich aus der Gefahrenzone. Ich wehrte mich nicht. Die Sonne stand bereits hoch am Himmel und wir mussten bis zum Einbruch der Dunkelheit die Stadt weit hinter uns gelassen haben, sodass ich ruhigen Gewissens dem morgigen Tag entgegenblicken konnte.

Die Blicke der Bürger brannten auf meiner Haut, doch sie nickten uns freundlich zu und schienen in mir nicht mehr als eine Yhunixsoldatin zu sehen. Ich schnaubte bei dem Gedanken daran und zuckte jedes Mal zusammen, wenn einer der Soldaten mich berührte.

Jedoch verhielten sie sich erstaunlich ruhig. Mit erhobenem Kopf stolzierten sie durch die Gassen, grüßten die Stadtweiber, die daraufhin kichernd die Köpfe zusammensteckten, und nickten den Arbeitern zu. Die Stadt war größer als gedacht und ich wünschte, die hohen Steinmauern würden längst hinter uns liegen.

In meinen Träumen dachte ich immer, ich würde wie vom Teufel verfolgt den breiten Weg entlangrennen und dabei etliche neugierige Blicke auf mich ziehen. Ein eisiger Schauer fuhr mir bis in die Knochen, als ich an die dunklen Stunden dachte. Ich wälzte mich so oft im Schlaf hin und her, aus jeder Gasse schienen die Yhunixsoldaten aufzutauchen, die die schweren Eisenschwerter mit der Leichtigkeit einer Feder durch die Luft schwangen. Dabei wusste ich aus Erzählungen der Sklaven, dass ein Schwert mindestens vier Pfund wog.

Doch vermutlich war die Stärke diesen Wesen einfach ins Blut gelegt. Ich bebte und hoffte im Traum, dass die Götter mir die Schnelligkeit schenkten, ohne die ich es nicht aus der Stadt schaffen würde.

Ich lachte tonlos auf. Nun verließ ich diese Stadt mit erhobenem Kopf und glänzender Rüstung und niemand interessierte sich für mich. Ich biss die Zähne zusammen und beschleunigte meinen Schritt. Die Soldaten neben mir murrten unverständliche Worte, doch sie würden sich auch ein anderes Mal zur Schau stellen können.

Ich hingegen hatte nur diese acht Wochen, von denen mein ganzes Leben abhing.

Meine Muskeln schmerzten schon jetzt, dabei war das nicht mehr als ein Spaziergang. Mein Kopf pochte durch das ganze helle Licht, aber ich zwang mich nicht aufzugeben.

Zu viel stand auf dem Spiel.

Nach einer gefühlten Ewigkeit erreichten wir das massive Osttor. Die Mauer war gigantisch groß, die Zacken auf dem Tor spitzer als jede Nadel. Die Soldaten in den Wachtürmen blickten auf unsere Kleidung und die Waffen, nickten uns grimmig zu und öffneten das schwere Tor. Es knarrte laut, doch die Tür setzte sich tatsächlich in Bewegung.

Jede Zelle meines Körpers war auf höchstem Maß gespannt, in Gedanken kniete ich schon wieder vor dem König und durfte Mirnas' spöttisches Grinsen ertragen. Menschenschmuggel war auch den Yhunix nicht unbekannt, doch die Soldaten ließen uns ohne ein Wort passieren.

Außerhalb der Stadt wurde die Zahl an Yhunix geringer. Nur wenige Soldaten kontrollierten die Fuhren, die Obst und Fleisch in die Hauptstadt brachten. Allesamt nickten sie uns stumm zu, sodass ich es endlich wagte, den Blick nach vorn zu richten.

Die Felder um die große Stadt waren zum großen Teil schon abgeerntet. Nur entfernt sah ich einige Bauern noch in der Erde graben. Selbst die untergehende Sonne schaffte es nicht, der eintönigen Landschaft Leben zu schenken. Ein enttäuschtes Seufzen drang aus meinem Mund.

Wie farblos.

Die Soldaten hatten sich vor und hinter mich gereiht, sodass ich keine Chance gehabt hätte, auch nur einen falschen Schritt zu tun, ohne dass es bemerkt wurde. Sie schwiegen den gesamten Weg, doch das war mir mehr als recht.

Die Stille war mir ein größerer Freund, als es einer der Soldaten je sein würde.

Kapitel 9

Lange Wege zogen sich durch die tristen Wiesen Valenciens, ohne wirkliche Abwechslung. Große Pausen machten wir nicht, schließlich blieben mir in Anbetracht der Tatsache, dass es langsam dunkel wurde, nur noch eine Nacht und dreiundfünfzig Tage. Und die Soldaten schienen auch keine gesteigerte Lust zu haben, länger als nötig außerhalb der schützenden Mauern Ryans umherzuwandern.

Grüne Landschaften, vegetationsarme Hügel und schließlich einfach nur Wiesen zogen an uns vorbei wie in einem Bilderbuch. Soweit das Auge reichte nur Grünpflanzen. Ich seufzte erneut.

Vermutlich war ich ein wenig zu anspruchsvoll. Drei Jahre lang hatte ich die Minen betrachten müssen, kannte beinahe jeden Stein bei seinem Namen. Die Hitze drückte auf meine Sinne und nicht nur einmal hatte ich von den blassrosa Blüten der Kirschbäume geträumt, unter denen ich im Frühjahr gerne gelesen hatte. Und dennoch wachte ich jedes Mal wieder auf oder wurde erneut für meine Unaufmerksamkeit bestraft.

Doch ich hatte mir Valencien außerhalb dieses Gefängnisses farbenfroher vorgestellt. Früher war ich noch durch sonnengetränkte Getreidefelder gerannt und hatte die Aussicht auf die verwilderte Wiese in der Nähe des Owens genossen. Vater nahm mich einst mit auf die hohen Südtürme Bergks, um den Sonnenuntergang zu bestaunen. Der Himmel war in violette Farbe getränkt, die Luft eisig, aber irgendwie doch warm durch die letzten Sonnenstrahlen. Bildlich sah ich mich in der dicken Wolldecke auf Vaters Schoß sitzen und diesen Moment für die Ewigkeit einfangen. Doch jetzt schien es, als wäre jegliche Farbe erloschen.

Bis wir zu einem Waldstück kamen, über das ich aus früheren Erzählungen schon viele nicht wirklich erfreuliche Dinge wusste. Die Tannen leuchteten dunkelgrün, einladend und gleichzeitig doch verschreckend. Der Himmel war beinahe rabenschwarz, das Pfeifen der Vögel schon seit Stunden verstummt.

Jetzt, wo ich selbst vor den Toren des Finsterwaldes stand, wurden meine Knie butterweich. Dunkel und grauenhaft sah der Wald aus. Das Knarren der Baumrinden übertrumpfte sogar meine klappernden Zähne. Es war, als würde die Finsternis ihre eisige Hand ausbreiten und meinen Rumpf direkt in das fürchterliche Maul werfen. Kalte Fingerspitzen, die langsam über meine Arme fuhren und schließlich meinen Hals umschlangen. Ich hustete und das Echo des Waldes antwortete schreiend. Der Wald war allseits bekannt für die Kreaturen, die in ihm hausten. Man munkelte, dass Gruselwesen so groß wie Bären dort hinter den Bäumen lauerten und nur auf frisches Menschenfleisch warteten. In einigen Geschichten verirrten sich Wanderer in den tiefen Gängen des Waldes. Schatten verfolgten sie in der Dunkelheit und servierten ihre Gebeine zum Tagesschmaus den Höllentieren. Meine zitternden Füße waren schwer wie Eisenblöcke, mein Atem ging flach. Zu Vollmond hörte man noch heute ihre blassen Stimmen schreien, während ihnen das Fleisch von den Knochen gezogen wurde.

Als Kind fand ich diese Geschichten sonderbar, die Vorstellung, Schatten könnten einem Schmerzen zufügen, wollte nicht so recht in meinen Kopf passen. Doch nun zitterten meine Knie beim Anblick des dichten Blätterdaches.

Ich dachte an die kleinen Wesen, die von ihrer Heimatstadt Myx aus diesem Wald nur zu gerne einen Besuch abstatteten. Niemand kannte diese Gestalten, doch sie waren tückische Wesen, klein und füllig, aber unglaublich begabt im Umgang mit einer Axt. Nicht einfach so schlugen sie einen Baum mit einem Hieb um. So zumindest hieß es in den Legenden. Beim Gedanken dran, dass mir ein solches Wesen über den Weg laufen könnte, japste ich unkontrolliert auf.

»Hör auf damit!«, knurrte einer der Soldaten vor mir und blieb ruckartig stehen, sodass ich gegen ihn lief. Den ganzen Weg hatten sie mich ignoriert, doch jetzt stand in wieder im Mittelpunkt ihrer Aufmerksamkeit.

Er packte mich am Kragen und musterte mich genervt. »Du keuchst, als wärst du kurz vor dem Tod, und stöhnst, als stecke ein Schwert in deinem Herzen.« Obwohl die letzten Sonnenstrahlen warm über meine Haut tänzelten, zitterte ich. Ich versuchte, mich aus seinem festen Griff zu befreien, aber ich schaffte es nicht.

Der Zweite trat grinsend neben ihn und fuhr über die Narbe unter seinem Auge. »Vielleicht sollten wir sie zum Stöhnen bringen.« Er kam bedrohlich nah, sodass sich ein Fauchen über meine Lippen schlich. Der Soldat lachte. »Eine Raubkatze also. Schön, ich mag es wild im Bett.« Er griff beinahe dankbar zu seinem Gürtel. Die Panik in meiner Brust wuchs, wild zappelte ich umher.

»Untersteh dich, Jornar«, knurrte der Soldat hinter mir. »Du setzt unsere Belohnung nicht aufs Spiel, du Idiot.«

»Und was, wenn doch?« Jornars blaue Augen funkelten bedrohlich. »Ich hätte längst eine Hure auf dem Schoß, hättest du nicht diesen beschissenen Auftrag angenommen, Aaryll!«

»Genau, wenn die Kleine scheitert, sind wir schuld!«, pflichtete der dritte Soldat ihm bei. Aaryll ließ mich ruckartig los und baute sich bedrohlich vor den anderen auf. Er war der Größte der vier Yhunix, auch wenn Jornar breiter gebaut war. Ich atmete ruckartig und kroch einige Meter nach hinten.

»Dann sollte sie besser nicht scheitern, nicht wahr, Wismyn?« Die Worte aus seinem Mund waren verzerrt, der mordlustige Blick in seinen Augen kaum zu übersehen. Seine Hand lag bereits auf dem glänzenden Schwert.

»Menschen sind zum Scheitern verurteilt, weshalb wohl ist deine geliebte – wie hieß sie doch gleich – Corinna tot?« Die Stimme des vierten Soldaten war tief und spöttisch. Erst jetzt sah ich, dass der größte Teil seines Gesichts aus tiefen Narben geformt war. Ich schluckte unruhig und bemühte mich, keinen Ton von mir zu geben.

»Carissa, du verdammter Hurensohn!«, knurrte Aaryll, ehe er sich auf ihn stützte. Ein bärenartiger Laut kroch aus seiner Kehle. Jornar keuchte auf, zögerte jedoch nicht, seine Faust in Aarylls Gesicht zu rammen.

Ich blickte zu ihnen, doch keiner der Männer schien weiter auf mich zu achten. Ängstlich rutschte ich weiter nach hinten, die Augen fest auf die streitenden Soldaten gerichtet.

»Du hast die Kinder einer toten Hure bei dir im Haus sitzen, die ebenfalls längst unter der Erde liegen sollten, find dich damit ab«, hörte ich Jornar schreien. Mit dem Ellenbogen stieß er ihm in die Brust. Aaryll bellte wie ein wildes Tier: »Nimm das zurück, du Bastard!«

»Oder was?«, schleuderte Jornar ihm entgegen. Seine Brust hob und senkte sich rasch, seine Augen waren zu zwei schmalen Saphiren geformt.

Aaryll knurrte und antwortete: »Oder willst du etwa ewig die scheiß Straßen Ryans bewachen? Ich lass mich nicht länger rumschubsen!«

Vorsichtig richtete ich mich auf. Der dunkle Wald war nur noch wenige Meter entfernt. Keiner der Männer schien mich zu beachten.

Ich wusste, dass kein Weg an diesem Wald vorbeiführte und dass ich wohl oder übel die verschluckende Dunkelheit betreten musste, wenn ich meine Schwester befreien wollte. Die Finsternis mochte einen erschrecken, doch sie konnte auch ein tröstender Helfer sein. Und die

Kraft, die man beim Sehen sparte, nutzte einem im Gehör. Das war bei Heckangriffen definitiv bedeutender.

Ich hatte bereits die ersten Baumstämme erreicht. Kurz warf ich einen Blick zurück. Einer der Soldaten hatte Aaryll gepackt, der Zweite trat rücksichtslos auf ihn ein. Ich versuchte den Kloß aus meinem Hals zu befördern und den Blick abzuwenden. Aufgeregt betrat ich den Wald, den man, wenn einem das Leben wichtig war, verdammt nochmal meiden sollte.

Mutig hatte man mich früher genannt. Schließlich war ich damals stundenlang auch noch in der Nacht draußen.

Meine Eltern wussten nicht, dass ich mich nachts draußen herumtrieb, doch sie hatten es sicherlich geahnt. Und das zeigte mir, dass sie zumindest einen Funken Stolz für mich empfanden.

Ich mochte es, die Aufträge für Bergks Bewohner zu erledigen, seien es Einkäufe auf dem Wochenmarkt oder auch einfach nur die vielen Stunden, die ich mit den alten Einwohnern zusammengesessen hatte. Die Belohnungen waren immer schön gewesen, auch wenn ich nie nach einer verlangt hatte. Warme Kleidung für den Winter von den alten Damen, Äpfel von den Südbauern. Ich freute mich, dass ich den Menschen helfen konnte. Und meine Eltern freuten sich mit mir, selbst wenn ich die Besorgnis in Mutters Augen sah, wenn ich spätnachts keine Kraft mehr zum Umziehen hatte und in der alten, verdreckten Hose am Frühstückstisch saß. Angesprochen hatte sie es dennoch nie.

Doch nun fragte ich mich, welcher Irrsinn mich damals in einen so finsteren Wald locken konnte. Die Blätter rauschten über mir, ein paar kleine Tiere huschten an meinen Beinen entlang. Die Haare kitzelten an meinen Wangen, doch ich widerstand dem Drang, sie alle paar Minuten hinter mein Ohr zu klemmen.

Bei jedem Ast, der unter meinen Füßen zerbrach, schreckte ich zusammen. Ich fühlte mich nicht sicher und konnte mir niemanden vorstellen, der diesen Wald mit Vergnügen betreten würde. Ich zitterte am ganzen Körper und alle drei Minuten glaubte ich, die Soldaten hinter mir zu hören. Beim Gedanken an ihre Strafe für meine Flucht wurde mir speiübel.

Jetzt im Nachhinein fragte ich mich ernsthaft, ob meine Eltern sich den Gefahren in einem solchen Wald bewusst gewesen waren. Ich hätte längst gefressen oder von einem Ast erschlagen werden können. Vermutlich war es die Angst, die mich nun zwang, überhaupt an all diese Grausamkeiten zu denken.

Ich erschauderte und zog fröstelnd die dünne Jacke ein wenig höher. Wenn ich nicht bald einen Schlafplatz fand, käme auch noch die Option des Erfrierens hinzu. Und Tod durch Kälte war eines der schlimmsten Enden.

Als Kind hatte ich immer eine Decke in meinem dunklen Beutel gehabt, falls ich doch länger als einen Tag benötigen würde. Ich konnte mich zwar gerade einmal an zwei Nächte erinnern, in denen ich nicht nach meinem Ausflug wieder zu Hause in warme Decken gepackt lag, jedoch gehörte die Tasche zu mir. Wie mein Bogen. Aber der Bogen, der jetzt über meine Schulter gespannt war, brannte.

Krampfhaft versuchte ich mir selbst Wärme zu spenden, doch meine Glieder waren längst ertaubt. Der Himmel über den dunkelgrünen Blättern war in tiefes Schwarz getaucht, doch ich wagte es nicht, eine Pause zu machen. Ein tiefes Heulen war aus der Ferne zu hören und vor Schreck stolperte ich über einen querliegenden Ast. Ich jaulte schmerzerfüllt auf. Vorsichtig lauschte ich. Nichts. Es schien totenstill. Mein rechtes Bein zitterte, meine Augen waren müde, doch ich konnte jetzt nicht aufhören. Vorsichtig lehnte ich meinen Kopf zur Seite und versuchte ruhig zu atmen. Ich hatte es geschafft, die Yhunixstadt zu verlassen, also würde ich mich auch durch ein paar Bäume kämpfen können.

Der Köcher auf meinem Rücken schien mich unter sich erdrücken zu wollen, während sich der lange Soldatenmantel im halbhohen Gebüsch verhedderte. Ich fluchte leise, doch das Geräusch schien durch den ganzen Wald zu hallen. Für einen Moment schloss ich die Augen, meine Haare kratzten, vermutlich hatte sich eine Spinne längst in ihnen eingenistet. Ich glaubte, in der Ferne erneut ein Heulen zu hören, zwang mich jedoch, jeden Gedanken an wilde Tiere in die hinterste Ecke meines Kopfes zu schicken.

Abgehackt ließ ich die angestaute Luft aus meinen Lungen entweichen. Mein Plan scheiterte. Statt die Geräusche auszublenden, brannte sich jeder Laut tief in mein Gehirn und ließ vor Angst meine Adern gefrieren.

In diesem Wald würde ich nie Ruhe in der Dunkelheit finden, da war ich mich sicher. Erneut glaubte ich, Stimmen zu hören, und beschleunigte meinen Schritt. Zur Not würde ich die nächsten Nächte auch ohne Schlaf überleben.

Der Gedanke an den Tod war in den letzten Jahren zu meinem stetigen Begleiter geworden und doch erlaubte ich es meinem Kopf nicht, auch nur einen Augenblick darüber nachzudenken. In diesem verdammten Wald würde ich nicht mein Ende finden. Alyria brauchte mich.

Dein Schicksal ist zu größerem bestimmt, hatte Großmutter damals gesagt. Die vergangenen Stunden hatte ich immer wieder an ihren Worten zweifeln müssen, doch nun schien es auf einmal, als würden sie meinem Körper die Kraft schenken, die er im Moment dringend benötigte.

Die Geräusche hinter mir schienen lauter zu werden und ich befahl meinem Körper erneut schneller zu laufen. Die dünnen Äste hinterließen schmerzende Striemen in meinem Gesicht, doch jeder Kratzer war besser, als zurück in den Händen des Feindes zu landen.

Die Angst kroch wie ein Insekt meine Gliedmaßen empor, es schien, als würden Hoffnung und Furcht in meinem Kopf um den Sieg kämpfen. Ein wilder Tanz, Schwarz und Weiß heftig ineinander verschlungen. Mein Kopf brummte und ich musste mich an einem Baum lehnen, um tief Luft zu holen. Erschöpft stöhnte ich auf. Die Schmerzen in meinem Kopf waren unerträglich und das Gefühl, Alyria nicht helfen zu können, ließ sich nicht so einfach aus meinen Gedanken vertreiben, wie ich gehofft hatte. Alles um mich herum schien sich zu drehen, doch die Geräusche hinter mir waren noch immer laut. Ich musste endlich weitergehen. Wenn meine Hirngespinste es schafften, die volle Macht über meinen Kopf zu erlangen, könnte ich mir – und vor allem Alyria – auch gleich selbst ein Grab schaufeln.

Kampfbereit versuchte ich meine Lungen erneut mit Luft zu füllen, fixierte das Endziel vor meinem inneren Auge und machte mich daran, weiter in die Tiefen des Waldes einzudringen.

Ich würde alles schaffen können, wenn ich nur tief daran glaubte.

Ich wusste nicht, wie lang ich wanderte, doch irgendwann begann es zu regnen. Tausende kleine, flüssige Diamanten landeten auf meiner Haut und sickerten tief in die helle Yhunixkleidung, sodass lediglich dunkle Flecken zurückblieben. Das Wasser war erfrischend, doch durch die anstrengende Nacht war mein Körper übermüdet und die Kälte betäubte meine klammen Glieder. Ich stöhnte fluchend auf und versuchte die Müdigkeit aus meinen Augen zu reiben – leider nur mit mäßigem Erfolg. Auch mein strafender Blick in den Himmel schaffte es nicht, den Regen zu stoppen.

Nichts war unangenehmer, als im Regen reisen zu müssen. Die Gefahr einer Unterkühlung hatte schon viele Opfer gefordert und Mutter hatte mir mehr als einmal gepredigt, bei Regen einen sicheren Unterschlupf zu suchen, die Kleidung am Feuer zu trocknen und den

Körper von den kalten Tropfen fernzuhalten. Im Falle eines feindlichen Angriffs könne man mich im Regen außerdem leichter überwältigen, da die Pfeile zwischen all der kleinen Tropfen nicht gut flogen. Ich war angreifbar. Ein leichtes Ziel für Jäger oder andere Kreaturen, an die ich nicht einmal denken wollte. Eine Gänsehaut fuhr mir bei diesem Gedanken über die Haut.

Hätte ich den König doch nur nach einem Schwert gefragt, um mich zur Not verteidigen zu können. Ich hatte diesen Gedanken im Marmorsaal sofort wieder verworfen, viel zu sehr hatte ich den Nahkampf als Kind gehasst. Innerlich schlug ich mir jetzt jedoch selbst vor Dummheit an die Stirn. Im Sommer konnte Valencien durchaus farbenfroh sein, doch die kühlen, nassen Tage ließen sich nicht vertreiben. Hatte man zwei Tage lang bei einer leichten Sommerbrise die letzten Lichtstrahlen des Tages bewundern können, so waren die nächsten Wochen wolkenverhangen und regnerisch. Vermutlich war das die Strafe der Götter für meine Flucht. Ich war nicht sonderlich befähigt mit dem Schwert, schon gar nicht bei dem Gewicht eines Yhunixdolches, doch ich hätte im Moment lieber etwas zum Verteidigen gehabt als überhaupt nichts. Rasselnd holte ich Luft. Bei einem solchen Himmelserguss schien es außerdem nicht fern, dass alle Kreaturen im Umland unter die schützenden Baumkronen flohen, um ein klein wenig Sicherheit zu gewinnen. Das machte den Wald jedoch wieder zu einem potenziellen Kriegsort.

Im Notfall wäre ich sicher auch mit dem Bogen nicht hundertprozentig in der Lage mich zu verteidigen. Früher war ich gut mit dem Bogen gewesen. Sehr gut sogar. Ich traf das Ziel aus dem Sprung heraus, schaffte es, gleichzeitig zwei Pfeile in den Körpern meiner Ziele zu versenken. Doch wie sollte das heute noch möglich sein, wenn ich all die Zeit nicht einmal eine Waffe in der Hand halten konnte? Ich konnte mir schlecht vorstellen, dass meine Künste ohne Training ebenfalls so glänzten wie damals. Vielmehr waren sie wahrscheinlich unter all dem täglichen Staub verborgen und mussten erst wieder sauber poliert werden. Eine mühselige Arbeit, die mich viel Zeit kosten würde.

Zeit, die ich nicht hatte.

Ich schnaubte und erhaschte einen Blick zu den Spitzen der Tannen. Einige Tropfen des kühlen Regens schafften es durch das dichte Grün und verhinderten die klare Sicht. Dennoch schien Gaia mir wohlgesonnen. Die tiefen Wolken waren zerrissen und der Regen würde sicherlich nicht die ganze Zeit andauern. Ich lauschte. Noch war alles ruhig, nur der dumpfe Aufprall der Regentropfen und das sanfte Rauschen der Blätter und Nadeln war zu hören. Diese Reise würde so oder so gefährlich werden und ein kurzes Stück des Waldes musste ich in Kauf nehmen, wenn ich rechtzeitig zur Sommersonnenwende zurück sein wollte.

Außerdem war der Pfad am Rande des Ryangebirges von Yhunixsoldaten überlaufen. Meine Überlebenschance dort war gleich null.

Ich versuchte die müden Glieder wach zu schütteln und einige Äste aus meinem Weg zu räumen. Je tiefer man in den Wald eindrang, desto dunkler schien es zu werden. Womöglich bildete ich mir das auch ein, aber an manchen Stellen sah ich nicht einmal mehr meine eigene Hand vor den Augen. Und es roch entsetzlich.

Ich mochte mir gar nicht ausmalen, wie viele dahingeschiedene Tiere und menschliche Überreste knapp unter meinen Füßen lagen. Ich erschauderte. Getrieben von den widerwärtigen Vorstellungen in meinem Kopf beschleunigte ich meine Schritte, lief geduckt zwischen all den dunklen Pflanzen und wagte es nicht, mich umzusehen.

Warum hatte ich überhaupt zugelassen, dass Alyria bei diesen machtsüchtigen Herrschern blieb? Warum hatte ich nicht mehr um ihre Freiheit gekämpft?

Ich war vor den Augen des Königs zusammengebrochen. Mein Kopf pochte wild. Er und sein Sohn hatten mich – und damit auch meine Schwester – vollständig in ihrer Hand. Dabei hätte ich noch mehr versuchen können, für Alyria die Freiheit zu erkämpfen. Stattdessen hatte ich den Königssohn provoziert, indem ich seine perfekte Nase krumm schlug.

Wütend warf ich einen kleineren Ast, der mir quer den Weg versperrte, zur Seite.

Nicht auszudenken, was im Moment hinter den Mauern Eribons vorging. Ich wusste, wie Yhunix mit Kindern umgingen. Für sie waren es einfach klein geratene Wesen, die sich unter ihrer Herrschaft beugen mussten. Yhunixkinder absolvierten mit vier Jahren eine Nahkampfausbildung. Fünf Jahre dauerte diese, danach folgten meist noch spezialisierte Übungen. Viele Kinder starben unter den kalten Händen ihrer Aufseher und Betreuer, doch der Großteil überlebte. Und sie waren stark.

Als Kind hatte ich die Yhunix stets bewundert. In Büchern stellte man sie als außerordentlich befähigt dar, kein Schriftsteller hätte es je gewagt, ihnen Schwäche zuzuschreiben.

Kein anderes Volk konnte es mit ihren Schwertkünsten aufnehmen. Schritte und Hiebe, die einem süßen Tanz ähnelten. Schauspieler hatten einmal in Bergk einen solchen Kampf nachgestellt, keine Sekunde hatte ich den Blick abwenden können. Kraftvoll und doch elegant, diese Mischung hatte es mir damals besonders angetan.

Ich war noch keine sieben Jahre alt, als Mutter wieder eine Patientin in unser Heim brachte. Dieser Herbst war düster, viele Menschen konnte Mutter trotz ihrer Bemühungen nur in den Tod geleiten. Doch das Kind war kein normaler Mensch wie all die Verletzten vor ihr. Sie war die Tochter eines kleinen Yhunixstammes, welche mit Mutter und Bruder aus der Heimat floh. Ihre eisigen Augen waren schreckhaft, doch zu Vaters geschnitzten Holzspielfiguren konnte sie nicht nein sagen. Recht schnell freundete ich mich damals mit ihr an. Ich lernte, wie die Ausbildung zu einem Kämpfer bei den Yhunix aussah. Lernte, wie schrecklich es dem Kind zu Hause bei ihrem Stamm erging. Schließlich überlebten nur die besten der Krieger. Tagtäglich mussten sie dort auf den Wiesen mit Holzsäbeln aufeinander einschlagen. Ohne Vorkenntnisse, ohne zu wissen, weshalb.

Das Mädchen vertraute mir und schon bald hatte ich sie tief in mein Herz geschlossen, sodass wir noch spätnachts gemeinsam unter meiner Decke lagen und spielten. Sie erzählte mir eines Tages, dass sie eine der schlechtesten Kriegerinnen ihres Dorfes gewesen sei. Die Yhunix hatten sie geschlagen und beschimpft. In ihren Augen war sie nichtsnutzig. Ich wusste von mir selbst, dass ich nicht jeden Tag glanzvoll mit dem Bogen umging, viel zu oft hatte ich Vaters Verbesserungen satt und verkroch mich stattdessen in meinem Bett. Doch dieses Mädchen hatte keinen Zufluchtsort. Und nach all den Jahren wusste ich, dass sie ehrlich gesprochen hatte.

Die Yhunix scheuten sich nicht um das Wohl ihrer Mitbürger oder Gefangenen, sie kontrollierten ihre Körper nur.

Und genau das würde Alyria nun auch ertragen müssen. Sie war jung und sie wusste nicht, wozu der Feind fähig war.

Ich hatte versagt.

Plötzlich vernahm ich ein ungewohntes Geräusch hinter mir. Ich huschte herum, aus Furcht, die Yhunix hätten mich eingeholt oder eines der bärenartigen Monster würde mir jeden Moment mein Herz aus der Brust reißen.

Bei dem Gedanken an meinen blutigen Körper, welcher regungslos auf diesem matschigen Untergrund verwesen würde, musste ich vor Ekel würgen. Meine Hand war feucht vor Schweiß und vermutlich konnte ich keinen einzigen treffsicheren Pfeil abschießen. Mein Herz klopfte so laut, dass ich glaubte, es würde jeden Moment aus meiner Brust springen.

Jedoch bewahrheiteten sich meine verstörenden Gedanken nicht.

Im Grunde passierte überhaupt nichts.

Erleichtert, aber keineswegs beruhigt drehte ich mich wieder um und setzte meinen Weg durch die Wildnis dieses Waldes fort, immer in Bedacht, rechtzeitig den Bogen ziehen zu können. Meine Augen hatte ich geschlossen, verließ mich stattdessen zu einhundert Prozent auf mein Gehör.

Zweiundzwanzig Sekunden später – ich zählte jede einzige von ihnen – hörte ich erneut dieses Geräusch.

Es klang wie erdrücktes Flüstern, nur eben in einer anderen Sprache, oder zumindest mit anderen Lauten. Ein Schauer überkam meinen Körper und die Gänsehaut grub sich tief in meine kalten Glieder. Unsicher blickte ich mich zu allen Seiten um. Ich wollte nicht als Nachtmahl eines Bärenmonsters enden.

Aber komischerweise sah ich niemanden. Die Soldaten wären längst aus ihrer Deckung hervorgetreten, schließlich hätte ich gegen vier trainierte Männer nicht einmal den Hauch einer Chance gehabt. Es war, als würde ich von einem Schatten verfolgt. Allein der Gedanke brachte mich dazu, erneut zu zittern, und ich beschleunigte unwissentlich meinen Schritt. Die Tatsache, ich könne von einem dunklen Geist verfolgt und innerhalb der nächsten Minuten verspeist werden, war nicht minder erschreckend.

Geister existieren nur in deinen Gedanken. Ich versuchte mich an Vaters Wörtern festzuklammern, gleichzeitig sah ich die Gemälde der dunklen Gestalten in den

Märchenbüchern deutlich vor mir. Mein Herz pochte wild gegen meine Brust und es schien, als würde es die Gefahr spüren. All die Erzählungen und Legenden über Todesgeister beschrieben ein schmerzvolles Ende. Die Opfer wurden bei lebendigem Leibe geröstet oder gehäutet. Allein die Vorstellung brachte mich dazu, den gesamten Inhalt meines Magens auf dem Erdboden verteilen zu wollen. Jede Zelle meines Körpers war angespannt, doch ich konnte keine Gestalt in meiner Umgebung ausmachen. Jeder weitere Schritt war eine Qual, jedes Blätterrauschen ließ mein Herz für einen Augenblick stillstehen.

Als es plötzlich laut hinter mir knackte, wollte ich einen Pfeil von meinem Rücken ziehen. Meine Hand hatte das glatte Holz bereits umschlugen, doch es war zu spät. Ich spürte einen festen Schlag am Hinterkopf, womöglich durch eine Faust oder einen schweren Ast, und fiel mit hartem Aufprall auf den Boden. Meine Beine schienen aus flüssigem Wachs zu sein, in meinem Kopf wirbelten die Gedanken auf und ab. Ich durfte das Bewusstsein auf keinen Fall verlieren, wenn ich den morgigen Tag noch erleben wollte.

»Hilfe«, ächzte ich kaum hörbar. Ich zwang mich, meine kraftlosen Augen zu öffnen, und erkannte vier winzige Füße, die über den Boden huschten. Im Halbschlaf fragte ich mich noch, wie Gestalten mit so kleinen Füßen eine so große Kraft ausüben konnten, ehe ich vollständig in ein Reich der Dunkelheit versank.

Kapitel 10

»Ist es tot?!«

»Nein, du Dummkopf!«

«Weshalb bewegt es sich dann nicht?!«

Stimmen drangen in mein Ohr – dunkle, raue Stimmen. Ich erschauderte bei der Tiefe, die in ihnen lag. Jemand schien über den Boden zu laufen, das Knarzen einer Tür ertönte leise neben mir. Gläser klirrten und die tiefen Stimmen murmelten leise fluchende Worte. Ich versuchte kaum zu atmen.

Türen und klirrendes Glas deuteten auf einen Haushalt hin, doch ich musste mich noch immer im Finsterwald befinden und niemand würde auf die Idee kommen, in diesem Wald für längere Zeit zu leben. Oder doch?

Hatten die Legenden das Leben der bärenartigen Kreaturen falsch überliefert? Vermutlich war es ein Trick, das Opfer in eine vertraute Umgebung zu locken, ehe man es über dem Feuer röstete. Mein Hals war trocken und ich mochte mir gar nicht vorstellen, wie lange ich bewusstlos in den Händen dieser Fremden gelegen haben musste. Ich versuchte meine Augen zu öffnen. Das Erste, was ich brauchte, war mein Bogen, wenn ich mich wirklich in feindlichem Gebiet befinden sollte.

Denk logisch, Nuraya. Versuche keine Aufmerksamkeit zu erregen. Töte deine Feinde schnell, nimm dir die Gegenstände, die du brauchst, und verschwinde.

Doch ich schaffte es nicht. Meine Augen schienen mit einem Fluch belegt zu sein, denn egal, wie viel Kraft ich versuchte aufzuwenden, sie ließen sich nicht öffnen. Ich fluchte innerlich, versuchte mich aber zu beruhigen und den Stimmen zu lauschen.

»Vielleicht braucht es Schlaf?! Immerhin ist es ein Mensch!«, rief eines der beiden Wesen aufgebracht. Kurz darauf spürte ich eine Hand an meinem Oberschenkel, die mit ruckartigen, wilden Bewegungen versuchte, mich zu wecken. Nur mit aller Kraft konnte ich verhindern, laut aufzuschreien.

»Du hast es getötet. Das haben wir jetzt davon«, knurrte die andere Stimme und die Hand verschwand von meinem Bein.

Soweit ich wusste, brauchten alle Wesen in Valencien Schlaf, wenn auch kleine Kreaturen mit ein oder zwei Stunden täglich auskamen.

Ich wagte mich zu erinnern, dass die Wesen, die mich hier an diesen Ort gebracht haben, auf kleinem Fuß gebaut waren, und zuckte merklich zusammen. Der Gedanke, ich könne von einer Meute hungriger, kleiner Kreaturen verspeist werden, ließ mich würgen.

»Es hat sich bewegt!«, rief die erste Stimme erfreut. Ich atmete zischend aus, als seine Fingernägel über meine Arme fuhren. Das Wesen lachte. »Es lebt, Suris. Es lebt!« Begeistertes Geklatsche ertönte neben meinem Ohr, doch ich versuchte weiterhin, meine Starre nicht zu verlassen. Solange ich nicht wusste, mit welchen Kreaturen ich zu rechnen hatte, konnte ich unmöglich meine einzige Tarnung aufgeben. Selbst wenn das Wesen längst herausgefunden hatte, dass ich dem Reich der Toten noch nicht beiwohnen wollte.

»Menschen sind schwach, Albis. Es wird den Herrn nicht überleben.«, murrte das andere Geschöpf leiser. Ich schluckte unruhig. In Gedanken steckte die Axt des Anführers längst in meiner Brust. Ich musste diesen Ort verlassen, ehe der Herr von meiner Anwesenheit erfuhr.

Meine Augen wollten sich jedoch auch jetzt selbst unter dem höchsten Druck nicht öffnen lassen.

Nutze deine anderen Sinne. Lass dich nicht ablenken, Nuraya.

Ich versuchte meinen Herzschlag zu beruhigen und alle wichtigen Details über die Ohren und die Nase aufzunehmen. Als Kind hatte Vater mir einen ganzen Tag lang die Augen verbunden.

»Du darfst dich nicht immer auf deine Sehkraft verlassen, mein Schatten«, hatte er mir leise ins Ohr geflüstert, wobei ich bei seiner plötzlichen Nähe zusammenzuckte. *»Du musst deine Umwelt mit jeder Faser deines Herzens erkunden und du siehst mehr, als du je mit den Augen erkennen könntest.«*

Ich mochte das Spiel damals und auch wenn ich mir den Kopf zu Beginn oft an der Tür stieß, so wurde ich besser. Ich konnte die Laune meiner Geschwister am Gang erraten und spürte, wenn meine Mutter von Sorgen aufgefressen wurde.

So bemerkte ich auch jetzt, dass die Stimmung kippte. Die Kreaturen waren nicht mehr laut, sondern schwiegen. Ihre Bewegungen waren kaum noch zu hören. Vermutlich starrten sie im Moment auf meinen regungslosen Körper. Ihre Atmung ging schnell, ich hörte das leise rasselnde Geräusch, als ständen sie direkt neben meinem Ohr. Ich versuchte meine Angst zu unterdrücken, doch das Blut rauschte ohrenbetäubend laut durch meine Adern.

Der Meister musste den kleinen Wesen in der Vergangenheit große Schmerzen zugefügt haben, wenn sie mit dieser Kraft jemanden niederschlagen konnten, aber nun am ganzen Leibe zitterten.

Das Bild des Yhunixkönigs erschien vor meinem inneren Auge und ehe ich es hätte verhindern können, schnappte ich hilflos nach Luft.

Der Gedanke, ich könnte mich in einem Yhunixaußenlager befinden, war erniedrigend und auf seltsame Weise verständlich zugleich. Vermutlich hatte der Feind in den vergangenen Jahren einen Pakt mit den Waldbewohnern geschlossen. Ich fluchte innerlich. Wie konnte ich nur so dumm sein? Ich hatte mit meiner Freiheit gespielt, der Preis, den ich nun dafür zahlen musste, schien mir berechtigt. Jeder freie Mensch hatte das Recht, sich ohne Bindung in Valencien zu bewegen. Ich hingegen hatte meine Freiheit für einen bestimmten Zeitraum gegen einen anderen Teil meines Herzens ausgetauscht. Ich hätte nicht vor den Soldaten fliehen sollen, vermutlich war ich tatsächlich in die Hände meiner Verfolger geraten. Wahrscheinlich hatten sie nun die Verstärkung der Todesbringer geholt, weil sie meine Gesellschaft nicht länger ertrugen.

Versagerin. Meine Gedanken schrien, doch ich sah lediglich Alyrias zarten Körper vor mir. Wenn der König hiervon erfuhr oder ich heute noch starb, würde sie nie wieder ihre Mutter in die Arme schließen können. Nie wieder die Sonne am Abend vom Horizont verschwinden sehen. Und ich allein war schuld.

Ich japste auf, überwältigt von dem Feuer, welches in meiner Brust aufflammte. Die Kraft, die sich nach diesen Gedanken in meinem Körper formierte, schien jegliche Vorstellungen von Stärke zu übersteigen. Ich würde meine Schwester diesem Schicksal nicht überlassen und ich würde nie wieder daran zweifeln, sie nicht vor all dem bewahren zu können. Ich musste am Geschehen teilnehmen, ich konnte mich nicht weiter verstecken. Gefahren lauerten überall, Mut musste man in sich selbst entdecken.

Abermals versuchte ich meine Augen zu öffnen. Meine Lider flackerten kurz, doch ich wollte nicht aufgeben und endlich gelang es mir. Mein Blick war verschwommen, kleine Sterne tanzten vor meinen Augen.

»Es lebt, Suris!«, rief eins der Geschöpfe erneut und eine Hand berührte meinen Unterarm. Vorsichtig malte sie Kreise auf meiner von Gänsehaut überzogenen Haut. Ich wollte mich aus dem Griff befreien, doch es war, als wären meine Glieder gelähmt. Die Hände waren warm, doch das Blut in meinen Adern schien unter ihnen stehenzubleiben.

Erneut versuchte ich zu blinzeln. Ich war wach, ich wollte endlich sehen, wo ich mich befand.

Denn bei den Geistern oder einem düsteren Schatten lag dieser Ort gewiss nicht. Der Raum war erwärmt und ich glaubte, unter mir Felle spüren zu können. Nervös schluckte ich. So sehr mich der Gedanke beruhigte, so erschauderte ich zeitgleich vor dem, was mich tatsächlich erwartete.

»Es ist schwach! Hör auf, es zu mögen!«

Wieder strich mir eine Fingerkuppe über dem Arm, malte Linien in mein Fleisch, ohne dass ich die Chance hatte, mich zu wehren. Jedoch hatte mein Herz keine Angst vor den Berührungen und den Worten. Es war absurd, so schien doch alles auf den Feind hinzudeuten. Doch so sehr jeder Teil in mir Furcht vor der Zukunft hatte, so wusste ich, dass diese Wesen mein Leben nicht verkürzen würden. Dazu schien ihre Aura zu schwach.

»Es ist so anders«, murmelte das eine Geschöpf dicht an meinem Ohr. Ich zuckte nicht einmal.

Stattdessen kämpfte ich jede Sekunde mehr um einen scharfen Blick, als plötzlich ein kalter Windzug um meine Beine wehte.

»Was macht ihr hier?! Verschwindet!«, murrte eine männliche Stimme. Augenblicklich war die Gänsehaut zurück. Die Stimme war scharf und hinterließ einen bitteren Beigeschmack in meinem Mund. Leises Gemurmel brach unter den Geschöpfen aus.

»Tut uns leid Herr, es sah so hilflos aus. So hilflos«, entschuldigten sie sich flehend. »Entschuldigt Herr.«

Der Mann seufzte und schien sich auf einen Stuhl niederzulassen. Der Boden knarrte unter ihm, er musste so groß wie ein Riese sein. War es möglich, dass einige Riesen den Kampf damals doch überstanden hatten?

Ich blinzelte erneut und endlich wurde mein Blick vollends scharf. Ein keuchender Laut verließ meinen Mund, ehe ich überhaupt nachdenken konnte. Vor meinen Augen standen Wesen, welche ich mir nicht einmal in meinen schlimmsten Träumen hätte ausmalen können.

Das Wesen, welches all die Zeit meinen Arm berührt hatte, war am ganzen Körper von grünlichem Fell bedeckt.

Die Füße waren nackt, wobei die grasgrünen Zehennägel sofort wieder meinen Magen anregten. Am Rücken und an den Armen zogen sich rötliche Brandstellen empor, während der Kopf kahl und grün hervorstach. Die Nase der Wesen war krumm und schimmerte gräulich, während dicke, buschige Augenbrauen dem Gesicht Härte verliehen. Noch nie hatte ich von Geschöpfen dieses Aussehens gelesen, geschweige denn sie mit eigenen Augen sehen können. Vater wäre von dem Körperbau sicherlich begeistert gewesen, doch ich wünschte, ich hätte nie hingesehen. Ich kniff die Augen so fest zusammen, wie es mir möglich erschien, in Hoffnung, dadurch unsichtbar zu werden.

Ich hatte mir die Todesbringer von Myx immer dunkel und mit spitzen kleinen Zähnen vorgestellt, nie hätte ich erahnen können, dass sie so aussahen. Wenn das überhaupt die Todesbringer waren. Ich erschauderte und wagte es nicht, die Augen erneut zu öffnen. Das Bild, welches sich in meinen Kopf gebrannt hatte, würde sich nie wieder vertreiben lassen.

Panisch versuchte ich all mein Wissen über andere Wesen aus Büchern mit dem Gesehenen zu verbinden, doch ich kam zu keinem Schluss. Vermutlich war ich doch in der Hölle gelandet.

Die Unsicherheit im Raum wuchs und auch ich konnte mein Zähneklappern schon bald nicht mehr verbergen. Der Mann hatte bisher noch kein weiteres Wort gesagt, doch seine Präsenz im Raum war mehr als deutlich zu spüren.

Und jeder Funke meines Körpers sagte mir, dass auch diesen Wesen das Recht auf ein freies Leben verwehrt wurde. Es war verrückt, doch ich sah in den kleinen Gestalten nichts als Furcht. Vermutlich spielte mir mein Geist einen Streich. Meine Hände waren schweißnass, mein Kopf schmerzte. Ich musste mir bei dem Schlag der Geschöpfe ernsthafte Verletzungen zugezogen haben, anders konnte ich mir meine wirren Gedanken nicht erklären.

Das Aussehen des Wesens hatte mich in einen solch tiefen Bann gezogen, dass ich nicht einmal auf Waffen geachtet hatte, und einen zweiten Blick durfte ich nicht riskieren.

Ganz große Klasse.

Als wäre meine Angst greifbar, stand der Mann keine zwei Sekunden später von seinem Platz auf. »Verschwindet jetzt!«, grunzte er laut. Die Stimme klang hart und kraftvoll. Stark und eigenwillig. Die kleinen Wesen entschuldigten sich erneut, ehe man ihre Füße – grüne Füße mit langen, grünen Zehen – auf dem Boden hörte. Ich hingegen spürte mit jeder Faser meines Körpers nur noch die schweren, großen Schritte, die über den knirschenden Boden in meine Richtung stampften. Angst kroch mir bis in die Fingerspitzen. Ich wagte weder zu schlucken noch einen Atemzug zu nehmen. Still lag ich da, ohne Regung. Seine kalten Finger fuhren über meine Wange und verharrten an meinem Haaransatz.

»Öffne deine Augen, Mädchen«, flüsterte der Mann beinahe lieblich. Wenn ich nicht den Atemzug derselben Person auf meiner Wange hätte spüren können, hätte ich die Stimme einer weiteren Person im Raum zugeschrieben. Yhunix waren schlau. Vermutlich würde er mich in seinen zauberhaften Bann ziehen, ehe er mich ermordete oder eigenhändig dem König auslieferte.

»Zeig mir deine Augen.« Die Stimme fuhr betörend fort, doch ein eisiger Unterton verfolgte sie rasch. Yhunixsoldaten spielten gerne mit ihren Opfern, doch die Stimme des Mannes erschien mir plötzlich nicht hart genug, um sie einem Soldaten zuschreiben zu können. Fieberhaft überlegte ich, ob ich mich gar nicht mehr in den Händen der Feinde befand. Vorsichtig schluckte ich und tat, wie mir geheißen. Langsam, beinahe kaum merklich öffneten sich meine Lider. Sie zitterten, ich zwang mich jedoch, den Wünschen des Mannes nachzukommen. Männer waren gefährlich. Gerade dann, wenn sie wussten, dass sie die stärkere Macht waren.

Sekundenlang konnte ich nichts anders tun, als ihn stumm anzustarren. Sein Gesicht war gebräunt, viel dunkler als das der Soldaten in den südlichen Ländern. Die Wangenknochen definiert, ein leichter Bartschatten umspielte das hart wirkende Gesicht. Sein schwarzes Haar war länglich, aber nicht so lang, dass es seine Augen verdeckt hätte. Violett, dunkles, sattes Violett leuchtete wie Sterne in der grünen Iris. Ich gab mich dem Leuchten vollends hin und schwebte in einer Welt, in der alles möglich erschien. Meine Lungen versagten, während mein Körper nicht genug von der Tiefe seiner Augenlichter bekommen konnte. Am liebsten hätte ich nach der Unendlichkeit gegriffen, doch ich schaffte es geradeso, meine Hände unter Kontrolle zu halten. Mein Herz schlug bei seinem Anblick fest gegen meine Rippen, doch ich wagte es nicht, mich abzuwenden.

»Scheint, als hättest du keine Angst, Mädchen?«, fragte der Unbekannte amüsiert. Ein kleines Lächeln umspielte seinen perfekten Mund. Einige Sekunden lag mein Blick auf den vollen, roten Lippen. Die Hoffnung, das süße Rot mit allen Teilen meines Körpers erkunden zu können, wuchs mit jedem Atemzug.

Noch nie hatte ich ein solches Verlangen in meinem Körper gespürt, und ich wünschte, es wäre das einzige Gefühl, welches in Zukunft meinen Körper leitete. Langsam beugte er sich vor zu meinem Ohr, wobei sein Atem eine sanfte Gänsehaut über meinen Körper brachte. Seinen Körper so nah zu spüren, brachte meinen Kopf beinahe dazu, zu explodieren. Ich vergaß für einen Augenblick zu atmen.

»Ich muss dich leider enttäuschen, ich werde mich nicht nackt vor dir ausziehen.«

Seine unverschämten Worte brachten mich zurück in die Realität. Schamröte stieg mir ins Gesicht und schnell wandte ich den Blick ab, starrte auf den dunklen Holzboden. Ich rutschte etwas nach hinten und versuchte gleichzeitig, mein klopfendes Herz zu beruhigen. Stumm verfluchte ich mich für mein unaufmerksames Handeln. Noch nie hatte ich mich durch solche Gefühle leiten lassen. Außerdem war es völlig absurd, einem völlig Fremden so nah zu sein.

Gefühle schwächen dich. Deine Feinde werden sie ausnutzen. Vaters tadelndes Gesicht erschien vor meinem inneren Auge. Nicht auszudenken, was der junge Mann mit dieser hoffnungslosen Variante meiner selbst hätte anstellen können. Ich wagte einen kurzen Seitenblick zu ihm, er hatte jedoch die Augen zum Boden gerichtet. Die schwarzen Haare waren zum größten Teil am Hinterkopf verknotet, einige Strähnen fielen ungeordnet in sein markantes Gesicht. Seine Schultern hoben sich gleichmäßig, ganz anderes als meine panische Schnappatmung.

Nuraya, lass dich nicht in seinen Bann ziehen. Die Stimme in meinem Kopf schimpfte wütend und ich konnte es ihr nicht verdenken.

Ein Mann hatte nur wenige Begierden. Ich hörte die Yhunixsoldaten unten in den Minen oft über ihre nächtlichen Aktivitäten reden und stets waren Frauen ein Teil davon. Ich durfte es nicht riskieren, unaufmerksam in das Spiel eines Mannes hineinzugeraten, aus welchem ich mich letztendlich nicht mehr befreien konnte.

Vorsichtig versuchte ich mich aufzurichten und berührte dabei mit meinem Bein seinen Oberschenkel. Mein ganzer Körper brannte, während ich versuchte, nicht auf seine stechenden Augen zu achten, die längst wieder auf meinem Körper lagen. Ich hatte eine Aufgabe zu erledigen. Ich durfte mich nicht aufhalten lassen.

Vorsichtig schielte ich nach rechts, in der Hoffnung einen spitzen Gegenstand zu entdecken. Vergeblich. Ich seufzte, doch es war schwierig, unter seinen brennenden Augen noch weitere Teile des spärlich eingerichteten Raumes unter die Lupe zu nehmen.

»Was hast du in diesem Wald gesucht?« Der plötzliche harte Griff an meiner Schulter ließ meinen Kopf automatisch wieder in die Richtung des Mannes schellen. Die einzelnen Finger drückte er schmerzend in mein Fleisch, was mich zum Keuchen brachte. Seine Stimme hatte mit einem Mal eine Strenge und Autorität angenommen, sodass es mir heiß und kalt zugleich wurde. Das Spiel war nun an seinem Höhepunkt angelangt. Vermutlich hatten die Yhunix ihn dafür bezahlt, mich festzuhalten, sollte ich den Soldaten entwischen. Ich schnaubte innerlich. Alles schien einen Sinn zu ergeben, wahrscheinlich hatte der König diesen Auftrag lange geplant und alle Verbündeten informiert.

Wie dumm.

Sein Gesicht war angespannt, kein Muskel regte sich. In seinen eisigen Augen war kein einziger wärmender Funke zu erblicken, es schien, als beobachtete er jede meiner Bewegungen. Meine Schulter war nach wie vor seinem Druck ausgesetzt, weshalb ich wimmerndes Geräusch ausstieß.

Augenblicklich lockerte er seinen Griff und ich schnappte erleichtert nach Luft. Mit der rechten Hand fuhr ich über die gerötete Stelle und verzog das Gesicht, als ich den schmerzenden Punkt berührte.

Ich hätte vorsichtiger mit meinen Gedanken umgehen sollen, nun hatte der Mann mich vollends in der Hand.

»Das beantwortet nicht meine Frage, was dich in diesen Wald treibt, Mädchen!«, murrte er. Ehrfürchtig blickte ich zu ihm herauf. Er schien jung, kaum älter als ich selbst, und doch fühlte ich mich ihm gegenüber wie ein naives, schwaches Kind. Einen Moment blieb ich an seinen

Augen hängen, Augen, die vor Kälte nur so strotzten. Das Violett, welches mich noch vor wenigen Minuten gefangen gehalten hatte, schien wie weggeblasen, nun schien stattdessen dunkles, sattes Grün meinen Körper durchbohren zu wollen.

Angst überkam mich und ließ mich erneut beben. Ich wollte nichts Falsches antworten. Ich wollte nicht verraten, dass ich im Auftrag des Yhunixkönigs einen Brief überbringen musste und der einzig mögliche Weg durch den Wald führte, um das Leben meiner Schwester zu schützen.

Es klang armselig. Und zugleich würde ich mit dieser Aussage alles offenbaren.

Gleichzeitig sehnte ich mich nach etwas, was mich vor diesem Menschen schützen würde.

Kannst du dich einmal selbst nicht schützen, dann werden es deine Worte versuchen müssen, hatte Vater immer gesagt.

Hastig suchte ich nach einer plausiblen Ausrede, doch nur ein Narr würde den dunklen Wald freiwillig betreten.

»Nichts«, flüsterte ich mit etwas Verspätung.

«Dummes Yhunixmädchen«, murmelte der Mann leise, grinste dann kurz, wobei seine strahlend weißen Zähne zum Vorschein kamen. Ich schluckte, konnte mich aber rechtzeitig abwenden. Es war wie verhext, wann immer ich ihn anschaute, war es, als hätte er die Kontrolle über meinen Körper erlangt. Viel zu schnell griff er jedoch erneut nach meiner Schulter, während sich sein Blick abermals verhärtete. »Antworte mir auf meine Frage!«

Harsch zog er mich nach oben, weshalb ich einige Sekunden benötigte, um ihn wieder scharf sehen zu können. Mein Kopf wummerte, mit den Händen versuchte ich Halt zu finden, schaffte es geradeso, mich in sein Hemd zu krallen. Er zog scharf die Luft ein, kurz spürte ich seinen Herzschlag unter meinen Fingern.

Den Herzschlag eines Fremden.

Kaum dass diese Erkenntnis meinen Kopf erreichte, stieß ich ihn von mir, als hätte ich mich verbrannt. Ich schloss die Augen, um meine Gedanken zu ordnen und verfluchte mich dafür, nicht vorsichtiger gewesen zu sein. Der dunkle Wald schien meinen Gedanken nicht gut zu bekommen, anders konnte ich mir diese Verwirrtheit nicht erklären. Ich musste aufhören, mich ablenken zu lassen.

»Ich habe einen Brief zu überbringen«, flüsterte ich beinahe lautlos. Ich hätte diese Antwort nicht noch länger herauszögern können, zumindest nicht, ohne Schmerzen erwarten zu müssen. Das wusste ich.

Der Mann musterte mich kurz argwöhnisch, doch nun hatte ich langsam den Mut gefunden. »Und ich bin keine Yhunix. Mein Haar ist viel zu hell und meine Augen haben gewiss nicht die Kälte der Yhunix.« Ich wusste nicht, weshalb diese Worte so schnell aus meinem Mund flossen. Falls der Mann tatsächlich ein Söldner war und dem feindlichen König diente, war jegliche Chance auf Freiheit jetzt verspielt.

Der Mann war sicher nicht dumm, jetzt hatte er die beste Chance, mich auszuliefern. Doch er regte sich nicht. Seine Augen waren starr auf mein Gesicht geheftet, fast als versuche er, in die Tiefen meines Bewusstseins einzudringen.

Sein stechender Blick war unangenehm und die Stille, die sich zwischen uns ausbreitete, ließ mich nervös mit dem Fuß wippen.

Keine zwei Sekunden später schien der Mann aus einer Starre zu erwachen. Seine Stirn war mit Schweiß überdeckt und seine Finger zitterten. Erneut schluckte ich und schaute fachmännisch, wie Mutter es getan hätte, auf jedes Detail seines Körpers, um eine Antwort auf seinen plötzlichen Schock zu erhalten. Er zitterte und seine Haut war plötzlich blass. Vielleicht hatte er etwas Falsches gegessen, worauf sein Körper jetzt so stark reagierte. Ich neigte den Kopf zur Seite, wollte den Grund für diesen plötzlichen Anfall erkennen, doch kaum dass ich seinen Augen begegnete, musste ich erneut schlucken. Er musterte mich, als wäre es völlig normal jede einzelne Zelle von mir zu durchbohren. Und ehe ich mich versah, tat ich das Gleiche. Bis er blinzelte, den Kopf etwas drehte und an mir vorbeischaute.

Fluchend senkte ich meinen gierigen Blick. Die ganze Situation war mir mehr als unangenehm. Zumal ich das Gefühl, seinen Körper mit den Händen berühren zu müssen, trotz jeglicher Anstrengung nicht aus meinem Körper befördern konnte.

Düstere Zauber belegten meine Gedanken, da war ich mir sicher. Ich zwang mich, ihn nicht erneut anzusehen, und suchte den Raum nach geeigneten Fluchtwegen ab. Zwei Fenster und eine Tür. Ich überlegte. Die Tür würde ich nicht rechtzeitig erreichen können, zumal ich nicht wusste, ob sich dahinter andere Verbündete versteckten. Und aus einem Fenster in unbekannter Höhe zu springen, glich einem Selbstmord. Unruhig schnaubte ich.

Ich war gefangen.

Kapitel 11

Fieberhaft überlegte ich, wie ich mich noch aus dieser Situation retten konnte. Ich durfte keine Sekunde länger hierbleiben, schon gar nicht, wenn der Mann in der Lage war, meine Gedanken beeinflussen zu können.

Das war er schließlich, oder nicht? Es war unmöglich, dass mein Kopf selbst auf die Idee kam, einem Fremden nah sein zu wollen.

Der herbe Geruch des Mannes mochte meine Sinne betäuben, aber ich konnte mir nicht noch mehr Unaufmerksamkeit leisten. Meine Hände zitterten, während ich die große, angelehnte Tür ins Visier nahm. Wenn ich mich beeilte, hatte ich die Überraschung auf meiner Seite.

»Ich vermute, ich muss mich entschuldigen«, sagte der Mann plötzlich. Ich überdrückte das Verlangen, laut aufzuschnaufen. Elegant erhob er sich von seinem Stuhl und wischte sich den Schweiß von der Stirn. Ganz beiläufig lehnte er sich an die Kommode neben der Tür und versperrte mir somit den Ausweg.

Mist.

Das helle Violett leuchtete aufgeweckt in seinen Augen und sein Mund war zu einem anzüglichen Lächeln verzogen. Ich schluckte, war viel zu überrascht, wie schnell er seinen Ausdruck ändern konnte. Ich konnte nicht fragen, welche Geister ihn vor wenigen Sekunden heimgesucht hatten, denn allein der Gedanke, es könne Wirklichkeit sein, ließ meinen Körper erschaudern.

»Also was ist nun der Grund, dass ein einsames Mädchen allein durch den gefürchtetsten Wald Valenciens streift? Entweder du sehnst dich nach dem Tod oder du bist eine Närrin«, fragte er ruhig, während er auf dem Stuhl gegenüber von mir Platz nahm. Er sah nicht so aus, als wüsste er etwas von den Plänen des Königs, schließlich wirkte sein Blick offen und interessiert. Dennoch würde ich ihm nicht blind vertrauen. Männer wie er wurden dazu ausgebildet, ihre Pläne hinter schönen Worten zu verstecken. Ich presste die Lippen zusammen und betrachtete ihn zögerlich. Seine Hände lagen entspannt auf seinem Schoß, beide Beine hatte er von sich gestreckt. Ich ertappte mich dabei, wie ich ihn einen Moment intensiv musterte, hatte aber meinen Körper einen Wimpernschlag später wieder unter Kontrolle. Er sah nicht so aus, als würde er sich jeden Augenblick auf mich werfen. Dennoch rutschte ich an die Kante der Bank, um im Notfall rechtzeitig aufspringen zu können. Man konnte nie vorsichtig genug sein.

Interessiert ließ er seine Augen einmal über die Yhunixkleidung schweifen, neugierig fuhr er mit der rechten Hand über den schwachen Bart.

»Ich muss noch immer einen Brief überbringen«, wiederholte ich ganz langsam meine vorherigen Worte, ohne ihn auch nur eine Sekunde aus den Augen zu lassen. Er lachte kurz.

»Das war also keine lästige Ausrede, um das Gespräch zu beenden? In deinen Augen habe ich gesehen, dass du bereits nach einem Fluchtweg Ausschau gehalten hast. Die Tür hinter mir ist ein schlechter Weg. Ich könnte mich umdrehen und dich am Bein zu packen bekommen. Aber das hast du dir sicher selbst schon gedacht.«

Er zwinkerte kurz und ich wusste nicht, ob ich es anziehend oder abstoßend finden sollte, dass er meine Gedanken so offen lesen konnte. Ich bewunderte seine schnelle Auffassungsgabe, doch gleichzeitig jagte es mir einen Schrecken ein, wie präzise er meine Bewegungen analysieren konnte.

»Die Fenster sind klein und ohne die Landefläche zu kennen ein Fluchtweg in das Reich der Toten.« Er schnalzte mit der Zunge, während er den Blick durch den Raum gleiten ließ. »Waffen konntest du keine entdecken, sonst würde eine Yhunix wie du sofort alles Leben vernichten, um sich selbst in Sicherheit zu wiegen.« Ich wollte etwas sagen, doch er fuhr fort: »Ist es nicht so? Erzähl mir bitte nicht, dass du vergessen hättest, nach einer Waffe Ausschau zu halten.«

Meine Wangen nahmen einen rötlichen Farbton an. Ich wusste nicht, weshalb ich mich schämte, schließlich hätte jeder, der hier aufgewacht wäre, nach einer Waffe gesucht. Er grinste lediglich breit. Es war mir unangenehm, dass er jeden meiner Blicke durchschaut hatte, dennoch bemühte ich mich mit kühler Stimme zu antworten: »Ich bin keine Yhunix.«

»Sicher. Du trägst die Waffe der Königssoldaten bestimmt nur bei dir, weil du sie auf der Straße gefunden hast. Und den hochwertigen Anzug hast du dir vielleicht von einer Wäscheleine gestohlen.« Er lachte erneut. Seine Augen wurden dabei ganz klein, was ihn ziemlich attraktiv machte. Ich schnaubte. Es hatte keinen Zweck, mit diesem Mann zu diskutieren.

»Wenn du dann fertig mit deinen Behauptungen wärst, würde ich gern gehen.« Meine Stimme klang bissig und man sah ihm an, dass er mit dieser Reaktion nicht gerechnet hatte.

Innerlich jubelte ich. Viel zu schnell hatte er sein Gesicht jedoch wieder unter Kontrolle. »Als meine Gefangene gebe ich dir nicht das Recht zu gehen.«

Zufrieden lehnte er sich zurück und verschränkte die Arme hinter dem Kopf. Er schien amüsiert, das Grinsen auf seinen Lippen ließ mich empört nach Luft schnappen.

Ich wollte aufspringen und protestieren, doch noch ehe ich die Chance hatte, auch nur irgendetwas zu erwidern, huschte eines der Geschöpfe in den Raum. Die Augenbrauen hatte es eng zusammengezogen, sorgenvoll musterte es mich einen Moment lang. Leise flüsterte es dem Mann etwas ins Ohr. Seine Lippen bewegen sich schnell, das Säuseln war unverständlich. Ich versuchte mich zu konzentrieren, doch ich verstand kein Wort. Die Hände des Wesens waren groß und mit ruckartigen Bewegungen versuchte es seine Worte zu unterstreichen. Die gelben Augen funkelten, während es mit den Fingern auf meine Gestalt deutete.

Aus Vorsicht trat ich einige Schritte nach hinten. Ungläubig musste ich den Kopf schütteln und wünschte, ich könnte mich in Luft auflösen.

Vergeblich.

Diese Kreaturen waren mir nicht geheuer und ich schwor mir genügend Abstand zu ihnen zu halten.

Der Mann nickte zustimmend und stand schließlich auf. Allein so überragte er mich beinahe um einen halben Kopf.

»Beweis mir, dass du keine Yhunix bist«, sagte er, ohne den Blick von mir abzuwenden. Eingefangen von seinen grünen Sprenkeln nickte ich zustimmend, ohne überhaupt richtig Herr meines Körpers zu sein. Der Raum schien von Sekunde zu Sekunde kleiner zu werden. Ich schluckte, doch die Magie, die ihn umgab, war unfassbar stark. Neugierig wartete er auf eine Antwort, doch ich konnte mich nicht regen.

»Was führt dich wirklich in diesen schrecklichen, dunklen Teil des Waldes? Kein Mensch würde dieses Waldstück auch nur betreten und selbst die Yhunix weichen nur selten an die Grenzen aus, also mach es uns beiden doch einfach.« Seine Stimme klang weich und harmonisch und doch wurde ich das Gefühl nicht los, dass sie von einem dunklen Ton verfolgt wäre. »Spionierst du für sie? Was haben sie dir versprochen? Reichtum? Bist du wirklich so dumm, dein Leben diesem Volk zu verschreiben?«

Er schien sich nicht mit dem Feind verbündet zu haben.

Glück gehabt.

Das Geschöpf machte hinter dem Rücken des Mannes einige undefinierbare Gesten. Wild wedelte es mit den

Armen, nur um kurz darauf nachdenklich den Kopf zur Seite zu legen. Etwas hilflos zuckte ich mit den Schultern, was wiederum den Mann dazu brachte, sich umzudrehen. Kurz lächelte er wissend.

»Du hast Angst vor den Baumjägern«, stellte er fest. »Keine Sorge, Baumjäger sind friedlich, solang man nicht versucht, ihnen ein Bad zu verpassen.« Bei Letzterem verzog er gequält das Gesicht, fast als hätte er in diesem Punkt bereits Erfahrung gemacht.

Das Geschöpf mit den gelblichen Augen und dem Brandfleck auf der Nase trat mit kleinen Schritten nach vorn und verbeugte sich. »Zu Ihren Diensten, Herrin.«

Ich nickte unbeholfen, konnte den Blick aber nicht abwenden. Kein Buch der Welt hätte das Aussehen dieses Wesens korrekt beschreiben können und vermutlich hatte nie jemand gewagt, es auch nur zu versuchen. Endlich wusste ich, weshalb in den Werken sowohl von Todesbringern als auch harmlosen Wesen gesprochen wurde. Beides erschien mir auf einmal wahr.

»Sie scheint dir zu vertrauen«, erklärte der Mann fachgemäß, den Blick überlegend auf das Wesen gerichtet. Das Geschöpf machte einige zustimmende Gesten.

Ich konnte nur stumm nicken. Es war mir egal, ob mir ein so scheußliches Wesen vertraute oder nicht. Es zählte nur, dass ich lebend aus diesem Wald kam.

»Du hast mir meine Frage noch nicht beantwortet. Niemand betritt dieses Waldstück freiwillig«, richtete sich der Mann nach einigen Sekunden der Stille wieder an mich und strich mit seiner Handfläche über die Felle, die ordentlich auf dem Holz ausgebreitet waren.

»Ich habe einen verdammten Brief zu überbringen. Und. Ich. Habe. Keine. Zeit«, antwortete ich langsam, beinahe als spräche ich mit einem Kleinkind. Der Mann schien nicht begreifen zu wollen, dass ich ihm keine andere Antwort geben würde. Kurz überlegte ich, den Brief aus meiner Brusttasche zu ziehen, verwarf die Idee aber gleich wieder. Ich wusste noch immer nicht, welcher Macht er sich wirklich zugewandt hatte, und auf keinen Fall durfte ich riskieren, zu viel von mir preiszugeben.

»Einen Brief. Etwas ungewöhnlich, dass einer Yhunixsoldatin eine solche Ehre erteilt wird, findest du nicht?« Ein zynisches Lächeln umspielte seinen Mund, ehe er fortfuhr: »Wohin schickt dich dein König?«

Ich versuchte tief einzuatmen. Das Gefühl, dem Mann nahe sein zu wollen, konnte aus irgendeinem lästigen Grund nicht aus meinem Körper verschwinden, dennoch gingen mir seine Fragen gewaltig auf die Nerven. Vermutlich hatte ihn die Zeit mit diesen Kreaturen einige Gehirnzellen gekostet. »Ich bin keine Yhunix. Ich bin ein Mensch. Es geht dich nichts an, woher ich die Kleidung und den Bogen habe. Ich kenne dich nicht und ich weiß nicht, weshalb du mich hierher verschleppt hast. Verrate du mir doch lieber, weshalb du in diesem Wald lebst, oder lass mich am besten in Ruhe!«, fauchte ich bissig.

Der Mann hob die Hand und hätte ich nicht drei Jahre in Gefangenschaft gelebt, hätte diese Geste mich gewiss nicht zum Schweigen gebracht. Doch die Regeln des Königs hatten mich geprägt, weshalb ich verstummte.

»Soso, ein Menschenmädchen. Erklär mir doch bitte, weshalb du die Soldatenkleidung eines Yhunix trägst. Ich habe es nicht gern, wenn man mir nur vage auf meine Fragen antwortet.« Ein spöttischer Ausdruck lag in seinen Augen, weshalb mich unerwartet eine Gänsehaut überkam. Er lachte leise, wahrscheinlich war er sich seines Sieges bereits sicher. Daraufhin ballte ich die Hände zu Fäusten. Er war es schließlich, der mir nicht auf meine Fragen antwortete.

»Ein Kleidungsstück entscheidet nicht über meine Herkunft«, antwortete ich pampig und verschränkte die Arme vor der Brust. Man durfte seine Angst nie zeigen, selbst dann nicht, wenn sie einen von innen zerfraß wie ein Parasit.

»Sicher nicht, aber ich habe viele Jahre hier verbracht«, antwortete der junge Mann und deutete auf seine beschauliche Hütte. »Und für gewöhnlich trugen nur Soldaten der eisernen Festung diese Kleidung, also wundert es mich, dass du es bestreitest. Bist du eine Diebin? Auf der Flucht? Eine Rebellin?« Seine Fragen kamen wie stechende Pfeile, sein Blick wurde dunkel. Unruhig rutschte ich auf meinem Platz hin und her.

Antworte nicht mehr als nötig. Schweige, wenn man dir zu nahetritt.

Mit den Augen fixierte ich die Tiefe seiner grünen Sprenkel und wunderte mich einmal mehr, wie er es schaffte, sein Augenlicht so schnell farblich zu verändern. Ich würde ihn sicherlich nicht davon überzeugen können, dass ich ein Mensch war, also musste ich mir eine andere Taktik überlegen. Die einzig sinnige Antwort schienen Gegenfragen zu sein, die sein Interesse von meiner Herkunft ablenkten. Ich streckte den Rücken durch und räusperte mich. »Ich habe dir meine Antwort bereits genannt. Du hingegen hast mir meine Frage nicht beantwortet. Weshalb lebst du in diesem Wald? Und weshalb suchst du dir diese Kreaturen als Knechte?«

Die Welt um ihn schien erneut stillzustehen, ehe er mich unerwartet anfauchte: »Stell nie wieder solche Fragen in meiner Gegenwart!« Ich zuckte zusammen und legte fröstelnd die Arme um meinen Oberkörper. Es war, als wäre ein plötzlicher Winter eingebrochen, der die Luft zum Gefrieren brachte. Die Augen des Mannes waren in ein dunkles Grün getaucht, fast wirkte es, als blicke er durch mich hindurch. Männer konnten grob und launisch sein, doch die Reaktionen, die dieser Mann zeigte, waren verwirrend. Ich musterte seinen bebenden Körper. Die dunklen Geister schienen ihn zu umgarnen und möglicherweise musste er sich nun ihren Befehlen untergeben. Das ungute Gefühl in meinem Bauch ließ sich nicht vertreiben, der Blick des Mannes war leer und doch setzte er einen kleinen Teil meines Körpers in Flammen.

Hilfesuchend blickte ich zu der kleinen Kreatur, die unbeteiligt in der Ecke des Raumes hockte.

Sie schien zu verstehen und ging mit kurzen Schritten zu ihrem Meister, um erneut mit fremd klingenden Lauten auf ihn einzureden. Der Mann antwortete eisig, wandte den Blick jedoch nicht von mir ab. Das dunkle Grün bohrte sich in meine Augen, doch ich zwang mich ihm standzuhalten. Die Wortfetzen klangen wie ein hitziger Streit, beinahe schrie er. Kurz dachte ich, er würde das kleine Ding am Hals packen und aus dem Fenster schleudern. Ein Schauer fuhr durch meine Glieder, während sich alte Bilder in meinem Kopf breitmachten. Das Wesen zeigte sich jedoch mutig und redete so lang auf den jungen Mann ein, bis sein Blick weicher und die Haltung seines Körpers lockerer wurde.

Seine Augen wurden heller, seine Atmung langsamer. Fasziniert beobachtete ich, wie er elegant aufstand und die wenigen Kerzen im Raum begann auszupusten. Entschuldigend blickte er zu mir, das Licht der Kerze sanft flackernd hinter ihm. »Es tut mir leid. Gewiss hast du eine lange Reise hinter dir. Du solltest dich ausruhen.« Mit diesen Worten deutete eine Verbeugung an, löschte die letzte Kerze und tauchte den Raum in Dunkelheit.

Ich hörte, wie er sich langsam zu mir vorbeugte. Überrascht riss ich die Augen auf und vergaß für einen Moment zu atmen. Die vorsichtige Seite in mir, ermahnte mich, meine Seele vor seinen trügerischen Fähigkeiten zu schützen. Der Rest meines Körpers hingegen konnte nicht anders, als in seinen tiefen Atemzügen zu versinken.

Dummes Mädchen.

»Albis wird dir etwas zu Essen bringen. Schlaf dann«, flüsterte er mit matter Stimme in mein Ohr. Das Gefühl ihm so nahe zu sein, ließ meinen Körper kalt und heiß zugleich werden. Doch kaum einen Wimpernschlag später hatte er den Raum auch schon verlassen und ließ mich mit unendlich vielen Fragen zurück. Meine Beine zitterten unkontrolliert, leise hörte man das Klackern meiner Stiefel auf dem Boden. Vermutlich wäre jetzt der Augenblick gekommen, an dem ich endlich diesen Ort hätte verlassen können. Ich wollte aufstehen, doch alles in mir schien sich zu drehen. Ich stöhnte schmerzerfüllt auf. Mein Körper schien andere Pläne zu haben.

Ich schloss die Augen einen Moment, doch selbst hinter meinen geschlossenen Lidern schien es keine Ruhe zu geben. »Ihr müsst wissen, der Herr und seine Stimmungen-«, hörte ich plötzlich das Wesen mich rauchiger Stimme neben mir sprechen. Ich zuckte zusammen und stieß mir den Kopf an den breiten Holzbalken. Zischend atmete ich aus.

Du bist zu schreckhaft, Nuraya.

Ich fluchte leise. Albis war nach hinten gesprungen und wedelte aufgeregt mit den Händen in der Luft. »Ich hätte Euch nicht so erschrecken dürfen, entschuldigt bitte. Bitte entschuldigt.« Es sah besorgt aus und musterte jede meiner Bewegungen. Ich konnte darauf nur stumm nicken. »Der Herr ist zurzeit sehr empfindlich, müsst Ihr wissen. Ihr solltet ihn nicht gegen Euch aufhetzen.«

Ich machte erneut eine zustimmende Kopfbewegung, die einzige Reaktion, die mir sinnig erschien. Das Wesen fuhr sich über den grün befleckten Mund, ehe es breit grinste und mir dabei seine verfaulten Zähne entgegenstreckte. »Aber er scheint Euch zu mögen, alle Gäste zuvor durften nicht bei ihm übernachten. Seid gesegnet, Herrin.«

Ich warf dem Wesen einen dankbaren Blick zu, aber ein Lächeln konnte ich bei dem Anblick nicht über die Lippen bringen. »Vielen Dank. Ich – ähm – ich weiß eure Gastfreundschaft zu schätzen.«

Die Kreatur lächelte erneut und verschwand dann, ehe ich die Chance gehabt hätte, ihr auch nur eine Frage zu stellen. Verwirrt ließ ich mich auf die Holzbank sinken und versuchte den muffigen Geruch des Baumjägers zu ignorieren.

Ich fragte mich, welchen boshaften Göttern man sich zuwenden musste, um mit diesen Gestalten zusammenleben zu können. Die Wesen schienen mit seinen Stimmungsschwankungen vertraut, beinahe wirkte es, als wüssten sie, wie sie ihn beruhigen konnten. Vielleicht hatte er einen Pakt mit dem Teufel geschlossen und musste sich nun dessen Willen untergeben. Fröstelnd legte ich mir die Felle über die Schultern und versuchte das Bild des Höllenmannes ganz schnell wieder aus meinen Gedanken zu streichen.

Du machst dir nur unnötig selbst Angst, Nuraya.

Ich schüttelte mich, um die Angst aus meinem Körper zu vertreiben und verschob die Beantwortung der vielen ungelösten Fragen in meinem Kopf auf den morgigen Tag. Jetzt in der Nacht war diese Hütte vermutlich sicherer als ein Baum in der Dunkelheit. Zumal die Yhunixsoldaten ebenfalls irgendwo in diesem Wald sein mussten und mich gewiss mit Freude für meine Flucht bestrafen würden. Der Mann konnte durchaus ein Feind sein, doch der Tod würde mich in diesen vier Wänden nicht ereilen. Die Magie seiner Augen spukte mir noch immer im Kopf umher und meine Neugier war viel zu groß, um jetzt einfach so verschwinden zu können. Würde ich heute Nacht außen in der Kälte erfrieren, nutzte ich Alyrias Leben recht wenig. Eine Nacht in einem gewärmten Bett hielt mich sicher nicht davon ab, den Brief rechtzeitig überbringen zu können. Ganz langsam glitt mein Kopf auf die weichen Felle, ehe ich im Reich der Träume versank.

Der nächste Morgen kam in Kälte und Dunkelheit. Meine Überlebensinstinkte hatten über mein Vertrauen gesiegt, weshalb ich in der Nacht bei jedem Knarren zusammengeschreckt auf dem Bett saß. Ich war müde und bereute es, diesen Ort noch nicht verlassen zu haben. Die magische Leichtigkeit, die gestern noch meinen Körper betäubt hatte, war nun wie weggeblasen. Ich stand langsam auf und schaute aus dem kleinen Fenster.

Ein Fluchtversuch zu dieser Stunde war problematisch, der Mann schlief vermutlich im angrenzenden Raum. Jedoch schien die Hütte nicht sonderlich geschützt. Wenn ich mich leise verhielt und einen spitzen Gegenstand in die Hände bekommen würde, wäre es gar nicht mal unmöglich. Andererseits hatte ich kaum noch Proviant und ich wusste nicht, in welchen Teil des Waldes man mich verschleppt hatte. Der Himmel war sternlos, nicht einmal daran hätte ich mich nach Norden orientieren können. Genervt pustete ich eine Strähne aus meinem Gesicht, ehe ich humorlos auflachte. Mir blieb nichts anderes übrig, als zu warten.

Vermutlich hatten die Götter Spaß an meinem Schicksal.

»Frühaufsteherin also.«

Erschrocken zuckte ich zusammen, wobei mein Herz bei dieser rauen Stimme unerwartet aufsprang. Ein kalter Windzug blies mir entgegen, während ich mich in die Richtung des Durchgangs drehte. Am Türrahmen lehnte der Mann mit einer Kerze in der Hand. Im Schein des Lichtes erkannte ich schon wieder dieses spöttische Grinsen auf seinen Lippen, an welchem ich erneut für einige Sekunden hängen blieb.

Langsam ließ ich meinen Blick über seinen Körper gleiten. Es war dunkel, doch seine Silhouette ließ die Hitze in meinem Körper erneut aufflammen. Fast so perfekt wie ein Yhunix. Er lachte leise, fast als wüsste er, was mein Herz für schändliche Wünschte hegte. Ich war mir sogar ziemlich sicher, dass er es wusste, schließlich war er es, der diese Hirngespinste in meinen Kopf schickte. Ich fluchte, was ihn nur noch mehr zu amüsieren schien.

Verdammt. *Reiß dich zusammen.*

Hatte ich mich eben noch über den Körper eines wildfremden Mannes entzückt, so wollte ich mich im nächsten Moment am liebsten selbst ohrfeigen. Dieser Mann mochte mir körperlich nicht schaden, aber meine Gedanken verselbstständigten sich in seiner Nähe. Und das war bei Weitem schlimmer.

Gefühle zeigten Schwäche und ich durfte mein Ziel auf keinen Fall aus den Augen verlieren.

»Ja, wahrscheinlich«, erwiderte ich kurz angebunden, ehe ich zu Boden schaute, um meine Gedanken fernab von irgendwelchen unzüchtigen Begierden zu zügeln. Dieser Mann war es nicht wert, dass ich Alyrias Leben aufs Spiel setzte.

»Lust auf einen kleinen Spaziergang?«, fragte er. Ich hob meinen Blick erneut, noch hatte er sich keinen Zentimeter bewegt. Stattdessen musterte er mich.

Nein, Nuraya, gewiss wirst du nicht mit einem Wildfremden durch einen finsteren Wald gehen.

Die Stimme in meinem Kopf war schrill. Es war dunkel und der Mann besaß gewiss Waffen, die er mir bis zum jetzigen Zeitpunkt noch verheimlichte. Ich hingegen konnte nicht einmal mehr den Köcher des Königs finden, geschweige denn den ebenmäßigen Bogen.

Es wäre eine verdammt dumme Idee.

Ich fuhr mir langsam durch das weiße Haar und strich anschließend die helle Yhunixkleidung glatt. Außerhalb der Hütte war bei weitem besser, als hier, zwei Meter von ihm entfernt, stehen zu müssen. Zumal ich mich direkt mit der Umgebung vertraut machen könnte.

Sein Blick ruhte noch immer auf mir, jeder Teil meines Körpers schien zu vibrieren. Ich zögerte nicht, sondern antwortete, noch bevor mein Verstand überhaupt hätte einsetzen können: »Natürlich. Meinetwegen gerne.«

Kapitel 12

Als Kind besaß ich ein Buch über Prinzessinnen. Es war mit rotem Samt eingebunden, königlich und wertvoll.

Jedes Mal, wenn ich es damals aufschlug, schien mir ein klein wenig Zauber entgegen zu fallen. Abends musste Mutter mir immer eine Geschichte daraus vorlesen, bald schon kannte ich die Hälfte auswendig.

Prinzessinnen in schönen, weichen Kleidern, genäht aus Stoffen, die wir uns nicht einmal hätten leisten können, böse Hexen und Monster, die das Mädchen in einer verdreckten Höhle gefangen hielten, und der wunderhübsche Prinz, der der jungen Prinzessin zur Hilfe eilte.

Ich wusste nicht, weshalb ich an das Buch dachte, womöglich wünschte ich mir, eine solche schutzlose Prinzessin zu sein. Prinzessinnen wurden immer beschützt, keine von ihnen war je allein der Dunkelheit ausgesetzt. Vielleicht hoffte ich auch auf den Prinzen in glänzender Rüstung. Ich schnaubte leise. Doch ich war mir nicht sicher, ob der junge Mann die Rolle des Prinzen übernehmen könnte, schließlich war er mir nicht einmal ganz geheuer.

Nachdem wir die Hütte, welche klugerweise in der Krone eines Baumes gebaut worden war, über eine schrecklich lange und instabile Leiter verlassen hatten, lotste er mich weiter ins Innere des Waldes. Schaurige Geräusche und die Dunkelheit ließen meine Beine ein wenig zittern, doch ihm schien das nicht im Geringsten etwas auszumachen.

Nein, im Gegenteil. Er lachte.

»Ich wundere mich, wie du dich in diesen Wald getraut hast. Du kippst mir ja gleich vor Angst um.«

Prüfend musterte er mich und schüttelte ungläubig den Kopf. Empört blickte ich ihn an, worauf er mir nur lachend zuzwinkerte.

»Erstens werde ich in dieser Dunkelheit von einem Wildfremden festgehalten«, begann ich bissig aufzuzählen, während ich herausfordernd die Arme vor der Brust verschränkte. Dieser Mann mochte mich mit einem Fluch belegt haben, aber so schnell würde ich mich nicht klein kriegen lassen.

»Mein Name ist Cyne. Aber ich finde, ich gebe dir genügend Freiheit, schließlich trennt uns mindestens ein ganzer Meter«, antwortete er und deutete amüsiert auf den Raum zwischen uns. »Und außerdem kenne auch ich den Namen meiner reizenden Begleitung nicht, was ich übrigens äußerst schade finde.« Seine Augen funkelten belustigt, woraufhin ich puterrot anlief.

Ohne auf seinen Kommentar einzugehen, holte ich erneut Luft und fuhr lauter fort: »Zweitens habe ich meinen Bogen nicht dabei.« Je mehr der Mann über mich wusste, desto angreifbarer wurde ich. Und meine fehlende Verteidigung wurde mir in diesen dunklen Wegen einmal mehr bewusst. Schlimm genug, dass ich diesem lächerlichen Spaziergang zugestimmt hatte, aber zu vergessen, nach meinem Bogen zu fragen, war schier meiner eigenen Dummheit zuzuschreiben. Ich seufzte innerlich.

Wieder zuckte er mit den Schultern und erwiderte dabei abwinkend: »Ich habe ein Schwert.« Entspannt deutete er auf seine Gürteltasche, ehe er auf eine kleine Lichtung zu unserer Rechten abbog, nur um sich dort ins Gras zu werfen.

Er warf sich wahrhaftig auf den Boden voller Schmutz, wie ein verspieltes Hundejunges. Der Staub bedeckte seine Hose, sein Körper bebte vor Lachen. Entsetzt beobachtete ich ihn. Der Zopf an seinem Hinterkopf hatte sich gelockert, nun fielen ihm die pechschwarzen Haare offen ins Gesicht.

Ich fragte mich, wie alt er wohl sein musste, schließlich bedeckte ein leichter Bart die scharfen Kanten seines Kiefers.

Du starrst ihn schon wieder an, Nuraya.

Beschämt biss ich mir auf die Unterlippe.

Dunkle Zauber waren scheußlich. Mit der Hand stützte er locker seinen Hinterkopf, während er mich ruhig musterte.

Ich musste grässlich aussehen.

Am liebsten wäre ich im Erdboden versunken. Mein Haar klebte verdreckt an meiner Stirn, meine Nägel waren beinahe schwarz und sicherlich waren die roten Striemen der Äste auch heute noch mehr als deutlich zu sehen. Ich versuchte meine Lungen mit Luft zu füllen und den Gedanken an mein Aussehen in den hintersten Teil meines Kopfes zu verschieben. Ich würde mich sicherlich nicht von diesen wohlgeformten Lippen ablenken lassen. Ich hob das Kinn etwas und verschränkte wütend die Arme vor der Brust. *Mistkerl.*

Seine rechte Augenbraue zuckte interessiert und so sehr ich es auch versuchte, ich konnte natürlich nicht anders, als ihm dabei zuzusehen.

Urgh.

Die Gelassenheit dieses Mannes brachte mich schier zur Weißglut. Schließlich hatte er mich erst von seinen Sklavenwesen niederschlagen lassen, mich anschließend in seiner Hütte in schwindelerregender Höhe verhört und nun spielte er mit meiner Furcht. Ich schnaubte aufgebracht.

Sein Blick wirkte tief. *Begehrend.*

Aufgebracht fuhr ich mir durch die Haare. Ich hätte es wissen müssen. Es war still, zu still, für einen Wald, in dem dunkle Geister ihr Heim gefunden hatten. Gehetzt blickte ich mich zu allen Seiten um. Wenn ich schreien würde, gäbe es niemanden, der mich beschützen könnte.

Aber schließlich musste ich ja auch so dumm sein und ihm in einen verlassenen Wald folgen. Jeder Teil meines Körpers schien zu glühen. Ich musterte ihn erneut, doch er machte keine Anstalten, seinen Platz verlassen zu wollen.

Blindwütig funkelte ich ihn an. Wie konnte er nur die Frechheit besitzen, mich in die Mitte des tiefen Waldes zu locken und dann einfach so grinsend auf dem Boden zu liegen?

Wieder einmal hatte der nächste Satz bereits meinen Mund verlassen, ehe ich nachdenken konnte: »Und drittens ist es die Tatsache, dass allein du ein Schwert hast, die mir Angst macht.«

Ich wollte den Blick nicht abwenden, doch es geschah wie von selbst. Seinen Gesichtsausdruck nach diesem direkten Satz wollte ich nicht sehen. Schließlich waren die Worte nicht einmal ehrlich. Ich glaubte, ich hätte Angst vor ihm, doch mein Herz würde ihm gern vertrauen. Es war wie verhext, so gab es nicht einen Grund, noch eine Sekunde länger bei ihm zu bleiben, und dennoch war ich noch hier.

Weil du unvorsichtig bist, Mädchen.

Ich seufzte innerlich und wünschte die Stimme hätte Unrecht. Dabei schien alles um mich herum nur nach Gefahren zu schreien.

Ich ignorierte sie.

»Denkst du wirklich, ich würde dich töten?« Eine eisige Kälte schwang in Cynes Worten mit. Rasch richtete er sich auf und musterte mich von oben herab. Die dunklen Augenbrauen hatte er zusammengezogen, eine unschöne Falte zog sich über seine Stirn.

»Denkst du wirklich, ich hätte es nicht längst getan, hätte ich es gewollt?«, fragte er bedrohlich leise.

Ich schüttelte langsam den Kopf, unfähig, auch nur einen Schritt zu gehen.

Mit jedem Wort schien er an Stärke zu gewinnen, wogegen ich mit jeder Silbe kleiner wurde. Ich bereute es, diese Worte überhaupt ausgesprochen zu haben, so sehr wünschte ich doch, dass nicht ein Funken Wahrheit in ihnen lag.

Doch die dunkle Macht hatte längst wieder von ihm Besitz ergriffen. Ich zwang mich ihn anzusehen, traf aber nur auf zwei gefrorene Smaragde.

»Sag es!«, knurrte er aufgebracht. Ich zuckte zusammen, mein Mund wurde ganz trocken.

Er kam näher, kaum ein Blatt hätte noch zwischen uns gepasst. Meine Atmung setzte einen Moment aus, doch ihm schien es nicht anders zu gehen. Ich hätte ihn von mir stoßen sollen, ihn treten und wegrennen müssen. Doch ich konnte es nicht.

Stumm starrte ich ihn an. Seine Augen glitzerten, all meine Gedanken waren wie fortgeblasen. Ebenso schien die Wut in ihm zu verblassen. Vielleicht war das ein Spiel, mit dem er versuchte, Informationen von mir zu bekommen.

Verschwinde sofort.

Jeder Teil meines Verstanden kreischte, schmerzhaft verzog ich das Gesicht.

Ich hob die Hand, doch anstatt ihn von mir zu stoßen, berührten meine Finger zaghaft seine Wange. Die Haut unter ihnen fühlte sich rau und sanft zugleich an, die leichten Stoppeln kitzelten an meinen Fingerspitzen. Er zuckte kurz, stieß mich jedoch nicht von sich. Fasziniert versuchte ich, jeden Millimeter seines Gesichts zu erkunden. Die dunklen Wimpern verdeckten das helle Grün seiner Augen und ich spürte seinen raschen Herzschlag an meiner Brust. Überfordert starrte ich ihn an. Er lächelte unsicher. Ein Ausdruck, den ich nicht bei ihm erwartet hätte.

Alles an ihm schien zu leuchten, und einmal mehr flehte ich, in diesem Glanz versinken zu können.

Ein Keuchen drang über meine Lippen, als er plötzlich mit seiner festen Hand meinen Rücken umschlang. Es schien, als hätte man die Zeit für einen Moment angehalten. Seine Lippen waren nur noch wenige Zentimeter von meinem Mund entfernt, eine kurze Bewegung und ich hätte die Lücke zwischen uns schließen können. Ich hätte mich nur sanft nach vorn beugen müssen.

Er schluckte, Neugier blitzte in seinem Blick auf. Langsam fuhr er mit seinen Fingern über meinen Arm, ich beugte mich ihm entgegen, unfähig mich seines Zaubers zu entziehen. Ihm nah zu sein, fühlte sich richtig und falsch zugleich an. Die Wut schien nun vollends verflogen, die Luft um uns herum knisterte.

»Denkst du immer noch, ich könnte dir etwas antun?« Seine Stimme war leise. Ich betrachtete seine Lippen, unfähig, ihm auf die Frage zu antworten.

Ich hätte schreien müssen, schließlich berührte er mich, als würden wir einander Jahre kennen. Aber ich konnte nicht. Ich konnte nicht eigenständig denken. Cyne neigte den Kopf zur Seite und lächelte.

»Du bist so nah, es würde mich nicht einmal Anstrengung kosten, dich zu verletzten. Aber keine Sorge, ich könnte dir nicht schaden«, sagte er, ohne mich aus den Augen zu lassen. Er wollte mich noch näher an sich ziehen, als mein Verstand einsetzte.

Überrumpelt befreite ich mich aus seinem Griff und stolperte einige Schritte nach hinten. Ich taumelte hinter einen der hohen Bäume und umklammerte die feste Rinde.

Nein, nein, nein, nein.

Was hatte ich nur getan?

Oder besser, was hatte er mit mir getan?

Mein Atem ging ruckartig, meine Hände bebten. Ich wollte wegrennen, doch meine Beine waren wie flüssiges

Wachs. Cynes Blick war ausdruckslos, seine Haut blass. All die Spannung zwischen uns schien erloschen, kalter Wind blies mir durch die Haare.

»Cyne?«, fragte ich kaum hörbar. Ich merkte nicht, wie meine Stimme zitterte. Sein Name ging mir bedeutend leicht von den Lippen, das beklemmende Gefühl hingegen blieb fest in meiner Brust. Langsam fuhr ich über meine eisigen Arme und verdrängte meine schnelle Atmung. Sein Körper regte sich nicht, er schien nicht einmal mehr zu atmen.

Ich warf den Blick auf sein Schwert, spielte mit dem Gedanken, es an mich zu nehmen und in den Tiefen des Waldes zu verschwinden. Die Sonne hatte sich durch die dicken Wolken gekämpft, selbst ohne eine Karte könnte ich es schaffen.

Ich hob die Augen wieder zu Cyne und atmete leise aus, ehe ich mich langsam vorbeugte. Er hatte sich noch immer nicht bewegt, seine Augen waren jedoch weit aufgerissen. Die bösen Geister, die ihn gefangen hielten, waren stark.

Ich ballte die Hände zusammen, ich musste aus diesem Wald verschwinden. Wenn nicht, würde ich in ebenso einer Hölle landen wie er.

Vorsichtig reckte ich die Finger und wollte gerade den Knauf seines Schwertes ergreifen, als er ruckartig aufschrie.

Ich schreckte zusammen und binnen weniger Sekunden ruhte die Klinge seines silbernen Schwertes an meinem Hals.

Mein Herz schien aus meiner Brust springen zu wollen, meine Atmung ging in ein Keuchen über, ehe ich mich zwang die Luft anzuhalten. Sofort fühlte ich mich wieder nach Eribon in die Fänge des feindlichen Königs zurückversetzt. Hilflos und klein. Ich zitterte und kniff die Augen so fest zusammen, dass es schmerzte. Der

Mann hatte es geschafft, mich unaufmerksam handeln zu lassen. Hatte Neugier über meine Seele gebracht.

Nun war ich ihm ausgesetzt.

»Hast du Angst?« Cynes Stimme war stark, seine Hände zitterten jedoch. Er schien zu kämpfen, auch wenn ich nicht wusste, wogegen. Ich hörte den Widerstand in seiner Stimme, den Teil, der mir das Schwert vermutlich längst vom Hals gezogen hätte. Ich wusste nicht, welche Kräfte in seinem Körper aneinandergerieten. Hilflos schnappte ich nach Luft und öffnete die Augen.

Ich durfte mich nicht in seine düsteren Zauber einwickeln lassen. Nicht erneut.

Sein Blick erdrückte mich, meine Lippen zitterten. Ich wagte es nicht, zu antworten. In seinen Augen flackerte eine unbändige Kraft, die ich nicht einordnen konnte. Gerade eben noch sagte er, er könne mir nichts antun. Wieso hielt er dann jetzt das Schwert an meinen Hals? Wieso nutzte er meine Furcht, wenn er mich noch eben in Sicherheit gewogen hatte? Ich verstand diesen Mann nicht. Ich betete, dass mein Kopf bald begreifen würde, dass es mein Tod sein könnte, wenn ich zu lang hierblieb.

»Angst kann dich zerstören, Mädchen. Angst kann dich aber auch schützen. Doch lass nie zu, dass die Angst dich vollends besitzt, dann bist du schwach!«, fauchte er. Seine Stimme hallte durch die vielen dunklen Bäume, während sein Blick meine Seele zu mustern schien. Das dunkle Grün war intensiv, die Klinge an meinem Hals scharf.

Erneut traute ich mich nicht einmal zu nicken. Stattdessen kauerte ich in seinen Armen, inmitten von einem der gefürchtetsten Waldgebiete unserer Welt, am Rande der Todesschwelle.

»Angst ist unser größter Feind, vergiss das nicht.«

Mit diesen Worten entfernte er das Schwert ruckartig und machte sich bereits daran, schnellen Schrittes weiter zu gehen.

Ich sackte keuchend zusammen, die Tränen stiegen mir in die Augen. Ich schluchzte und versuchte, das eben Geschehende zu verstehen, doch es war zwecklos.

War dieser Mann die Strafe für meine Flucht?

Er schien ein Rätsel zu sein, welches es zu lösen galt.

Und einmal mehr verfluchte ich mich, meine Neugier nicht unterdrücken zu können.

»Komm, weiter«, rief er bereits laut. Stolpernd versuchte ich, ihm zu folgen, doch der Mann musste die Beine eines Riesen haben. Seine Bewegungen waren anmutig und obwohl die Sonne sich noch immer kläglich durch das dichte Blattwerk quälte, schien es auf einmal nicht mehr so dunkel. Womöglich träumte ich. Die Ungewissheit in meinem Körper spaltete meine Gedanken und ich wünschte, ich hätte den Mut, einfach hinfort zu rennen. Hektisch warf ich einen Blick in den Wald. Ich hätte mich nicht von dem Schwert in Versuchung bringen lassen dürfen. Ohne Waffe würde ich aber sterben. Ich fluchte, unfähig, all die vielen Informationen in meinem Kopf zu ordnen.

»Nun komm schon. Wir müssen zurück.«

Cyne, der plötzlich wieder neben mir stand, wollte nach meinem Oberarm greifen, doch ich drehte mich ruckartig zur Seite. Er zuckte zurück, die Hand noch immer in meine Richtung ausgestreckt. Hektisch ließ ich den Blick zu seinen fragenden Augen gleiten.

Ich musste dem Ganzen ein Ende bereiten.

»Fass mich nicht an«, quiekte ich, während ich erneut einige Schritte nach hinten stolperte.

Ich hatte Angst vor ihm. Oder vielmehr vor dem, was er mit meinem Körper anstellen konnte, wenn ich nicht aufpasste. Seine Stimmung war sprunghaft, ich durfte keine Sekunde länger riskieren, dass er sich erneut zwischen mir und mein Ziel stellte. Die dunklen Gedanken hatten meinen Plan in den Hintergrund gestellt, viel zu viel Zeit war bereits ins Land gezogen.

»Ich muss weg von hier«, sagte ich, während ich ruckartig ein und aus atmete. Die Worte endlich auszusprechen, fühlte sich befreiend und schmerzend zugleich an. Ich konnte nicht riskieren, dass so etwas wie das eben noch einmal passierte. Und dabei wusste ich nicht einmal, was das genau gewesen war. Mein Herz pochte wild gegen meine Brust, doch es schien sich dieses Mal nicht auflehnen zu wollen.

Ich beobachte ihn. Er schien überrascht, vermutlich überlegte er, ob ich ihm einen Streich spielte. Die Blätter rauschten leise, das Violett seiner Augen verblasste viel zu schnell.

»Das ist unklug, Mädchen«, brummte er. Ich erschauderte bei der Tiefe seines Blicks, betete keinen Fehler mit meinen Worten begangen zu haben.

»Ich bin nicht der Feind«, murmelte er.

Er musterte mich einen Moment, ehe er auf dem Absatz kehrtmachte und verschwand. Nun war ich es, die überrascht die Augen aufriss. Wie versteinert blickte ich in die Richtung, in die er gegangen war.

Wie konnte er es wagen, mich einfach so inmitten dieses Waldes stehen zu lassen?!

Empört fuhr ich mir durch die Haare und drehte mich einmal um die eigene Achse.

Sollte ich tatsächlich gehen? Die Soldaten waren bestimmt noch in der Nähe und ohne eine Waffe konnte ich gewiss nicht weiterziehen. Zumal ich keine Ahnung hatte, wo ich genau war. Unruhig blickte ich mich im Wald um. Jeder Baum glich dem nächsten, ich wusste nicht einmal mehr, in welche Richtung Cyne gegangen war. Die Wolken legten einen zarten Schleier über die Sonne. Wenn sich der Himmel komplett zugezogen hatte, würde der Wald in völlige Dunkelheit getaucht werden.

»Verdammt«, fluchte ich leise.

Sicherlich hatte er auch das alles geplant.

Doppelter Mistkerl.

»Hey!«, rief ich laut. Das musste doch jetzt ein schlechter Scherz sein. Die Bäume um mich herum schienen mich verschlingen zu wollen, nie im Leben würde ich ihn hier wiederfinden. Mein Echo schallte durch die dunklen Gänge, doch er antwortete nicht.

»Denk nach, Nura«, fluchte ich leise. Fieberhaft versuchte ich den Weg zu finden, drehte mich nochmal um meine eigene Achse.

»Cyne!« Panik schwang ich meinen Worten mit. Wenn es jetzt anfangen würde zu regnen, hätte ich keine Chance. Ich schloss die Augen und lauschte. Doch es rührte sich nichts, nur ein paar Blätter rauschten.

»Bitte Cyne«, flehte ich unruhig, in der Hoffnung, er spielte mir tatsächlich einen bösen Streich. Der Gedanke, schutzlos mitten im Nirgendwo herumirren zu müssen, jagte mir eine Gänsehaut über den Rücken.

Hinter mir knackte es. Ich fuhr hektisch herum und riss die Hand kampfbereit in die Luft.

Cyne fing meinen Arm mit einer Leichtigkeit ab.

»So würdest du nicht mal einem Hasen einen Schrecken einjagen«, lachte er. Seine Augen leuchteten hell, ich wusste nicht, ob ich empört oder erleichtert sein sollte.

Meine Haut kribbelte unter seinen rauen Fingern, schnell versuchte ich, Abstand zwischen uns zu bringen.

»Mach das nie wieder!« Meine Stimme klang gehetzt, wütend musterte ich sein amüsiertes Gesicht.

»Du wolltest doch deine Freiheit«, entgegnete er. Seine Mundwinkel zuckten belustigt.

»Ich sagte doch, dass ich keine Waffe habe«, entgegnete ich betont langsam. Meine Laune hatte den absoluten Tiefpunkt erreicht.

»Und ich erwiderte, dass ich ein Schwert hätte. Aber das scheint dir ja nicht zu genügen.« Laut schnalzte er mit der Zunge. »Können wir gehen? Oder ist dein Bedürfnis an großen dunklen Bäumen immer noch nicht gestillt?«

Ich verfluchte es, dass er sich über jedes meiner Wörter zu amüsieren schien. Ich warf ihm einen finsteren Blick zu, machte aber schließlich eine zustimmende Bewegung.

»Siehst du, geht doch.« Er grinste, drehte sich ohne ein weiteres Wort um und lief los.

Und ich folgte ihm stolpernd.

Kapitel 13

Die Baumjäger waren sichtlich aufgebracht, als wir zurückkamen. Erleichtert empfangen sie uns und sprachen einige Dankesworte gen Himmel.

Ich wusste nicht, weshalb sie so unruhig waren, doch irgendwie sorgte ebendies dafür, dass die Furcht vor ihnen langsam von mir abblätterte. Albis musterte mich entgeistert vermutlich war das kleine Wesen überrascht, dass ich noch alle Gliedmaßen besaß oder dass Cyne mich nicht in den Tiefen des Waldes ausgesetzt hatte.

»Herr, wir konnten Sie nicht finden. Sie sollten nicht so einfach verschwinden«, brummte sie aufgebracht, die buschigen Augenbrauen eng zusammengezogen. »Sie wissen doch, die Magie…«

Cyne schüttelte den Kopf und ein scharfer Blick reichte, dass das Baumjägerweibchen verstummte. Unruhig wischte sie mit den Lappen über die Tische.

»Unser Gast ist sicherlich hungrig, ihr solltet etwas zubereiten«, murrte Cyne, ehe er ohne ein weiteres Wort den Raum verließ. Ich zuckte beim lauten Knall der Tür zusammen. Vielleicht hatte ich mir den Moment im Wald auch nur eingebildet. Mein Kopf pochte. Ich kannte diesen Mann nicht einmal vierundzwanzig Stunden und dennoch hatte sein Schwert schon an meinem Hals gelegen. Gleichzeitig hatte ich zugelassen, dass er meinen Kopf verzauberte, und das war weitaus schlimmer. Der Wunsch, ihm nah sein zu wollen, konnte unmöglich meinen eigenen Gedanken entspringen. Nervös wischte ich mir die Hände an der langen Hose ab.

Ich musste vorsichtiger sein.

Die Baumjäger blickten ihm einen Moment nach, ehe sie leise in die Küche huschten. Ich wollte die kleinen Wesen fragen, was sie mit *Magie* meinten, schließlich waren die Feen seit dem großen Bluttag nicht mehr im Osten

Valenciens gesehen worden und die Hexerei gab es schon hunderte von Jahren nicht mehr. Doch gleichzeitig kümmerte es mich nicht und je weniger ich wusste, desto mehr konnte ich mich schützen. Vater hatte mich dies einst gelehrt und vermutlich hatte er recht.

Dieses Rätsel besaß keine Lösung, egal, was ich tat, ich würde früher oder später scheitern.

Ich sollte es nicht einmal versuchen.

Unbewusst griff ich in die Innenseite meiner Jacke. Der goldene Brief lag schwer in meiner Hand. Ich versuchte, nicht erneut durchzudrehen, der feindliche König hatte seine Bedingungen schließlich klar genannt.

Entweder ich überbrachte den Brief und siegte oder ich verlor alles, was mir je wichtig gewesen war. Ich konnte jetzt nicht aufgeben, selbst wenn alles hier meine Neugier weckte. Alyrias Leben hing einzig von diesem Schriftstück ab. Die Sommersonnenwende war nicht einmal acht Wochen entfernt und Windorws Stadtmauern schienen noch unendlich weit weg.

Doch es war nicht unmöglich. Ich konnte es schaffen.

Fest verstaute ich das Papier wieder an meiner Brust und atmete tief ein. Meine Entscheidung war gefallen. Nach dieser Mahlzeit würde ich endgültig aus diesem Haus verschwinden. Er konnte mich nicht noch länger hier einsperren. Zur Not würde ich mit Händen und Füßen kämpfen, um ihm zu entkommen. Wenn ich Glück hatte, besaß Cyne Karten und Kerzen, die mich durch die Finsternis leiten würden. Wenn ich einmal den Wald durchquert hatte, musste ich nur noch den Grünen Hain überwinden und Windorw würde vor meinen Augen erscheinen.

Ich würde siegen.

Ich lächelte, das Gefühl von Hoffnung breitete sich warm in mir aus. Die Götter hatten mein Schicksal doch noch nicht in die tiefen Höllengluten geworfen.

»Wir haben allesss vorbereitet«, ertönte plötzlich eine zischende Stimme aus dem Nachbarzimmer. Kurz darauf erschien ein dunkler Kopf am Türrahmen. Verwirrt zog ich die Augenbrauen zusammen und musterte den kleinen Baumjäger, der eine Verbeugung andeutete.

»Herrin, wenn Ihr mir folgen mögt.«

Seine Haut war grau und an manchen Stellen fast schwarz. Ihm fehlten gänzlich die Haare und das Fell. Stattdessen zogen sich lange Furchen durch seine rissige Haut. Tiefe Ringe hingen unter seinen Augen, vermutlich zerfiel er zu Staub, wenn man ihn unsanft berührte. Ich schluckte. Er wirkte farbloser als seine Freunde. Irgendwie verletzlicher.

Nachdenklich strich ich mir eine weiße Strähne hinters Ohr und suchte nach einem Grund, weshalb diese Kreatur nicht dasselbe grüne Fell besaß.

Als das Wesen meinen Blick bemerkte, huschte es schnell in den Nebenraum zurück, weshalb mir nichts anders übrigblieb, als ihm zu folgen.

Das Essen verlief ruhig, Cyne sagte kein einziges Wort, beachtete mich nicht einmal. Ich wusste nicht, weshalb er schon wieder so schlecht gelaunt war, schließlich hätte er mich auch einfach im Wald zurücklassen können. Schweigend aßen wir die dampfende Gemüsesuppe. Mein Magen war an das warme Essen nicht mehr gewohnt, umso mehr genoss ich jeden einzelnen Löffel und nahm dankbar einen Nachschlag von Albis an.

Den dunklen Baumjäger hatte ich mehrmals stumm gemustert, doch jedes Mal, wenn ich etwas sagen wollte, ermahnte ich mich, dass es mich nichts anging.

»Manis ist krank«, sagte Cyne plötzlich in die Stille, weshalb ich zögerlich einen Blick in seine Richtung warf. Er musterte mich. Schon den gesamten Rückweg hatte er dies getan, jedoch war ich nicht weiter darauf eingegangen, nachdem er ohne ein weiteres Wort den Raum verlassen hatte. Doch nun schien ein verletzlicher Ausdruck in seinem Blick zu liegen. Beinahe hilflos blickte er zu mir.

»Krank?« Meine Stimme war nur ein heiseres Flüstern, die Kälte kroch meine Beine empor.

Fluchend ignorierte ich die Gänsehaut auf meinen Armen. Wieder einmal schaffte ich es nicht, mich von seinem geheimnisvollen Leben fortzureißen.

»Einige Baumjäger werden mit einer Krankheit geboren. Ihre Haut produziert keine Farbstoffe. Sie sind schwach«, murmelte er leise, sodass ich mich konzertieren musste, jedes Wort zu verstehen. Ich fragte mich, wie Cyne diese Wesen gefunden hatte und welche Vergangenheit sie verband. Allgemein wusste ich nicht viel über ihn, schließlich hatte er mir gerade einmal seinen Namen anvertraut.

Noch ein Grund mehr, schnellstmöglich diesen Ort zu verlassen.

»Manis ist ein guter Freund. Scheu dich nicht, dich mit ihm zu unterhalten«, sagte er langsam, ein sanftes Lächeln auf den Lippen. Seine Kälte war wie weggeblasen, Leere breitete sich im Raum aus.

Ich versuchte zögerlich zu lächeln. Möglicherweise wollte das Schicksal mich lehren, gemachte Vorurteile zu überdenken. Albis hatte die Lippen zu einem zufriedenen Grinsen verzogen und selbst der graue Baumjäger schien nicht so scheu wie noch vor wenigen Minuten.

Ich half den kleinen Wesen, die Teller zur Küchenzeile zu tragen, und warf anschließend vom Türrahmen aus einen Blick zu Cyne, der friedlich aus dem Fenster blickte. Das Gefühl der Dankbarkeit durchzog meine Adern und trotz der Momente der Furcht war ich in diesem Augenblick glücklich, in diesem Haus gelandet zu sein.

»Mein Namc ist Nuraya«, sagte ich leise, während ich die langen Haare zu einem lockeren Knoten zusammenband. Die Worte kamen mir notwendig vor, und so bereute ich sie auch nicht, als sie meine Lippen verlassen hatten. Und obwohl ich lediglich den breit gebauten Rücken des Mannes mustern konnte, spürte ich das Lächeln auf seinen Lippen.

»Hast du zufällig eine Karte, die mich durch den dunklen Wald führen kann?«, fragte ich nach einer Weile in die Stille. Cyne hatte sich bereits wieder gegenüber mir niedergelassen. Zwar hatte er ein Buch in der Hand, doch jedes Mal, wenn ich zu ihm blickte, schienen seine grünen Augen nicht von mir ablassen zu können. Im ersten Moment war es mir unangenehm, doch ich spürte das Interesse in seinen Augen. Die violetten Sprenkel gewannen zunehmend an Farbe und nachdem er sich entspannt zurückgelehnt hatte, schien es fast so, als wäre er guter Laune.

»Wohin musst du den Brief bringen?«, fragte er, ohne auf meine Bitte einzugehen.

Ich zögerte, antwortete aber dennoch, ohne sein Gesicht aus den Augen zu lassen: »Nach Windorw.«

Seine Haut wurde ein Stück blasser, kaum hatte ich den Namen ausgesprochen. »Windorw. Die Stadt im Norden?«

Alarmiert riss er die Augen auf, wobei seine Pupillen ins Dunkelgrüne übergingen. Das Buch hatte er ohne Beachtung auf den Tisch geworfen, unruhig trommelte er nun mit den Fingern auf das Holz.

»Ja«, sagte ich unsicher. Seine Ungläubigkeit machte mich nervös.

»Ich halte das für keine gute Idee«, entgegnete er, die Augen noch immer auf mein Gesicht fixiert.

Er stand auf, ehe er wie vom Teufel verfolgt durch den Raum tigerte.

Ich hob meinen Blick. »Wieso das?«

Ich suchte nach einer logischen Erklärung für diese sturen Worte, doch ich konnte mir keinen Reim darauf machen, zumal Cyne mich nicht einmal ansatzweise kannte. Ich überlegte, ob er die geteilte Stadt bereits mit eigenen Augen gesehen hatte. Nachdenklich musterte ich seine gesamte Statur.

Vermutlich stammte er sogar von dort. Die Bürgeraufstände auf den Straßen forderten nicht selten ein paar Tote, aber war das ein Grund, weshalb man zurückgezogen und einsam in einem finsteren Wald hauste?

»Du wirst nicht nach Windorw reisen«, murmelte er heiser, ehe er sich ruckartig zu mir drehte. Er musterte mich mit einem strengen Blick, der mir erneut eine Gänsehaut verschaffte.

»Was?!« Ich konnte nicht anders, als entsetzt auf den breiten Holztisch zu schlagen, was die drei Kreaturen dazu veranlasste, näherzutreten. Immer wieder warfen sie Blicke zwischen ihm und mir hin und her. Es schien, als könnten sie sich nicht entscheiden, zu welcher Seite sie gehören wollten.

Verdammt, erkennt ihr nicht, dass er euch kontrolliert?

In Gedanken schrie ich die kleinen Wesen an, tatsächlich war aber vielmehr ich es, die kontrolliert wurde.

Cynes Blick war stark und ich schaffte es nicht, den beiden Smaragden standzuhalten. Sein Verbot wirbelte in meinem Kopf umher. Egal, welche Erfahrungen er mit der Stadt des Nordens verband, sie war der einzige Weg, meine Schwester aus Mirnas' gierigen Händen zu befreien.

Nun ärgerte ich mich wieder, diesen Ort nicht längst verlassen zu haben. Die Tage bis zur Sommersonnenwende waren gezählt und ich durfte mich nicht länger aufhalten lassen.

Entschlossen erhob ich mich von meinem Stuhl, was Cyne jedoch gleich dazu veranlasste, nach seinem Schwert zu greifen. Ich formte die Augen zu zwei Schlitzen, er hingegen musterte jede meiner Bewegungen.

»Herr …«, sprach Albis leise und besänftigend. Sie hatte die buschigen Augenbrauen zusammengezogen und versuchte mit tiefer Stimme Cynes immer dunkler werdende Aura zu beruhigen. Suris trat einen Schritt nach vorn, doch Cyne stieß ihn mit einer simplen Handbewegung zu Boden. Erschrocken warf ich meine Hand vor den Mund, während sich das kleine Wesen mit eingezogenem Kopf aufrichtete.

»Du kannst mir nicht befehlen, was ich zu tun habe und was nicht!«, rief ich lauter als eigentlich beabsichtigt. Der Zauber war schlagartig verflogen, das Gesicht eines Soldaten thronte auf Cynes Schultern. Die Kälte, die sich durch meine Adern schlängele, war beißend. Meine Atmung ging rasch, mein Herz klopfte laut.

»Und ob ich das kann«, feuerte er zurück und keine zwei Sekunden später stand er bereits dicht vor mir. Dicht genug, um unsere Lippen miteinander vereinen zu können.

Nervös biss ich mir auf die Unterlippe und versuchte meinen Blick abzuwenden. Er knurrte leise, und zog mich enger zu sich. Der Duft von Tanne und Erde umhüllte mich, und ließ mich all die Wut vergessen. Sein rötlicher Mund war zu einer dünnen Linie verzogen.

»Du wirst nicht nach Windorw reisen. Vergiss es«, murmelte er leiser. Seine Lippen waren keinen Zentimeter von meinen eigenen entfernt, ich spürte jedes seiner Worte. Mit aller Kraft versuchte ich das begehrende Gefühl in meiner Brust zu verdrängen, zu sehr wusste ich schließlich, dass er mir schaden wollte. Ich kniff die Augen fest zusammen, doch die Wärme seiner Fingerspitzen kroch meine Adern empor. Meine Beine zitterten, das Bild von seinem charmanten Lächeln ließ sich nicht aus meinen Gedanken vertreiben.

Diesmal war er es jedoch, der etwas Abstand zwischen uns brachte. Ich war erleichtert und enttäuscht zugleich, zu sehr strömte die Begierde durch meine Venen. Ich versuchte meinen Atem zu beruhigen, gleichzeitig schaffte ich es wieder gerade zu stehen.

Die Götter hatten mich nicht vor der Hölle bewahrt.

Das hier war meine persönliche, bittersüße Hölle.

Ich öffnete die Augen, doch Cynes Blick war gen Boden gerichtet. Ich spürte dennoch die Kälte, die seine Augen erneut in Besitz nahm.

»Und weshalb nicht, wenn ich fragen darf?!«

Gereizt versuchte ich all die Gefühle in mir zu ordnen. Ich vergrößerte den Abstand zwischen uns, und beinahe wie von selbst ebbte das fremde Gefühl in meinem Körper ab. »Ich denke nicht, dass du bestimmen darfst, wohin ich gehe.«

Seine plötzliche Nähe beeinflusste einen Teil von mir, den ich bis zum jetzigen Zeitpunkt noch gar nicht kannte.

Und der Einfluss war enorm.

Wütend verschränkte ich die Arme vor der Brust, was er mir gleichtat. Mein Brustkorb hob und senkte sich rasch, während meine Finger zitterten. Das Spiel, das er spielte, konnte gefährlich für mich enden und wenn ich nicht aufpasste, würde der Yhunixkönig gewinnen. Und das durfte ich nicht zulassen.

»Was veranlasst dich dazu, diesen Brief zu überbringen? Bekommst du Geld dafür?« Cynes Augen verwandelten sich zu schmalen Schlitzen. Seine Hände waren verkrampft, seine Stimme rauchig.

»Nein«, kam es mir schnell über die Lippen. Alyria erschien vor meinem inneren Auge und nervös musste ich schlucken. »Es ist mehr.«

Er fuhr sich durch die Haare. »Was ist es dann?«

Wie schaffte er es nur, gleichzeitig so anziehend und herrisch sein zu können?

Ich seufzte lautlos. Langsam fuhr er mit den Fingersitzen über meinen Arm, was mir erneut eine Gänsehaut verschaffte. Sein Blick schien interessiert, sein Atem kitzelte längst wieder an meinem Hals. Ruckartig schüttelte ich den Kopf und drückte seine Hände mühevoll weg.

Ein tiefes Grollen kam aus seiner Brust, stolpernd huschte ich einige Schritte nach hinten.

»Ich habe mich zusammengerissen«, brachte er unter wutverzerrtem Gesicht hervor. »Ich habe mich wirklich unter Kontrolle gehalten.« Seine Brust bebte, die Worte waren spitz wie Pfeile.

Der Raum schien plötzlich viel zu klein, alles in mir zog sich schmerzhaft zusammen. Fieberhaft suchte ich nach einer geeigneten Lüge, doch mein Kopf war leergefegt. Meine Hände zitterten und der Brief schien unter der dünnen Jacke zu brennen.

»Wird's bald?«, knurrte er gefährlich leise.

Mutig begegnete ich seinem Blick. »Ich habe wirklich keine Zeit zum Plaudern.« Meine Worte waren gewählt, meine Stimme kühl.

»Man widersetzt sich meinem Wünschen nicht.«

Langsam kam er näher. Ich spürte die Kälte seiner Finger an der Wange, wagte es nicht einmal zu atmen.

»Du musst mir einzig verraten, weshalb du den Brief bei dir trägst. Es ist nicht schwer, keine Sorge«, flüsterte er lieblich in mein Ohr, der süße Duft umhüllte meine Sinne.

Wie von selbst lehnte ich mich ihm entgegen, unfähig noch weiter Herr meiner Gedanken zu sein. Die Warnrufe in meinem Kopf verstummten, auch seine Wut schien plötzlich verflogen. Er spielte mit meinen Haaren und ich flehte, er würde nie aufhören, mich zu berühren.

»Meine Schwester wird im eisernen Palast festgehalten«, kam es mir wie selbstverständlich über die Lippen. »Sie ist der Preis für meine Aufgabe.«

Begehrend blickte ich in sein wohlgeformtes Gesicht.

Wie konnte man nur so gut aussehen?

Er hielt mich in seinem charmanten Lächeln gefangen, ich hatte keine Chance, an etwas anderes als an ihn zu denken. Vorsichtig beugte er sich an mein Ohr. Jeder Teil meines Körpers tobte. Leise stöhnte ich auf.

»Das war nun wirklich nicht schlimm.«, flüsterte er rau, ehe er sich von mir löste. Der Nebel in meinem Kopf verschwand, alles drehte sich plötzlich. Der muffige Duft der Baumjäger kehrte zurück, ebenso wie mein ruckartiger Atem.

Was hatte er nur mit mir getan?

Ein erdrückter Laut drang aus meiner Kehle, während ich krampfhaft versuchte, einen Gegenstand – irgendetwas – in die Hand zu bekommen.

Jegliche Magie, die ihn unwiderstehlich erschienen ließ, schien verflogen. Ich japste überfordert auf, während ich nach einer länglichen Vase griff.

Die dunklen Künste dieses Mannes waren echt. All seine Worte waren gewählt, das wusste ich nun. Ich konnte die Schmerzen in meinem Herz nicht länger in mir tragen, immer schneller hob und senkte sich mein Brustkorb.

Ich hatte mir die dunklen Dämonen immer mit einem eingefallenen Gesicht und langen, spitzen Fingernägeln vorgestellt. Ich hätte es nicht für möglich gehalten, dass sie diese Gestalt annehmen konnten.

Hilflos sackte ich auf die Knie, ohne überhaupt zu versuchen, ihm Schaden zuzufügen. Die Vase fiel klirrend zu Boden.

»Ich muss weiterziehen. Ich habe mich hier viel zu lang aufgehalten«, flüsterte ich kaum hörbar. Ich musste diesen dunklen Ort endlich verlassen. Der Zauber, der diesen Wald umhüllte, war zerstörerisch und wenn ich noch weiter darin versank, würde ich nicht mehr entkommen.

»Ich brauche eine Karte, ich weiß das ist viel, aber bitte, mehr verlange ich nicht«, sagte ich langsam, versuchte Dringlichkeit in meinen Blick zu legen.

Er beobachtete mich. Ich dachte einen Wimpernschlag lang an den Moment auf der Lichtung. Mein Herz klopfte wild gegen meine Brust. Der Augenblick war sonderbar – gefährlich – und doch schaffte ich es immer noch nicht, ihn endgültig aus meinem Kopf zu befördern. Diese Wärme in seinen Augen, die konnte man nicht spielen.

Oder doch?

Alles, was ich zu wissen glaubte, schien plötzlich falsch. Cyne musterte mich eingehend und ich spürte, wie er nachdachte. Flehend streifte ich seinen Blick.

Kaum merklich nickte er und warf seinen Baumjägern einen stummen Blick zu. Wahrscheinlich wussten sie, wo seine Karten aufbewahrt wurden. Dankbar atmete ich auf. Vielleicht hatte ich mich doch nicht komplett getäuscht.

Besaßen Dämonen auch eine gute Seite?

Ich wünschte für eine Sekunde, ich könnte all die Momente aufschreiben und den zukünftigen Generationen von diesem Ort berichten. Die Menschen in Nuria hätten sich sicherlich über eine weitere Zaubergeschichte gefreut. Ich seufzte leise, ehe ich meinen Blick wieder auf die Wesen richtete.

Die beiden grünlichen Gestalten verließen den Raum, der graue Baumjäger hingegen blieb, und trat stattdessen an mich heran. Er hatte die Hände ausgestreckt und musterte mich mit offenem Blick. Ich unterdrückte den Drang, Abstand zu ihm zu gewinnen.

Keine Vorurteile, Nuraya.

»Herrin?« Seine Stimme war dunkel, sein Blick jedoch offen und beinahe lieblich. Ich zwang mich zu einem Lächeln, was den Baumjäger dazu brachte, sich noch ein Stück nach vorn zu lehnen. Vermutlich war dies ein Abschiedsgruß bei diesen Wesen, auch etwas, was ich mit aufschreiben könnte. Dankbar streckte ich ihm meine Hände entgegen.

Ich würde tatsächlich nach Windorw weiterreisen.

Manis umfasste langsam meinen linken Unterarm. Doch kaum, dass seine Fingerspitzen meine Haut berührten, schien es, als würde ich unter ihm verbrennen. Ich schrie reflexartig auf.

In meiner Überforderung dachte ich sogar, verbranntes Fleisch riechen zu können. Ruckartig zog ich meinen Arm zurück, griff auf die gerötete Stelle und strauchelte nach hinten, wo ich mir den Kopf an der schrägen Wand stieß. Ich fluchte.

»Gebt mir ein wenig Proviant und ich werde weiterziehen. Wir sind uns nie begegnet«, stieß ich mit schmerzverzerrtem Blick aus. Mein Blut kochte in meinen Adern, das Atmen fiel mir schwerer. Ich hatte mich getäuscht. Diese Wesen waren mit dem Tod verbunden. Dämonen waren dunkle Wesen.

Wie hatte ich das nicht bemerken können?

Das Feuer auf meiner Haut schien kein Ende zu nehmen. Langsam wie ein Gift zog es sich durch meine Venen, ließ meine Hand taub werden, verbreitete sich in meiner linken Schulter. Alles in mir schien sich zu drehen, mir wurde speiübel.

»Was – was hat das zu bedeuten?«

Ich keuchte vor Schmerzen, schaffte es jedoch nicht, Cyne in die Augen zu blicken. Ich hätte es ahnen müssen.

Die Falle, die mir der Yhunixkönig gestellt hatte – die mystische Aura des jungen Mannes – hatte mich erfolgreich von meiner Aufgabe abgebracht. Vermutlich hatte der König nie damit gerechnet, dass ich die Stadt des Nordens je erreichen könnte. Ich sah ihn bereits auf seinem goldenen Stuhl sitzen, die Hände auf dem Schoß gefaltet, das Lachen auf dem Gesicht. Ich hatte versagt. Alles um mich herum drehte sich und das schmerzende Gefühl in meiner Brust nahm kein Ende.

Benommen schwankte ich ein wenig nach vorn, doch das Leid wollte nicht aufhören. Langsam durchbohrte der Schmerz meine Knochen, umhüllte meine Glieder wie Nebel. Ich wollte schreien, doch es funktionierte nicht. All die Luft schien aus meinen Lungen gepresst zu werden, jeder Millimeter meines Körpers schmerzte. Ich schnappte nach Luft, doch meine Lungen waren wie zugeschnürt.

»Herr?!« Stimmen, wie in Watte gehüllt, drangen in mein Ohr. Geschwächt versuchte ich in Richtung der Töne zu greifen, doch meine Hand schlug stattdessen zu Boden, gefolgt von meinem Oberkörper. Ich spürte den Aufprall nicht einmal.

»Herr, Ihr hattet recht! Ihr hattet Recht, oh Herr.« Leise und weich, wie lieblicher Gesang, summten die Stimmen. »Herr Ihr habt es gewusst.« Süße Worte vertrieben die Bilder meiner schreienden Schwester.

»Ich habe immer Recht.« Eine laute Gegenstimme überragte die herrlichen, weichen Laute. Alles in mir zog sich hilflos zusammen. Die Harmonie, nach der mein Körper verlangte, war dahin. »Wir sollten ihr Zeit geben, Herr …«

Unruhiges Gemurmel schwebte um meinen Kopf, brachte ihn beinahe dazu, zu explodieren. Ich stöhnte schmerzerfüllt auf.

»Ihr gebt ihr so viel Zeit, wie sie braucht«, waren die letzten Töne, die in mein Bewusstsein ragten, ehe sie letztendlich vollständig verstummten.

Mit ihnen verringerte sich der stechende Schmerz, weshalb ich zufrieden einige Worte, die ich selbst nicht verstand, murmelte. Süße Leere hatte nun vollständig Besitz von mir ergriffen. Ich wünschte, sie würde nie aufhören. Nach wenigen Minuten hatte ich das Gefühl, auf einer blühenden Blumenwiese zu liegen. Das Gras kitzelte an meinen nackten Zehen. Ich lächelte leicht. Fasziniert beobachtete ich die Abermillionen Sternen, die über mir leuchteten.

Mutter würde nicht erfreut sein, wenn sie mich hier draußen entdecken würde. Doch die Sterne schienen plötzlich zu verschwinden. Ich seufzte. Wahrscheinlich war es schon sehr dunkel. Mein Kopf pochte. Ich wollte nach Hause.

Ich konnte meine Gedanken nicht ordnen, alles schien viel zu fern. Ich ächzte leise und fiel in einen zuckersüßen, traumlosen Schlaf.

Kapitel 14

Als ich aufwachte, überkamen mich unerwartet schreckliche Schuldgefühle. Und Kopfschmerzen. Ich versuchte, mich aufzurichten, doch mein Kopf schien schier zerspringen zu wollen. Mein Hals war trocken und meine Glieder schmerzten bei jeder kleinen Bewegung. Leise stöhnte ich und versuchte eine Erklärung für diese Schmerzen zu finden.

Nichts.

Es war, als hätte man meine Erinnerungen an den Mast eines valencischen Schiffes gebunden und dieses hinaus in die unendliche Flut geschickt. Vermutlich versank dieses Schiff in den tiefen, dunklen Fluten – und mit ihm all meine Erinnerungen. Ich schnaufte qualvoll auf.

Als ich ein zweites Mal den Anlauf wagte, mich aufzurichten, schaffte ich es zumindest, mich mit dem linken Arm abzustützen, strauchelte aber kurze Zeit später, da dieser Arm brannte, als hätte man ihn in offenes Feuer gelegt.

Mir entfuhr der Ansatz eines Schreies, doch ich verstummte sogleich wieder, als ich eine Silhouette bemerkte, die sich mir näherte. Mein Kopf pochte, meine Lider zitterten.

Verschwommen sah ich zwei Füße, eingepackt in dunkle Stiefel. Ich rieb mir über die verklebten Augen, und tatsächlich, die Umgebung wurde zunehmend schärfer. Dankbar ließ ich die angestaute Luft aus meinen Lungen entweichen. Man hatte mich nicht meines Augenlichts beraubt. Die Person stand nur noch einen knappen Meter von mir entfernt und je höher mein Blick wanderte, desto sicherer war ich mir, dass ich sie bereits einmal gesehen hatte.

Wenn mein Kopf nicht so schmerzen würde …

Sie war sichtlich männlich, trug eine dunkle Hose sowie ein weißes Baumwollhemd. Gut war er gebaut und mit sonnengebräunter Haut beschenkt. Ich seufzte leise und richtete die Augen wieder auf meine eigene jämmerliche Gestalt. Meine Haut war weiß, glich beinahe dem edlen Porzellan, welches in Vaters Vitrine stand.

Fiebrig versuchte ich meine Gedanken zu ordnen, doch das Chaos in meinem Kopf schien kein Ende nehmen zu wollen. Noch immer benommen probierte ich aufzustehen, doch meine Beine klappten wie von selbst zusammen. Hilflos versuchte ich mich abzufangen, doch feste Arme kamen mir zuvor. Der erdige Geruch drang in meine Nase, benebelt seufzte ich. Ich musste im Himmel sein. Wenn ich gewusst hätte, dass es so still sein würde, hätte ich mich nie davor gewehrt. Ich wurde vorsichtig auf den weichen Fellen abgesetzt, dankbar wollte ich meinem Ritter in glänzender Rüstung zulächeln.

Doch mir reichte ein Blick in das Gesicht des Mannes und ich wusste, wo ich mich befand. Entsetzt kroch ich zurück, stieß an das Kopfende des Bettes. Alles in mir schien sich zu drehen.

Mein Blick schwankte panisch zwischen dem jungen Mann und dem erschreckend näherkommenden Boden.

Ich hatte viele Fehler in meinem Leben begangen, doch diesen hier konnte ich mir nicht verzeihen. Alyrias Leben hing am seidenen Faden und ich war diejenige, die ihn mit einer Leichtigkeit zerschnitt. Hilflos versuchte ich nach Luft zu schnappen, doch meine Lungen waren wie zugeschnürt.

»Wie geht es dir?«, fragte er mit warmen, weichen Worten. Es war, als spielte er eine Melodie, Töne, die nur für mich bestimmt waren. Ich presste die Lippen zusammen, alles in mir sträubte sich davor, sich dem süßen Klang hinzugeben.

»Ich-«, setzte ich an, doch mein Kopf schien zu zerspringen. Ich musste Abstand zu ihm gewinnen.

Unkoordiniert stolperte ich hinter das Bett. Alyrias Schreie in meinem Kopf wurden lauter, das Zittern meiner dünnen Beine stärker. Nie hätte ich erlauben dürfen, meiner Neugier die Leitung über meinen Körper zu geben.

Ich war schwach.

»Du hast drei Tage geschlafen, Nuraya«, sagte er noch immer leise. Mein Blick wanderte zu seinem breiten Grinsen und mir wurde schlagartig erneut schlecht. »Du siehst so friedlich im Schlaf aus.«

Wut überkam mich. Wut auf ihn. Wut auf die Yhunix. Und vor allem Wut auf mich selbst, da ich drei ganze Tage verloren hatte.

Und mit der Wut kamen auch all die Erinnerungen. Wie eine riesige Welle erfassten sie mich und zogen mich in ihren Schlund hinein. Mir war schrecklich kalt, wie ein Schutzschild zog ich die Soldatenkleidung fester um meinen zitternden Leib.

»Was ist passiert?« Meine Stimme klang ungewohnt fremd, fast als hätte sie den Glauben an sich selbst verloren. Die Schmerzen durch die Berührung des Baumjägers hatten alle Kraft aus meinem Körper gezogen, nur eine leere Hülle meiner selbst war übriggeblieben.

»Du bist passiert.« Cynes Grinsen wurde breiter. Jede Minute konnte meine letzte sein, der Weg zu meiner Hinrichtung lag direkt vor mir.

»Was ist mit mir?« Trocken drangen die Worte aus meiner Kehle. Das Reich der Toten hatte mich fest in der Hand, das Brennen meines Armes flammte erneut auf. Ungeduldig wanderte mein Blick zu seinen Augen.

Grün traf Rosa. Es schien als vergingen Stunden, während sein Blick mit jedem Atemzug, den ich tat, kühler wurde. Eine Antwort würde ich so gewiss nicht erhalten.

Nie hätte ich ihn tatsächlich für einen Soldaten der eisernen Festung gehalten. Er sah weder einer der Wachen ähnlich, noch sprach er wie sie. Doch er hatte sein Spiel gewonnen. Der Plan, mich mit seiner charmanten Art und seinem trügerisch guten Aussehen um den Finger zu wickeln, war ihm zu einhundert Prozent geglückt. Vermutlich würde er viel Gold für seinen Erfolg erhalten. Mit jeder weiteren Sekunde, die ich ihm in die dunkelgrünen Augen blickte, wurde mir schlechter.

Er senkte die Lider, blickte hinab auf den verschmutzten Boden. Ich zwang mich, nicht Selbiges zu tun, sondern starrte nach wie vor in seine Richtung. Er mochte gesiegt haben, doch er sollte sehen, dass ich bis zu meinem letzten Atemzug kämpfen würde.

Schwarze Strähnen fielen ihm in das gebräunte Gesicht, ein sanftes Lächeln lag noch immer auf seinen Lippen. Der König schien ihm blind zu vertrauen, wenn er ihn allein in dem Wald seine Aufgaben erledigen ließ.

Ein bisschen bewunderte ich ihn dafür. Seine Lippen zuckten, fast als wolle er etwas sagen, doch er blieb stumm.

»Was ist mit mir passiert?«, fragte ich, diesmal mit festerer Stimme, wagte es danach kaum noch, Luft zu holen. Ich hatte mich seinen Geheimnissen völlig hingegeben, wusste nichts über den Mann und doch hatte er es geschafft, jeden Teil meines Körpers einzunehmen.

Cyne hob den Blick nach wenigen Sekunden. In seinen Augen funkelten Millionen violetter Sterne. »Du bist die, die ich all die Jahre gesucht habe.«

»Gesucht?« All die Kraft, die eben noch in meiner Stimme gelegen hatte, schien verpufft. Stattdessen machte sich Angst in meinem Körper breit. Jeder Soldat hätte sich längst jeden Teil meines Körpers, den er begehrte, genommen und mich anschließend dem König übergeben. Cyne hingegen musterte mich weiterhin.

»Ja«, antwortete er, ohne den Blick abzuwenden. Stumm musterte ich seine lockere Haltung, konnte nicht verstehen, weshalb er mir nicht längst einen Knebel in den Mund schob.

Er hatte mich enttarnt. War das nun ein weiterer Teil seines kranken Spiels?

»Was ja?!« Meine Stimme überschlug sich und trotz der Schmerzen zwang ich mich, meinen Rücken durchzudrücken. Ich würde mich gewiss nicht mit dieser Antwort zufriedengeben. »Ihr habt das Spiel gewonnen! Ich habe versagt und gewiss ist der Eisenkönig erfreut über mein Scheitern. Doch dann könnt Ihr jetzt Eure verdammte mysteriöse Art ablegen.«

Ich musste nach Luft schnappen, krampfhaft umklammerte ich die schmale Kommode. »Ihr braucht mich nicht länger mit eurem zauberhaften Lächeln betören. Ihr habt, was Ihr wolltet. Bringt mich zu Eurem König und nehmt die Belohnung entgegen.«

Die Wörter sprudelten nur so aus mir heraus. Ich wollte es nicht wahrhaben, dass ich die kurze Zeit mit diesem Mann tatsächlich genossen hatte. Er hatte er dunkle Zauber angewendet. Mit einem Mal war alles ganz klar. Jede Berührung von ihm hatte mich benebelt, jedes Wort fester in seine finsteren Klauen gezogen.

Wie konnte ich nur so dumm sein?

Die Tränen sammelten sich in meinen Augen, doch ich blinzelte sie weg. Ich würde vor meinem Ende nicht einknicken und wie ein jämmerliches Tier am Boden kauern.

Cynes Augen wurden mit einem Schlag dunkel, jeder Muskel seines Körpers schien sich anzuspannen.

»Du hast mir keine Befehle zu erteilen, Nuraya.«

Die Worte, die ich auf solch eine Aussage gerne zurückgeschossen hätte, blieben mir in der Kehle stecken. Mit offenem Mund musterte ich mein Gegenüber.

Er hatte sich an die Tür gelehnt und die Arme vor der Brust verschränkt. Sein Blick wirkte verschlossen, eindringlich musterte er jede meiner Bewegungen.

Es trug das Gesicht eines Yhunixsoldaten.

Ich hätte es erkennen müssen.

»Wieso tut Ihr so etwas?« Meine Stimme war nicht mehr als ein tonloses Flüstern. Ich traute mich nicht, ihm mit meinen Worten nahezukommen. Stattdessen versuchte ich, eine Schutzmauer zwischen uns aufzubauen, die er nicht durchdringen konnte. Mutter sagte immer, ich sei mit einer guten Menschenkenntnis gesegnet worden. Ich könne leicht den Feind vom Freund unterscheiden und ich würde den richtigen Menschen vertrauen. Ihre Enttäuschung schmerzte in meinem Herzen.

Cyne drückte sich langsam von dem Türrahmen ab und schien auf mich zukommen zu wollen. Sein Blick fixierte meinen, seine Lippen waren rot vor Aufregung. Mit jedem seiner Schritte trat ich weiter nach hinten.

»Merk dir eins, Mädchen«, flüsterte er kaum hörbar. Seine dunklen Augen lagen auf mir und brannten sich wie ein leuchtendes Feuer in meine Haut.

»Niemals werde ich eine Rasse wie die verdammten Yhunix über meine eigenen Wünsche stellen. Niemals.« Jedes Wort betonte er, mit jedem davon trat er weiter nach vorn.

Ich war längst am Rand des Hauses angelangt. Zitternd stand ich an die Wand gepresst und hielt die mageren Hände vor das Gesicht.

Seine Worte sollten mich zumindest ein wenig beruhigen, doch das Gegenteil war der Fall. Wenn er kein Yhunixsoldat war, dann hatte er seine eigenen dunklen Pläne.

Und die Pläne eines Mannes dienten nur ihm selbst.

»Hast du Angst?« Ein spöttisches Lächeln umspielte seinen Mund. Ich schüttelte den Kopf, in Hoffnung, er würde aufhören. Die Kraft, die einst in meinem Körper geherrscht hatte, war in den Eisenminen niedergeschlagen worden, zu sehr fürchtete ich mich vor seinen weiteren Handlungen.

Langsam griff er zu seiner Gürteltasche und zog das silberne Schwert hervor. Ich schluckte und biss mir fest auf die Lippe, um meine Gedanken zu beruhigen.

»Wie ist es nun, Mädchen?«

Meine Beine schienen beinahe zusammenzuklappen, meine Atmung war in ein unkontrollierbares Keuchen übergegangen. Die Freiheit, die ich mir all die Jahre ersehnt hatte, schien unerreichbar.

»Winsle nicht um Gnade!« Cyne erschien mir mit jedem Wort größer, das Schwert spitzer. Ich versprach in Gedanken meiner Schwester im Himmel auf sie aufzupassen. Nie hätte ich gedacht, dass es mein Schicksal war, in einer Hütte zehn Meter über dem Erdboden, im Dunkeln des Waldes zugrunde zu gehen. Ich hatte Fehler gemacht, mich durch Gefühle und Vertrauen verführen lassen. Das war nun der Preis dafür.

»Nicht Herr.« Eine mir ebenfalls bekannte Stimme ertönte leise im Hintergrund. Ich wagte es nicht, mich zu bewegen. Cynes Blick verhärtete sich, es schien, als kämpfe er gegen sich selbst. Die Schatten unter seinen Augen ließen ihn müde erscheinen und erst jetzt erkannte ich die Trostlosigkeit in seinem Blick.

»Sie soll tun, was ich sage!«, spuckte er gefühllos aus. Ich wimmerte erneut kläglich auf, die Spitze des Schwertes kam mit jedem Atemzug bedrohlich näher. Die einzige Kraft, die mich auf den Beinen hielt, war das Bild von Alyrias geschundenen Körper, welches sich fest in meinen Kopf gebrannt hatte.

»Ihr werdet es noch brauchen, Herr«, flüsterte Manis erneut lieblich und Cyne schien wirklich mit sich zu hadern.

Aber sein Blick war leer. Er schaute durch mich hindurch, als wäre ich Luft.

»Was ist mit Euch?«, flüsterte ich mit zitternder Stimme. Dieser Mann konnte kein normaler Mensch sein.

Vor meinem geistigen Auge sah ich den dunklen Dämon aus seinem Rachen emporsteigen und mir die Seele aus dem Leib saugen.

Jetzt wusste ich, warum Vater mit immer verbot, die Bücher über die dunkle Macht zu lesen.

Sie existierte tatsächlich.

Erst jetzt traf mich die Erkenntnis wie ein Faustschlag. Aufgelöst ließ ich meine Arme sinken und versuchte, nicht denselben Fehler wie schon viel zu oft zu tun. Stumm starrte ich Cyne an, obwohl ich viel lieber nach seiner eisigen Hand, welche auf meinem Oberschenkel lag, gegriffen hätte. Er schien geistig abwesend zu sein, doch ich wagte es kaum, zu atmen, zumal das Schwert noch immer an meinem Hals lag. Vorsichtig und ohne ihn aus den Augen zu lassen, griff ich nach dem kühlen Metall und fast wie von selbst ließ er es klirrend zu Boden fallen.

Was war dieser Mann?

Keuchend erwachte er aus seiner Starre und fiel unbewusst ein Stück nach vorn, sodass binnen weniger Sekunden all sein Gewicht auf meinem schmächtigen Körper ruhte und wir gemeinsam nach hinten kippten. Dies veranlasste mich ebenfalls dazu, nach Luft zu schnappen. Sein Herzschlag ging schnell und ich befürchtete fast, er würde erneut das Bewusstsein verlieren. Jeder Teil meines Körpers, der von ihm berührte wurde, stand in Flammen. Diesmal lag kein bittersüßer Fluch über meinen Gedanken, da war ich mir sicher. Doch auch jetzt stieß ich ihn nicht von mir. Seine Augen waren geschlossen, er wirkte plötzlich ungefährlich und beinahe verträumt. Sein Arm war um meine Taille geschlungen, ich wagte es nicht, auch nur ein klein wenig Luft in meine Lungen zu lassen.

Erst als er sich von meinem Körper abrollte, konnte ich normal weiteratmen. Schluckend schoss ich die Augen und blickte anschließend unsicher zu ihm.

Er selbst hatte mir versichert, er sei nicht mein Feind und doch wusste ich nicht, was ich jetzt noch denken konnte.

Er hatte sich bereits aufgerichtet und hielt mir hilfsbereit seine Hand entgegen, nach der ich nach langem Zögern griff.

»Es tut mir leid.«

Ich zuckte zusammen. Ungewohnte Reue schwang in seinen Worten mit. Ich hatte angenommen, Cyne wäre einer der Menschen, die nie eine Entschuldigung aussprachen. Er hatte sich klar gegen die Yhunix gestellt und doch schrie alles danach, ihm nicht zu vertrauen. Schließlich hatte sein Schwert bereits zwei Mal beinahe meinen Hals aufgetrennt.

»Danke.« Meine Worte klangen falsch und ängstlich. Unruhig versuchte ich das Zittern meiner Hände zu verdecken. Mein Körper schien längst zu wissen, dass ich Cyne auf keinen Fall erneut trauen durfte. Mein Herz hingegen war sich dem noch nicht so sicher. Verwirrt senkte ich den Blick, doch er musterte mich weiter.

»Herr, ich vermute es ist Zeit.«

Erst jetzt erkannte ich Albis im Hintergrund mit ihrem Bruder stehen, welcher mir beruhigend zunickte. Auch Manis stand in der Ecke, doch mich überkam ein Schauer, wenn ich nur an die Schmerzen in meinem Arm dachte.

»Ja. Ja, ich weiß«, antwortete Cyne nachdenklich.

Deprimiert blickte er zu mir und hob das Schwert, welches bis vor wenigen Minuten beinahe meinen Hals durchtrennt hätte, langsam vom Boden auf. »Ich weiß.«

Ich ignorierte seinen angespannten Blick und schaute stattdessen erneut stumm zu Manis, welcher jedoch mit gesenktem Blick den Raum verließ. Egal, aus welcher Hölle er entkommen war, nie wieder würde ich zulassen, dass er meinen Arm berührte.

»Nuraya, wir müssen reden.«

Ich blickte vorsichtig zu Cyne, dieses Spiel war gewiss noch nicht vorbei. Vermutlich erreichten wir gerade den Höhepunkt. Seine Atmung wurde ruhiger und auch die Falte auf seiner Stirn glättete sich langsam.

Ich versuchte seinem Blick standzuhalten, während er mit großen Schritten zu dem kleinen Holztisch ging und sich auf einem Stuhl niederließ. Nervös trommelte er mit beiden Händen auf dem Tisch. Ich würde verdammt vorsichtig sein müssen, mich nicht erneut in seinen Worten zu verlieren.

»Setz dich lieber.« Seine Stimme klang wie ausgewechselt. So herrisch und laut, wie er noch vor wenigen Minuten geschrien hatte, so leise und entschuldigend schien er nun zu sprechen. Ich schluckte, da ich mir nicht sicher war, ob all dies auch nur ein Trick sein würde. Jedoch ließ ich mich schlussendlich auf einen weiteren Stuhl sinken. Die Hände verknotete ich auf meinen Beinen. So groß meine Angst auch war, ich ließ das Grün in seiner Iris, welches sich zunehmend wieder mit dem Violett mischte, nicht aus den Augen.

»Du vertraust mir nicht«, stellte er nach einigen Minuten der Stille leise fest.

Etwas irritiert wanderte mein Blick zu Albis, welche hilflos die Schultern zuckte. Würde man nun zur Tür eintreten, so wirkte Cyne eher wie ein verschrecktes Kind, welches jeden Abend Schläge von seinem Vater ertragen musste. Nervös bewegte ich den Kopf. Gewiss war mein Vertrauen nicht besonders groß, schließlich hatte er zwei Mal dieses mordlustige Funkeln in den Augen gehabt.

Cynes Faust verhärtete sich auf der Tischplatte, es schien als würde er am liebsten erneut aufspringen.

Doch er schluckte seine Wut herunter. »Ich bin mir im Klaren, dass-«

»Was seid Ihr?«, unterbrach ich ihn laut. Erschrocken griff in an meine Kehle, viel zu voreilig hatten meine Gedanken meinen Mund verlassen. Seine Launen waren gewiss nicht menschlicher Natur.

Meine Gedanken überschlugen sich, so sehr suchte ich nach einer Antwort für sein unnatürliches Verhalten. Ich wollte nicht glauben, dass die Dunkelheit vollends von im Besitz ergriffen hatte. Viel zu oft waren seine Augen in Wärme getaucht. Doch gleichzeitig schaffte er es, mich mit einer düsteren Magie zu beherrschen, und ich wollte gar nicht wissen, wozu er noch fähig war. Ich hatte von keinem Wesen Valenciens gelesen, welches Handlungen so massiv manipulieren konnte, da war ich mir sicher. Ratlos trommelte ich mit den Fingern auf dem Tisch.

»Die Frage trifft es auf den Punkt«, sagte Cyne lächelnd und lehnte sich mit verschränkten Armen zurück. Ich wollte es ihm gleichtun, doch bei mir musste der Versuch kläglich gescheitert sein, denn Cyne lachte lautstark.

Und sein Lachen klang unglaublich ehrlich.

»Weißt du, Nuraya …«, sagte er bedeutungsvoll und erneut überkam mich ein warmer Schauer, als er meinen Namen aussprach, »… ich hatte noch nicht viele Gäste hier zu Besuch.« Sein Blick schweifte durch den Raum und blieb an der halb geöffneten Tür hängen, durch welche man einen kleinen Teil des dunklen Waldes sehen konnte. »Auf den ersten Blick könnte man meinen, es läge an meinem Wohnort.«

Sein Blick flog wieder zu mir, prüfend musterte er mich, weshalb ich zaghaft nickte. Ich wollte nicht, dass sich das Gespräch mit einer falschen Geste wendete.

»Jedoch ist das nicht der Fall.« Langsam stand er auf und trat die wenigen Schritte bis zur Tür, um nach außen blicken zu können. Kurz überlegte ich, ebenfalls aufzustehen, doch ich ließ es sein. Vermutlich war dieser Abstand gerade nötig.

»Wie du dir wahrscheinlich vorstellen kannst, kommen nicht allzu viele Wanderer in dieses Waldgebiet«, sagte er, immer noch mit dem Rücken zu mir. »Ich nenne sie Verirrte.«

Eine unangenehme Kälte überkam mich, als er sich wieder umdrehte und zu mir schaute. Das Lächeln war aus seinem Blick verschwunden, ernst blickte er in meine Augen.

»Verirrte?« Meine Stimme war leise, jedoch nicht mehr so zittrig wie noch vor wenigen Minuten.

»Menschen, Tiere, Yhunix … Alles Wesen, die nicht freiwillig in diesen Wäldern sind. Bei dir jedoch …«, er verstummte kurz und schien mich mit seinem Blick zu durchbohren, »… war es anders. Du wolltest diesen Wald durchqueren.«

Kurz musste ich auflachen. So wie Cyne das gerade schilderte, hatte ich Spaß daran, durch den dunkelsten Wald zu spazieren.

»Wollen ist vielleicht übertrieben.«

Nun wurde auch sein angespannter Blick wieder weicher. »Zumindest hast du dich nicht verirrt.«

Ich nickte schwach lächelnd, was ihn ebenfalls dazu veranlasste, die Mundwinkel ein wenig zu heben.

»Also habe ich meine Baumjäger beauftragt, dich zu mir zu bringen.«

Die Tatsache, dass er mich wahrscheinlich eine ganze Weile beobachtet haben musste, jagte mir einen Schrecken ein. Ich blickte zu den Baumjägern, die mich von der anderen Seite des Raumes musterten. Dass diese Wesen es mühelos schafften, mich zu entführen und in diese Hütte zu schleppen, hinterließ ein weitaus größeres, unwohles Gefühl in meiner Magengegend. Sie mussten die Kraft eines Trolles besitzen.

Cyne schien mein plötzliches Mienenspiel verfolgt zu haben, denn seine Hände schellten abwehrend nach oben. »Ich schöre, ich wollte dir nicht wehtun.« Meine Erinnerungen schrien, ihm keins der Wörter zu glauben, und doch nickte ich zustimmend.

»Du warst anders. Hast Dinge getan, die meine Baumjäger nie tun würden«, sagte er leise. Ich schluckte, als er sich über den Tisch zu mir beugte.

»Du hast mir widersprochen, Nuraya.«

Ich hielt die Luft an, als sein Gesicht nur noch wenige Zentimeter von meinem entfernt war. Ich zwang mich diesmal, nicht in dem tiefen Grün zu versinken. Doch diese Nähe schien vertraut.

Das Verlangen, die wenigen Zentimeter noch zu schließen, pochte in jeder Zelle meines Körpers. Ich wusste, dass er mich verzauberte, aber ich konnte nichts dagegen unternehmen.

Schnell biss ich mir auf die Lippen und blickte scheu in sein Gesicht. Er lachte und ließ sich wieder auf seinen Stuhl zurück gleiten, von welchem er mich sinnlich musterte.

»Du warst aufregend.«

Kapitel 15

Cynes Augen funkelten, meine Mundwinkel zuckten leicht.

In Bergk hatte man immer gesagt, alles an mir sei aufregend. Meine roséfarbenen Augen, meine langen schneeweißen Haare und vor allem mein Kampfgeist. Cynes Worte waren wie Balsam für meine Seele. Gleichzeitig musste ich jedoch an das Gefühl seiner Klinge an meinem Hals denken. Das Lächeln auf meinen Lippen erstarb.

»Weshalb sind diese – diese Dinge passiert?«, murmelte ich leise. Ich wagte es nicht, zu ihm zu blicken, sondern schaute stattdessen auf die Maserung des hellen Holztisches.

Als Cyne nichts antwortete, wurde ich erneut ein wenig nervös. Dieser Mann war impulsiv und doch war es die Stille, die mir Angst machte.

»Ihr solltet es ihr sagen, Herr. Sie wird es verstehen. Sie ist es.« Ich erschrak, als Manis mit seiner dunklen Stimme plötzlich aus einem Schatten hervortrat. Seine gelben Augen leuchteten, während er Cyne eingehend musterte.

»Sei ruhig.« Cynes Worte waren in ein Zischen übergegangen und erneut verstand ich nicht, wie er plötzlich wieder so undankbar und herrisch sein konnte.

Ich kannte kein Wesen, welches so stark von seinen Gefühlen beeinflusst wurde, und wenn ich meinem Herzen trauen konnte, tat mir Cyne sogar leid. Manis nickte mir dennoch beruhigend zu und trat wieder ein paar Schritte zurück. Und komischerweise beruhigte er mich tatsächlich.

»Weißt du Nuraya, dort, wo ich geboren wurde, hatte ich zu gehorchen.«

Cynes Finger fuhr die Rillen des Baumes, welche ich noch zuvor betrachtet hatte, langsam mit seinem Zeigefinger nach. »Ich hatte auf die Befehle meines Vaters zu hören. Nichts anderes war wichtig.« Sein Blick hob sich und ich entdeckte eine Spur Verzweiflung und Trauer in ihm.

Zögernd nickte ich ihm zu. Der Moment schien unglaublich intim und ich wollte diese Nähe nicht zerstören.

»Doch ich konnte nicht.« Zunehmend gewann seine Stimme an Stärke. »Ich wollte mich nicht unterwerfen lassen. Ich wurde als freier Mensch geboren, ebenso wie mein Vater! Aber nein, für ihn gab es schon immer nur meinen Bruder.« Sein Körper bebte, die Muskeln spannten unter dem enganliegenden Baumwollhemd.

Nervös zupfte ich an der Yhunixkleidung, die ich noch immer trug, und fühlte mich auf einmal wie eine lästige Marionette. Ich wollte auch frei sein.

Doch ehe ich etwas sagen konnte, fuhr er fort: »Jede seiner Beleidigungen machte mich wütend. Und jedes Mal war ich wie ausgewechselt. Das war nicht mehr mein Körper, der sich gegen ihn auflehnte. Das war nicht mehr ich.«

Seine Stimme wurde leiser. »Eine düstere Magie übernahm mein Denken und jedes Mal schlug ich zu.« Er hatte den Blick abgewandt, sein Kieferknochen zuckte.

Mein Kopf pochte, doch ich verstand endlich. Zumindest glaubte ich zu verstehen, auch wenn es eigentlich nur ein Wunder sein konnte. Die Puzzleteile in meinem Kopf schienen sich zusammenzufügen, doch nie hätte ich es für möglich gehalten.

War es denn tatsächlich möglich?

Ich zögerte und musterte seine verkrampften Finger. Unbeholfen nickte ich und flüsterte ebenso leise, wenn auch bestimmt: »Ihr seid ein Schimmer.«

Alles, was ich über diese Wesen wusste, waren Mythen und Erzählungen unserer Geschichtenspinnerin und alter Bücher, deren Blätter schon beim Aufklappen zu Boden segelten. Nie hätte ich geglaubt, dass auch nur ein Funke Wahrheit in ihnen stecken könnte.

Kurz zuckte er bei diesen Worten zusammen, fuhr dann aber leise fort: »Nein, viel weniger als das. Ich stehe zwischen Leben und Tod, Gut und Böse, aber ich bin sicher nicht so heldenhaft, wie in den Legenden beschrieben.« Aufgebracht schnaubte er auf, nur um kurz darauf mit den Schultern zu zucken.

Ich erinnerte mich an das alte Buch mit dem dunklen Einband, welches Vater einmal von seinen Reisen aus dem Westen mitbrachte. Er wusste, dass ich die fremden Geschichten lieben würde, und tatsächlich las ich tagelang bis spät in die Nacht.

Ich hatte all die ruhmreichen Erzählungen und Legenden verschlungen, jedes Wort mit meinem ganzen Herzen geliebt. Und doch schienen die Geschichten alle einem betrunkenen Mund zu entspringen, die Lüge in ihnen erkannte ich schon als Kind.

Seeungeheuer, die Kinderherzen fraßen, oder Drachen, die in fremden Welten ihr Unwesen trieben. Ich wusste nicht, ob es gerade diese absurden Ideen waren, die mich interessierten, oder die geringe Wahrscheinlichkeit, dass tatsächlich einmal solche Wesen existiert haben könnten.

Die Geschichte des Schimmers war zugleich anziehend wie auch abstoßend und ich konnte das Buch nie weglegen, wenn wieder von ihnen berichtet wurde.

Wesen, die dem Tod so nahe waren, dass ein Windhauch sie ins Jenseits befördern könnte. Lebendige Kreaturen, die immer – zu jeder Sekunde – nach ihren Gefühlen handelten. Die Wut versetzte sie in einen Rausch, die Freude hingegen besänftigte ihr aufgewecktes Gemüt.

Ein Leben lang wurden sie von ihren Empfindungen kontrolliert, ohne die Chance zu haben, dieser Macht zu entfliehen. Schimmer waren magisch, sie konnten die Energie der Toten spüren, sagte die Geschichtenfrau immer. Zu keiner der Welten fühlten sie sich völlig zugehörig, zu sprunghaft waren ihre Gedanken.

Jede dieser Beschreibungen schien vollends auf Cynes Verhalten zu passen. Erschrocken schlug ich mir die Hand auf den Mund.

Ich überlegte, ob Cyne all die Verirrten im Wald spürte und sie deshalb beobachtete. Verwirrte Seelen, die ihr Ende noch nicht finden konnten oder nach dem Sinn des Lebens suchten. Nachdenklich musterte ich ihn, doch sein Blick war noch immer zu Boden gerichtet.

Schimmer waren schwierige Wesen, doch all die Legenden sprachen von Prophezeiungen, von der Aufgabe die Brücke der Welten zu erschaffen. In einem einsamen Wald konnte er sicherlich nicht viel bewirken.

»Ich bin nicht mehr als ein Stimmungswandler. Die schwarze Wahrheit der heldenhaften Schimmer. Die Gefühle unkontrollierbar, die Kälte in den Knochen«, brummte er. Seine violetten Sprenkel fokussierten mein Gesicht, ehe er weitersprach. »Er schlug mich, verspottete mich vor meinen Geschwistern für das, was ich bin. Schwach.« Grübelnd senkte er erneut den Blick und flüsterte: »Er sagte, er wollte mich nie wiedersehen. Also bin ich gegangen.«

Ich spürte einen schmerzenden Stich in der Brust. Endlich schien alles Sinn zu ergeben. Er wurde verstoßen und lebte deshalb völlig abgesondert in diesem schrecklichen Wald. Ich mochte mir gar nicht vorstellen, wie schmerzlich diese Worte gewesen sein mussten, die er sich täglich anhören musste. Mochte nicht wissen, wie viele Schläge er von einer Person erhalten hatte, die er liebte.

Und er behauptete, ein Stimmungswandler zu sein. Es schien, als würden sich die losen Teile in meinem Kopf endlich zusammenfügen.

Es war Winter, als Mutter einmal ein Wesen mit gewaltigen Stimmungsschwankungen zu uns nach Hause brachte. Seine Brust zierte ein gewaltiger Messerstich, er hatte den Abend nicht überlebt.

Damals hatte ich zum ersten Mal von einem solchen Geschöpf gehört, geglaubt hatte ich es dennoch bis heute nicht. Einige nannten es Gabe, andere Fluch. Doch die Menschen, die es trugen, waren anders. So schien er in einem Augenblick noch ruhig und gesittet und schlug im Nächsten schon um sich. *Unkontrollierbar.*

Mutter sagte, er wäre von dunklen Geistern besessen, doch vielleicht war die Geschichte um die Schimmer wahr. Mir wurde schwindlig, als ich an die Momente dachte, in denen Cyne ein von Mordlust getriebenes Monster war.

»Vielleicht könnt Ihr lernen, es zu beherrschen?«, setzte ich nachdenklich an, doch er machte nur eine abwehrende Kopfbewegung.

»Der Schmerz frisst mich auf, niemals werde ich in der Lage sein, ihn zu kontrollieren.« Seine Stimme war dunkel, die Augen jedoch noch immer hell, wie die leuchtenden Sterne.

Ich wollte nicht noch mehr nachfragen, obgleich die Fragen brennend auf meiner Zunge lagen. Neugierig blickte ich zu ihm, doch er hatte sich bereits zurückgezogen.

»Ich habe es nie jemandem erzählt«, flüsterte er mit dem Rücken zu mir gewandt und fuhr über die raue Oberseite des Stuhles. Eine drückende Stille entstand zwischen uns.

Ich wusste nicht, was ich auf eine solche Aussage erwidern konnte. War es gut, dass ich die Erste war, der er sein Geheimnis anvertraute? Wohl eher kaum.

Mein Herz sprang dennoch begeistert auf.

»Weshalb?«, fragte ich mit kratziger Stimme.

»Mit wem sollte ich sprechen? Sollte ich meine Geheimnisse mit dem nächsten Baum teilen, was meinst du, Mädchen?« Cyne drehte sich um und hob seine Mundwinkel leicht an. Auch ich musste lächeln und zuckte ein wenig unbeholfen die Schultern. »Womöglich. Doch was veranlasst Euch dazu, es gerade mir zu erzählen?«

Die Förmlichkeit zwischen uns war ungewohnt, aber ich fühlte mich irgendwie nicht bereit, Cyne mehr von meinem Vertrauen zu geben.

Ein kurzer Schauer an Ungewissheit überzog sein Gesicht, ehe seine Mimik wieder zu Eis gefror. Die Kälte, die in ihm lag, wagte ich nicht zu beschreiben.

»Du bist schlau, Nura.« Er drehte sich um und musterte meinen Körper einmal vom Haaransatz bis zu den Fußspitzen. »Womöglich schlauer als die meisten. Und doch bist du beeinflussbar.« Er fuhr sanft über meine linke Wange. Nervös biss ich mir auf die Lippe und versuchte, seinen stechenden Blick zu ignorieren. Der Versuch, Abstand zu ihm zu halten, wurde von Sekunde zu Sekunde schwerer, die Hitze zwischen uns unerträglicher.

»Wie könnt Ihr-«

Noch ehe ich meinen Satz beenden konnte, schnitt er mir bereits das Wort ab: »Bitte stoß mich nicht so weg.« Seine Augen funkelten grünlich.

Ein kurzes Kribbeln veranlasste mich dazu, meine Frage beinahe zu vergessen und mich stattdessen der Vorstellung hinzugeben, einige nicht durchdachte Handlungen zu wagen. Handlungen, die ich innerhalb weniger Stunden gewiss bereuen würde.

Scheinheilig lächelte er.

Verdammt.

Mein Kopf schien nicht akzeptieren zu wollen, dass alles, was er tat, früher oder später negative Konsequenzen hinter sich herzog, und hielt nach wie vor an dem Gedanken fest, dass er und ich unsere Münder vollständig vereinen sollten. *Schwachsinn.*

»Du kannst mich beeinflussen?«, fragte ich mit zusammengezogenen Augenbrauen. In mir kochte ein Gefühl auf, welches ich nicht genau einordnen konnte.

Einerseits war ich mir nun sicher, dass er fremde Magien auf meinen Körper anwendete, andererseits wünschte ich, dass es nicht so wäre.

Das rasende Gefühl, welches ich erwartet hatte, blieb aber aus. Er grinste wissend und ich musste den Blick abwenden.

Aus Cynes Mund drang ein freudiger Laut, während er noch immer beide Augen interessiert auf meinen Körper gerichtet hatte. »Alles in dir schreit danach, Abstand zu mir zu halten, doch, wenn ich zum Beispiel das hier mache-«

Ohne mich aus den Augen zu lassen, trat er ein Stück nach vorn. Ich wippte nervös hin und her, gefangen von der Begierde in seinen Augen. Meine Hände zitterten, die Furcht in meinem Körper verschwand.

Cyne lachte rau auf, ohne seinen Satz zu beenden.

»Du bist interessant, Nura«, sagte er, ohne das Lächeln von den Lippen zu nehmen, und beugte sich etwas nach vorn. Nicht nur der Akzent, mit welchem er meinen Namen betonte, sondern auch das Gefühl seiner Fingerspitzen, die nun leicht meinen Oberarm berührten, hinterließen ein warmes, begehrendes Gefühl in meiner Magengegend. Ich fragte mich, ob diese Quälerei ihm Spaß bereitete, schaffte es aber nicht, in seine Augen zu blicken.

Dummes, schwaches Frauenherz.

Seine Fingerspitzen fuhren über die empfindliche Stelle hinter meinem Ohr, ich konnte mich gerade noch zusammenreißen, nicht laut aufzustöhnen.

»Du kommst aus Bergk, nicht wahr?«, fragte er ruhig, doch der schnelle eisige Unterton hatte seine Worte längst ummantelt. Das Kribbeln auf meinem Oberarm verblasste, das Verlangen in seinen Augen jedoch nicht. Ich vermutete bereits, dass die nächste Stimmungsänderung nicht allzu weit entfernt war, und versuchte weiter ruhig zu atmen. Ich ignorierte die

Tatsache, dass Cyne aus unerklärlichen Gründen wusste, dass ich aus Bergk stammte, und versuchte es auf meinen westlichen Akzent zu schieben. Ich wollte gar nicht wissen, welche Fähigkeiten Schimmer erlernen konnten, wenn sie genügend Zeit investierten.

Und Cyne hatte in diesem Wald viel Zeit.

Auf seine Frage antwortete ich vorerst nicht. Das düstere Gefühl des Schmerzes erinnerte mich daran, dass ich eine Aufgabe zu erledigen hatte und noch immer in diesen vier Holzwänden saß. Ablenkung war der größte Feind des Menschen. Vermutlich hätte Cyne mich längst gehen lassen, doch aus Neugier war ich geblieben.

Ich schluckte, brachte es dennoch nur so weit, zu nicken. Cynes Aura war viel zu düster, um jetzt einen Aufbruch anzukündigen, vermutlich läge sein Messer schneller an meinem Hals, als ich mir vorstellen konnte. Erneut. In Gedanken nahm ich mir vor, sofort nach der Stimmungsschwankung aufzubrechen und weitere törichte Bilder in meinem Kopf auszulöschen. Alyrias Leben hatte Priorität und ich würde meinem Körper nicht erlauben, einen anderen Wunsch über die Freiheit meiner Schwester zu stellen.

Cyne schien meine Unsicherheit nicht mitzubekommen, sondern nickte wissbegierig und funkelte mich mit den smaragdgrünen Augen erwartungsvoll an. »Du hast deine Eltern geliebt.«

Geliebt war eine Untertreibung. Ich hatte sie vergöttert.

Ein seliges Lächeln schlich sich in mein Gesicht, als ich die Bilder von meinen glücklichen Eltern vor mir sah.

»Ich würde für sie sterben«, flüsterte ich heiser. Tränen stiegen mir in die Augen, aber ich versuchte sie wegzublinzeln. Dieser Wald war kein Ort der Trauer, hier kämpfte man oder man starb.

»Das ist sehr ehrenwert«, erwiderte er ebenfalls leise. Ich wusste, dass Cynes Worte, auch wenn sie nur noch ein unharmonisches Zischen waren, eine gute Absicht verfolgten. Dankbar lächelte ich und zog mich ein wenig zurück, um die kurze Trauer ausklingen zu lassen und mich wieder den gegenwärtigen Geschehnissen zu widmen.

Alyrias Leben.

Nichts war nun wichtiger.

Als ich zurück in das kleine Zimmerchen trat, saß Cyne auf einer abseits stehenden Pritsche und starrte gedankenverloren aus dem Fenster. Kurz spielte ich mit dem Gedanken, mich neben ihn zu setzen, verwarf diesen aber sogleich wieder, als ich seinen noch immer störrischen Blick bemerkte. Unsicher blieb ich im Raum stehen.

»Setz dich, Mädchen«, sagte er bedrohlich leise, die finsteren Augen längst wieder auf mein Gesicht gerichtet. Schluckend kam ich seinem Befehl nach. Das Bett war schmal gebaut, nur allzu deutlich spürte ich sein linkes Knie an meinem Oberschenkel.

Räuspernd rutschte ich an den Rand der Liege, mein Vertrauen war gewiss noch nicht so groß, dass ich es wagte, Spielchen mit ihm zu spielen.

»Sag mir, wie war es so in Bergk?«, fragte er konzentriert. Sein Blick schien jeden Teil von mir offenlegen zu wollen, das Kribbeln in meinem Bauch blieb allerdings aus. Verwirrt warf ich ihm einen Seitenblick zu.

Waren wir jetzt an dem Punkt angelangt, an dem wir unsere Kindheitserinnerungen teilten?

»Wie sollte es gewesen sein? Ich war ein Kind, es war schön«, setzte ich langsam an.

Die Stimmung im Raum war kühl, Cynes Körper neben meinem heiß und kalt zugleich. Ich wippte nervös hin und her, doch mit jeder Bewegung schien er näher zu mir zu rutschen.

»Es war bestimmt mehr als schön«, sagte er betont langsam. Seine Stimme war rau, meine Kehle plötzlich trocken.

Die Luft war zum Zerreißen gespannt. Die Verachtung in seinen Worten war kaum zu überhören und ich fragte mich, ob das die Eifersucht war. Mein Herz stolperte, seine Worte verletzten mich stärker, als sie sollten. Schließlich schien seine Kindheit alles andere als schön gewesen zu sein.

Cyne holte tief Luft und fragte angespannt: »Wie lebte es sich als eine Mithran?!«

Seine Worte waren schrill in meinem Kopf, vor Schreck schlug ich mir die Hand vor den Mund und versuchte noch mehr Abstand zwischen uns zu bringen. Noch nie zuvor hatte jemand meinen Familiennamen mit einer solchen Verachtung ausgesprochen.

Vaters Erbe war rein und tugendhaft und nie hatte ich jemanden diese Ehre so einfach niedermachen hören.

War er ein Anhänger der schwarzen Raben, die es auf das Gold und den Ruhm abgesehen hatten?

Ich ließ den Blick erneut durch die Hütte schweifen und verwarf den Gedanken sogleich wieder. Die Möbel waren alt, aber aus hochwertigem Holz. Cyne brauchte das Geld nicht.

»Sprachlos?« Cynes Stimme war nur noch ein eisiger Wind, der mich in die Knie zwang. Ich musste schlucken, zwang mich aber meinen Blick weiterhin auf seine breite Gestalt gerichtet zu lassen. Vaters Vorfahren waren gute Männer, lebten weit weg von Ruhm und Ehre und ehrten die Götter. Nie war einer von ihnen abtrünnig geworden.

»Woher kennst du meinen Namen?«, fragte ich heiser. Unerwartet zitterte meine Stimme, worauf er nur höhnisch mit der Zunge schnalzte. Langsam erhob er sich und blickte mich mit dunkel gefärbten Augen an. Dabei schien es, als durchbohre er meine Seele. Ich biss mir verängstigt auf die Lippe und fühlte mich wie kurz vor einer Auspeitschung.

»Woher ich deinen Namen kenne!?«, fauchte er wie ein wildes Tier.

Abwertend stieß er mich nach hinten, sodass ich ihm schutzlos ausgeliefert war. Mein Rücken landete auf dem dunklen Holz, mein Atem ging viel zu schnell. Erschrocken hielt ich die Hände vor mein Gesicht und wimmerte flehende Worte. Cyne ignorierte sie und drückte stattdessen beide Arme mit einer Leichtigkeit neben meinen Kopf. Alles in mir drehte sich, mir wurde speiübel. Fieberhaft versuchte ich mich zu wehren – ich kratzte, trat und schrie – ohne Erfolg.

Die Panik in mir drückte meine Lungen zusammen, mein Herz klopfte unkontrolliert an meine Brust. Cyne wurde mit jeder meiner Bewegungen nur noch stärker.

»Ich sag dir, woher ich deinen verdammten Namen kenne!«, spuckte er mir ins Gesicht. Sein heißer Atem auf meiner Wange schmerzte wie offenes Feuer, seine Haarspitzen waren scharf wie das Ende eines Pfeils.

Meine Lungen versagten, meine Bewegungen wurden schwächer. Ich konnte keine Verbindung zwischen meinem Namen und seiner Wut herstellen, wusste nicht, ob das hier vielleicht nur wieder eine seiner unüberlegten Handlungen war.

Nicht auszumalen, was passierte, wenn er sich der dunklen Seite seines Körpers vollständig hingeben würde.

»Du bist ein Nachfahre der sieben Urherrscher! Deine Haut hat bereits magisches Metall berührt«, knurrte er unkontrolliert. Seine Hände bohrten sich tiefer neben meinen Kopf, das Grün seiner Augen war nun fast komplett in flüssiges Schwarz getaucht.

Ein jeder Außenstehender hätte unsere ruckartige Atmung und den tiefen Blick für eine kurzweilige Romanze gehalten. Mich jedoch verunsicherte seine plötzliche Nähe diesmal mehr als je zuvor. Seine Gefühle hatten nun komplett die Kontrolle über ihn erlangt, jegliche magische Anziehung seiner mysteriösen Art war verblasst. Die Dunkelheit hatte gesiegt.

»Ich verstehe nicht ganz …« Meine Worte waren in ein hilfloses Winseln übergegangen und mein Herz pochte so laut, dass es vermutlich sogar im Nebenraum zu hören war.

»Was verstehst du nicht, Nuraya Mithran?«, bellte Cyne erneut. Seine eisige Stimme hatte ihren Höhepunkt erreicht, sein Körper bebte über dem meinen. Sein linkes Knie rieb an meinem Oberschenkel, so nah war er mir.

Ich wünschte, ich hätte diesen Wald nie in meinem Leben betreten und würde stattdessen noch immer in den Tiefen der Minen das Eisen von den wertlosen Steinen trennen. Ich flehte zu den Göttern, diesen Albtraum enden zu lassen, schwor nie wieder ein Wort gegen den feindlichen König zu erheben.

Die Götter ignorierten mich.

»Du hast bereits eins der Schwerter in deinen kleinen Händen gehalten, erinnerst du dich?!«

Seine Stimme war dunkel und von einer frostigen Kälte ummantelt. Es war fast so, als hätte man einen vor noch wenigen Minuten wunderschönen See vereist. Die dicke Eisschicht schien undurchdringbar. Das wenige Grün in Cynes Augen leuchtete dunkel, viel dunkler, als all die Bäume um uns herum es je könnten.

Plötzlich jedoch kippte die Stimmung wieder. Cynes Blick wurde leer, wie schon häufig zuvor. Ich atmete erleichtert auf, ohne es überhaupt zu bemerken. Meine Rippen schmerzten, mein Kopf pochte. Doch es schien überstanden. Jede Eisschicht schmolz irgendwann.

Sobald er die Dunkelheit verdrängt hatte, würde ich von hier verschwinden, das schwor ich mir.

Dieses Mal tatsächlich, Nuraya.

Cyne verlor das Gleichgewicht und riss mich samt meiner erhobenen Hand zurück auf die weichen Felle.

Keuchend rang er nach Luft und rollte sich mit einer schnellen Bewegung von mir ab, ehe er beinahe fluchtartig Abstand zwischen uns brachte. Mein Herz hatte noch immer nicht den richtigen Rhythmus gefunden und als ich das violette Funkeln in seinem Blick sah, hüpfte es erneut auf und ab, wie ein fröhliches Kind.

Dieser Mann war besonders, das konnte ich nicht leugnen. Ich war fasziniert von der Stärke in seinen Worten und wünschte einmal mehr, in seinen unvergleichlichen Augen versinken zu können.

Und doch hatte die Finsternis ihn fest im Griff. Das musste ich mir leider viel zu oft erneut ins Gedächtnis rufen und daran würde ich auch nichts ändern können.

Diese Gefahr konnte ich nicht länger hinnehmen.

Dass ein kleiner Teil von mir bei dem unsicheren Lächeln, welches er mir jetzt schenkte, dennoch erfreut stolperte, ignorierte ich.

Verdammtes, todessüchtiges Herz.

Kapitel 16

Unsicher beugte Cyne sich zu mir herab und streckte mir die rechte Hand entgegen, während er sich mit der anderen durch das unordentliche Haar fuhr.

»Ich sollte mich entschuldigen«, sagte er ehrlich.

Ich starrte eine Sekunde zu lang auf die halblangen pechschwarzen Strähnen, ehe ich seine Hand ergriff und mich von ihm wieder auf die Beine ziehen ließ.

Ich fixierte meine Füße und flüsterte mit der beißenden Stimme im Hinterkopf: »Ist schon gut.«

Ihm in die Augen zu sehen, würde alles nur noch schlimmer machen. Meine Worte waren nicht ganz gelogen und ich sagte mir einfach, dass ich ihn nach diesem Tag nie wiedersehen müsste.

Sein Blick wurde weicher, auch wenn er jede meiner Bewegungen unruhig zu beobachten schien. »Es überkommt mich einfach so.«

Zu sehen, wie unsicher er sich bezüglich seiner Gabe verhielt, zerriss mir beinahe das Herz.

Vergiss es, Nuraya.

»Ich verurteile dich nicht.«

Die Wörter flossen schnell von meinen Lippen – zu schnell, denn mein Kopf sah es noch lange nicht ein, ihm erneut komplett zu vergeben. Die Spitze seines Schwertes schien mir noch immer die Luft zu nehmen.

Jegliche Last fiel jedoch mit diesen Worten von seinen Schultern. Zufrieden nahm er einen großen Atemzug.

»Das bedeutet mir viel. Wirklich«, sagte er. Das Lächeln auf seinen Lippen war ansteckend und so hoben sich auch meine Mundwinkel für den Bruchteil einer Sekunde.

Die Stimme in meinem Kopf fauchte wütend, das Pochen an meiner Stirn wurde stärker.

Ich musste gehen. Jetzt. Die Sonne stand hoch am Himmel, ich hätte genügend Zeit, nach einem

Unterschlupf zu suchen. Die Sommersonnenwende war keine zwei Monate entfernt.

Und an diesem Ort drehte ich mich im Kreis.

»Ich muss gehen«, sagte ich gefasst, während ich die Soldatenkleidung ein weiteres Mal glattstrich. Diesmal machte ich nicht den gleichen Fehler, sondern vermied einen Blick in Cynes Richtung.

Meine Lippen waren trocken, mein Herz war ganz und gar nicht einverstanden mit meinen Worten.

Cyne nickte, fast als hätte er die Worte ebenso sehnsüchtig erwartet, gleichzeitig schüttelte er den Kopf.

»Du kannst nicht gehen.«

Seine Stimme klang verletzt, jedoch blieb die Kälte diesmal aus. Meine Augen fuhren wie selbst zu seinem Gesicht, ein schwaches Lächeln lag auf meinen Lippen. »Ich habe genug Zeit verschwendet.«

»Verschwendet?« Seine Stimme war heiser. Schmerz blitzte in seinen Augen auf.

Diesmal nicht, Nuraya.

Die Worte wiederholten sich in Dauerschleife in meinem Kopf.

Das Blut rauschte in meinen Ohren. »Ja, verschwendet«, flüsterte ich kaum hörbar. Das Wort trug so viel Last in sich, und selbst wenn ich die vielen kleinen Momente hier genossen hatte – mich nach jeder seiner Berührungen gesehnt hatte –, so durfte ich mich diesen unzüchtigen Gedanken nicht länger unterwerfen. Schließlich waren sie nicht echt, sondern nur das Ergebnis seiner Manipulation.

Wahre Freiheit lebte in Gedanken.

»Du weißt, wo das Schwert ist, nicht wahr?« Cyne klang neugierig, der plötzliche Themenwechsel warf mich aus der Bahn. Langsam umkreiste er mich wie ein Raubtier seine Beute. Seine Augen funkelten dunkel und ich wollte es nicht riskieren, dass die Macht des Nyx' erneut von ihm Besitz ergriff.

Ich musste schlucken und zwang mich, keine Regung in meinem Gesicht zu zeigen. In seinen Händen war das Schwert gewiss nicht sicher, und ich durfte es nicht riskieren, zu viel zu verraten.

Cyne musterte jedes Zucken meines Gesichts und zwang mich seinem Blick standzuhalten.

»Nuraya, ich brauche dieses Schwert!«

»Wie bitte?«

»Du hast mich schon verstanden« Die Ernsthaftigkeit, mit der Cyne sprach, deutete auf nichts Gutes hin. Ich mochte mir nicht vorstellen, wie viele Wesen unter seiner Hand sterben würden, würde er jemals das magische Metall im falschen Moment in den Händen halten.

»Weshalb?« Erinnerungen an meinen Vater kamen wieder hoch. Erinnerungen, wie bedeutend das Schwert für ihn gewesen war. Wie wehmütig sein Blick wurde, als ich verschwand, um es zu verstecken.

Du darfst jetzt nicht schwach werden, Nuraya.

»Das kannst du nicht-«

Ehe ich zu Ende gesprochen hatte, griff Cyne ruckartig nach meinem Handgelenk. Ich versuchte mich aus seinem Griff zu befreien, doch er presste seinen Oberkörper fest gegen mich.

»Dieses Schwert bedeutet alles«, brachte er mit zusammengepressten Lippen hervor. Sein Atem kitzelte in meinem Nacken und einmal mehr bereute ich es, noch immer seinen Gefühlen ausgesetzt zu sein.

Ich versuchte den stärker werdenden Schmerz an meinem Arm zu ignorieren und antwortete fauchend: »Ich weiß nicht einmal, wo es ist!«

Diesmal würde ich mich nicht von seiner Dunkelheit verschlucken lassen. Alyrias Leben stand auf dem Spiel.

Aus seinem wohlgeformten Mund kam ein genervtes Zischen. »Du weißt genau, wo es ist, lüg mich nicht an.« Seine Augen sprühten wilde Funken. »Wo warst du verdammt noch mal die letzten Jahre?«

Manis, welcher bis vor wenigen Sekunden noch versteckt in einer Zimmerecke gehockt war, kam rasch auf uns zu und griff an den Oberarm seines Herrn.

Dieser jedoch stieß den dunklen Baumjäger zurück, so stark, dass er am Boden liegen blieb.

Mein Handgelenk war mittlerweile von taubem Schmerz umhüllt. Ich fauchte erneut wie eine wilde Katze und knurrte: »Meine Schwester liegt meinetwegen in den Fängen Eribons! Das verdammte Schwert kannst du selber suchen, ich habe es versteckt und seitdem keinen einzigen Gedanken daran verschwendet. Hör auf, dich in dieser mickrigen Hütte zu verstecken, und hol es selbst!«

Atemlos funkelte ich ihn an.

Seine Augen wurden groß, schlagartig ließ er meine Hand los und ich taumelte unkontrolliert einige Schritte zurück. Dort stolperte ich über den noch immer am Boden zusammengekrümmten Manis. Ich schrie auf und knickte ein, ohne mich irgendwo festhalten zu können. Mit lautem Aufprall landete ich auf den Holzdielen.

Alles in meinem Kopf drehte sich, während ich mich schwankend aufrichtete. In dieser Verfassung war ich ein leichtes Ziel und ich konnte es mir nicht leisten, Cynes Wünschen nachzukommen und das Leben meiner Schwester in Eribon hinzuwerfen.

Diesmal nicht.

Doch Cyne war nicht wütend. Entsetzen lag in seinen Augen. Das Violett funkelte wie die Sterne der klarsten Nacht, die ich in meiner Kindheit erlebt hatte.

»Du bist eine Gefangene Eribons.« Nun zitterte seine Stimme und ich hätte schwören können, dass seine Lippen sich vor diesem Satz sträubten.

»Ja«, gab ich leise von mir und ließ ihn nicht aus den Augen. Männer konnten gut schauspielern, ehe ich mich versah, wäre ich an einen der Holzbeine des Tisches gekettet.

Cynes sonst so aufrechten Schultern sanken herab, sein Blick schwankte zwischen purer Bewunderung und großem Mitleid. Misstrauisch musterte ich ihn, seine Verwunderung schien jedoch echt. Ich hatte mit meinen Worten all meine Absichten offenbart, anscheinend hatte er mit dieser Aussage nicht gerechnet.

Ha. Das Gefühl des Triumphes überkam mich.

»Das wusste ich nicht«, sagte er leise und knetete angespannt seine Fingerspitzen. Er sah so verschreckt aus, dass ich kurzerhand seine Hände umschlang und sanft über seinen Handrücken fuhr. Meine Fingerspitzen schienen nahezu zu glühen, das elektrisierende Gefühl war berauschend.

Törichte, unüberlegte Handlungen.

Mein Blick fiel auf seine markanten Kieferknochen und ich ermahnte jeden Teil meines Fingers, der Versuchung zu widerstehen, auch nur kurz sein Gesicht zu berühren.

Dieser Mann hatte mich verschleppt, bedroht und beinahe mit einem Schwert erstochen und alles, woran ich denken konnte, war die Eleganz seines Gesichtes. Innerlich fluchte ich.

»Ich wusste doch, dass sie die Richtige ist.«

Erschrocken wirbelte ich herum und blickte auf den grauen Baumjäger, welcher mit einem undefinierbaren Blick am Türrahmen gelehnt stand. Auch Cyne warf einen kurzen Blick zu ihm. »Sie ist es nicht. Sie ist eine Minenarbeitern.« Seine Worte schmerzten, doch so konnte ich tatsächlich von hier verschwinden, ohne ihm noch irgendeinen Gefallen zu schulden. Langsam richtete ich mich auf und strich vorsichtig meine Kleidung glatt, ohne den Blick von dem Wesen abzuwenden. Wenn es dafür verantwortlich war, dass Cyne seine dunklen Momente ausleben musste, dann musste ich mich mehr vor ihm in Acht nehmen, als ich es mir im Moment vorstellen konnte.

»Sie ist es Herr. Ihr solltet es ihr erzählen.« Manis wirkte sichtlich erfreut, ehe er eine Verbeugung andeutete.

Ich erlaubte meinem Kopf nicht, seinen Worten Bedeutung zuzuschreiben. Ich musste gehen.

Immer noch.

Ich schaute zu Cyne, welcher jedoch zu wissen schien, worüber der Baumjäger redete. Überlegend hatte er den Blick auf das kleine Wesen gerichtet und nickte tatsächlich nach einigen Sekunden. Ich wollte die Neugier aus meinem Körper verbannen, versuchte mit aller Kraft jede Zelle meines Körpers zum Gehen zu zwingen.

Meine Beine hatten sich bereits in Bewegung gesetzt, meine Gedanken klammerten sich nur noch vereinzelt an diesen Ort. »Nuraya.«

Cynes bittende Stimme zog mich erneut erbarmungslos in diesen magischen Bann, aus dem ich mich kurz zuvor mühsam befreit hatte. *Verdammter Mistkerl.*

Langsam deutete er auf den schmalen Tisch, ohne mich dabei aus den Augen zu lassen. Seine Augen waren dunkel, aber nicht dunkel genug, um sich ihm nicht zu widersetzen. Ich konnte gehen. Jeder Teil meines Verstands dachte an Alyria, jeder Teil meines Herzens wollte das Rätsel um diesen geheimnisvollen Mann lösen. Ich glaubte das Blut in meinen Adern rauschen zu hören, dachte an all die düsteren Momente in diesem Wald und konnte gleichzeitig Cynes leuchtende Augen nicht aus meinem Kopf verbannen.

Er kannte meine Herkunft sowie die Bedeutung der Schwerter. Mein ganzes Leben hatte ich über die Magie geschwiegen und nun – gerade abseits jeglichen Lebens – schien sie auf einmal doch den Wert zu haben, nach dem ich als Kind immer gesucht hatte. Ich seufzte.

Cyne schien mit seinen übermächtigen Fähigkeiten jeden Winkel dieses Waldes zu kennen, wenn ich ihm half, konnte er mich vermutlich doppelt so schnell durch die Dunkelheit bringen. Ich hatte das Schwert südlich von Nuria versteckt, wenn es dort noch immer war, könnten wir von Windorw direkt über die Silber-Hügel nach Ryan reisen und ich könnte Alyria aus dem Eisenpalast befreien.

Ein verdammt riskanter Plan.

»Bitte Nuraya.« Cynes Stimme war leise, sein Blick flehend. Ich ächzte. Der Plan musste funktionieren.

Ohne auf meinen Verstand, der mich keine Sekunde länger in diesen vier Wänden sehen wollte, zu hören, ließ ich mich gegenüber von ihm nieder. Er stieß ein dankbares Seufzen aus, ehe er mit gesenkter Stimme weitersprach: »Es gibt einige Dinge, die ich zu dir gesagt habe, die-«

Er stockte für wenige Sekunden, fuhr aber dennoch leise fort: »So harsch meine Worte vorhin auch geklungen haben, es ist die Wahrheit. Du bist tatsächlich eine Mithran.«

Er musterte mich, schien auf einen Widerstand von mir zu warten, doch ich konnte nicht anders als stumm zu nicken. »Das stimmt«, sagte ich ebenso leise, da ich die geheimnisvolle Atmosphäre nicht zerstören wollte. Cyne schien nicht begeistert von meiner Antwort, aufgebracht fuhr er sich durch die Haare.

»Als eine Mithran bist du direkte Nachfahrin des großen Herrschers Dyregas. Ist dir das bewusst?« Mit dieser Frage galt mir seine gesamte Aufmerksamkeit. Die breiten Augenbrauen hatte er tief ins Gesicht gezogen, seine Lippen waren trocken. »Natürlich weiß ich das …«, stammelte ich unbeholfen. Vater hatte nie sein Erbe beansprucht. Er wollte ein normales Leben unter vielen Menschen führen, ohne dabei verehrt zu werden. Seine Brüder hätten es vermutlich zu ihrem Vorteil ausgenutzt, Onkel Theon war geradezu besessen von all dem goldenen Besteck und den lebensgroßen Skulpturen. Vater ignorierte es. Das beeindruckte mich immer am meisten.

»Gut. Dann ist dir auch bewusst, dass in den Familien der großen Herrscher stets das heilige Schwert weitergegeben wird?« Abermals nickte ich.

Ich selbst hatte das Schwert vor den diebischen Menschen versteckt. »Sehr schön«, antwortete Cyne und blickte mich weiterhin starr an. Mir wurde unter diesem direkten Blick unwohl.

Dieses Frage-Antwort-Spiel spielten wir gewiss nicht zum Spaß.

»Was willst du von mir?«, sprach ich die Frage aus, die mir direkt auf der Zunge brannte. Meine Atmung ging flach, während meine Augen gebannt auf seiner ruhigen Statur lagen. Cynes Blick blieb starr, seine geschlossene Hand fuhr langsam über den Tisch, ehe er sie vor mir öffnete und einen kleinen Zettel zum Vorschein brachte. Ich warf einen kurzen Blick zu ihm, er nickte mir zustimmend zu. Langsam öffnete ich das zerknitterte und an manchen Stellen sogar eingerissene Papierstück.

An alle Bürgerinnen und Bürger,

König Baen, der erste seines Namens, Herrscher Nurias und des angrenzenden Feldlandes, Emporgestiegener der Menschen, und seine geliebte Königin Aelyn befehlen einem jeden Untertan die Suche nach den heiligen Schwertern der ehemaligen sieben Herrscher. Die Schwerter sind unkontrollierbar und nur der Königsfamilie sei es bestimmt, das magische Metall zu führen.

Jeder, der das Schwert dem Königspaar aushändigt, soll mit Gold und Ruhm überschüttet werden.

Jeder, der jedoch unerlaubt im Besitz eines solchen Schwertes ist, wird nach Bergung des Metalls unverzüglich das Haus räumen und vor versammelter Masse gehängt.

Unterzeichnet
Baen Hyx

Kapitel 17

Ich hatte mit vielem gerechnet, jedoch nicht damit, dass er mir eine solche Nachricht zeigte. Ich war noch nie in der Hauptstadt gewesen und Vater hatte mich immer aus den Gesprächen über unseren derzeitigen König rausgehalten. Eigentlich sollte Vaters ältester Bruder – Onkel Gregor – auf dem Thron sitzen. Ich war ihm nie begegnet, aber man erzählte, dass er aufgeschlitzt und keuchend auf der Straße entdeckt wurde und anschließend bei den Krankenschwestern verstarb. Man sprach von einer Rauferei, Vater hingegen glaubte an geplanten Mord. Ich hörte, wie er mit Großmutter in der Nacht diskutierte. Seitdem hatten Großmutter und er sich von der Außenwelt abgeschottet und in unserem Dorf wusste sowieso niemand, wer Vater war.

Dass der König Nurias nun ein Mann aus der Masse zu sein schien, verwunderte mich nicht. Allerdings war es komisch, dass gerade Cyne einen solchen Brief hier in der Wildnis behielt. Entweder er hatte selbst etwas mit einem der Schwerter zu tun oder er wartete darauf, dass er mit einem Schwert die Anerkennung des Königs bekam, sobald er es auslieferte.

»Woher hast du das?«, fragte ich misstrauisch.

»Ein Verirrter schenkte es mir vor wenigen Wochen.« Cyne schnalzte mit der Zunge und legte seinen durchbohrenden Blick wieder auf mich. Verwirrt runzelte ich die Stirn. Er lebte hier allein in einer abgeschotteten Hütte. Nuria erreichte er von hier aus vielleicht, wenn er zwei Wochen ohne Unterbrechung unterwegs sein würde – mit einem Pferd, welches ich bis jetzt noch nicht erblicken konnte.

Weshalb behielt man dann aber einen Zettel eines Wanderers, wenn man meilenweit von der Hauptstadt entfernt hauste?

Nervös biss ich auf die Innenseite meiner Wange. »Was hat das mit mir zu tun?« Unruhig stand ich auf und tigerte im Raum umher.

Cyne hatte aus einem unerklärlichen Grund herausgefunden, welcher Familie ich entstammte. Gut, ich war bekannt in Bergk, vielleicht hatte er Verwandte in der kleinen Stadt. Dass er jedoch wusste, wer Vater war, obwohl dieser das immer verheimlicht hatte, war ganz und gar nicht gut.

»Du hast bereits ein solches Schwert in den Händen gehalten, Nuraya!«, rief er aufgebracht.

Ruckartig blieb ich stehen. »Vater hat niemandem erzählt, dass ich das Schwert fortgebracht habe. Wieso weißt du dann davon?« Meine Stimme zitterte. Cyne schien kurz überrascht, als realisiere er jetzt erst, dass ich tatsächlich das Schwert fortgebracht hatte.

»Du hattest Recht«, sagte er an Manis gewandt. Ich schluckte, als ich das Leuchten in Manis' Blick sah.

Dieses Gespräch nahm eine unheimliche Wendung und ich wusste nicht, ob ich mich davor schützen konnte, oder ob es nicht längst zu spät war.

Nun erhob Cyne sich ebenfalls und kam quälend langsam auf mich zu. Ich zuckte bei jedem der schweren Schritte zusammen, schaffte es aber nicht, mich vom Fleck zu bewegen. Zuerst dachte ich, seine Stimmung hätte wieder umgeschlagen, jedoch griff er sachte nach meinem linken Arm und schob die langärmlige Yhunixkleidung ein Stück nach hinten.

Zum Vorschein kam ein Brandfleck, in der Form eines Kreises oder einer misslungenen Wolke.

Ich öffnete den Mund, um etwas zu sagen, schloss ihn jedoch sofort wieder. Auch in Eribon hatte man liebend gern Feuerstrafen angewendet, nicht nur eine Brandnarbe zierte deshalb meinen Oberkörper.

Doch dieser Brandfleck war anders – er schimmerte bläulich, schmerzte jedoch nicht. Vorsichtig fuhr ich über die verwundete Haut, doch die Berührung war beinahe wohltuend.

»Ich habe dir doch erzählt, dass Manis krank ist«, setzte Cyne ruhig an und fuhr selbst mit der Fingerkuppe langsam über die unebene Stelle. Ein berauschendes Gefühl schoss durch meinen Körper. »Er ist anders.«

Ich nickte nur, da mir keine bessere Antwort auf diese Aussage einfiel. Gewiss war er anders als seine Artgenossen, zu sehr fehlte ihm die Farbe. Die düstere Aura, die seinen Körper ummantelte, schien ein Fluch zu sein und doch leuchteten seine gelben Augen in der Dunkelheit.

Cyne kratzte sich am Kinn und musterte mich einige Sekunden genau, ehe er weitersprach: »Die Schwerter sind magisch. Sie dienten unserem Schutz schon lang vor unserer Zeit. Doch der Argwohn hat die Wesen Valenciens auseinandergetrieben, anstatt sie unter ihrem Schild zu vereinen.«

Er legte eine Kunstpause ein, ehe er weitersprach: »Als Kind habe ich viel gelesen. Anders als man vielleicht denkt, habe ich meine Zeit nicht immer in diesem Wald verbracht. Ich mochte den Geruch alter Bücher, also saß ich oft stundenlang in der Bibliothek. Es gab viele Bücher über die heiligen Schwerter und bald schon hatte ich fast jedes verschlungen. Viele waren bestückt mit Lügen, mit Heldengeschichten und ruhmreichen Aussagen über die ehemaligen Herrscher. Doch manche hielten sich an die Wahrheit. Die Schwerter geschmiedet aus dem Licht der Sterne, einst den Herrschern geschenkt, um die Sicherheit des Thrones zu gewährleisten.

Doch die Schwerter zeigten auch die unschöne Seite der Lust – die Gier, den Neid. Allein die Baumjäger, so erzählt man zumindest, nutzten die Magie einzig, um den Feind abzuwehren, nicht um sich damit stolz zu präsentieren. Also bekamen sie die Gabe der Heilung geschenkt.«

Erneut atmete Cyne tief durch, ließ mich aber nicht zu Wort kommen. »Die Götter verlangten ihr Opfer. Die Baumjäger akzeptierten die Forderung. Einige wenige ihrer Art, gerade einmal eine Handvoll, zu opfern, um den Frieden zu wahren, erschien ihnen sinnig.

Manis war einer von ihnen. Verschleppt in der Dunkelheit, verbrannt in den Tiefen des Waldes. Doch er überlebte. Mehr noch, er wurde zum Katalysator.«

Ich warf einen misstrauischen Blick zu dem kleinen Wesen. Cyne fing meine Unsicherheit auf und sagte: »In den Geschichten gibt es keine Verweise auf diese Mächte, und doch traf ich vor Jahren eine Fee, die mir davon berichten konnte. Katalysatoren, Wesen aus gebündelter Dunkelheit, schlucken das Leid der Schwertträger. Die unkontrollierbare Macht stört sie nicht. Der Neid verblasst, der Schmerz ebenso. Auch du warst in deinem Inneren von der Dunkelheit befallen.« Ich warf einen Blick zu dem Brandfleck auf meinem Arm und erschauderte.

»Das Schwert mag nicht lang bei dir gewesen sein, doch es war ein Teil von dir. Manis hat genau das gespürt.«

Fast hätte ich bei einer solchen Antwort gelacht, so unwirklich erschien sie mir. Er mochte hier im Wald mit diesen Wesen zusammenleben, doch ich würde ihm nicht das Recht geben, meine Gedanken mit ausgedachten Geschichten zu vernebeln. Ich hatte das Schwert nur einmal in der Hand gehalten und sicherlich dachte ich mehr an meinen Bogen als an das magische Metall. Der Baumjäger hatte mich verbrannt und die Schmerzen hatten mich daraufhin in die Ohnmacht getrieben.

Die Realität zählte.

Ich schluckte das Lachen in meinem Hals sofort wieder herab, Cyne musterte mich emotionslos. Er musste denken, dass ich seine Geschichte glaubte, wenn ich aus diesem Irrenhaus entkommen wollte.

»Deshalb wurde dir so schwindlig, erinnerst du dich? Er hat dir einen – zugegebenermaßen sehr geringen – Teil deines Körpers entzogen.«

Vermutlich sollten mein plötzliches Schwindelgefühl und der Schwächeanfall nun einen Sinn ergeben, jedoch beunruhigten mich seine verzweifelten Erklärungsversuche nur noch mehr.

Es ärgerte mich, dass er nicht zugab, dass er seine kleinen Wesen benutzt hatte, um mich zu schwächen. Menschen konnten grausam sein, wenn man ihnen das verweigerte, was sie wollten. Dass Cyne nun nicht einmal zugeben wollte, dass er das alles geplant hatte, und es stattdessen auf eine unwirkliche Geschichte schob, traf mich mehr, als es eigentlich sollte. Cyne schien meinen Ärger zu spüren, interpretierte ihn aber falsch, denn er hob ruckartig die Hände und räumte schnell ein: »Keine Angst, du trägst keine Folgen davon, Manis hat dich sozusagen nur von etwas Unwichtigem befreit.«

Langsam fuhr ich über die verbrannte Stelle.

Sein Blick brannte auf meiner Haut, der Gedanke, dass seine Erzählungen dennoch einen Funken Wahrheit enthalten könnten, kam mir schlagartig in den Sinn. Ich hob langsam den Kopf und blickte ihm direkt in die hellen Augen, auch wenn ich noch vor wenigen Minuten gerade das hatte verhindern wollen.

»Versuchst du mich mit dieser Lüge für deine Pläne zu gewinnen?«

Die Frage hing schwer im Raum, doch ich ließ ihn nicht aus den Augen. Das überraschte Aufblitzen von Scham in seinem Blick, welches ich mir erhofft hatte, blieb jedoch aus.

Langsam schüttelte er den Kopf. Die Zeit schien langsamer zu laufen, jeder seiner Schritte ließ mich angespannter werden.

Sein Atem kitzelte auf meinen Wangen, er war mir längst schon wieder zu nah. Das warme Gefühl in meiner

Brust schwoll stetig an, ich zwang mich dennoch den Blick aufrecht zu halten. Cyne musste sich eine andere Puppe zum Spielen suchen.

»Hör auf mich zu beeinflussen«, brachte ich unter zusammengebissenen Zähnen heraus. Dieser Mann war verrückt. Seine Augen funkelten.

»Ich kann nicht«, flüsterte er lautlos, fuhr mit den Fingern über meine Wange.

Oh Mann.

Ich schluckte und schüttelte langsam den Kopf. »Hör auf damit, Cyne. Das wird nicht funktionieren.«

Sein Geruch benebelte mich, meine Beine wurden schwach.

»Du bist so einzigartig.« Seine Stimme war melodisch, seine Augen in helles Violett getaucht. »Alles an dir leuchtet.«

»Cyne.« Mich kostete es all meine Kraft, diese vier Buchstaben über meine Lippen zu bekommen. Alles in mir vibrierte, unter ihm war ich nicht mehr als geschmolzenes Wachs.

»Ich habe noch nie so etwas in mir gespürt«, summte er leise, während er mich sanft an seinen Oberkörper zog.

Sein rascher Herzschlag gab mir den Rest.

Ich schlag die Arme um seinen Hals, gab mich seinen Bewegungen vollends hin. Zum ersten Mal schien es, als genieße er meine Nähe, anstatt sie lediglich ausnutzen zu wollen. Sanft lag seine Hand zwischen meinen Schulterblättern, während wir in der Stille tanzten. Seine Füße waren geschickt, wir bewegten uns elegant über den Holzboden. Die Anspannung fuhr aus meinem Körper und diesmal ließ ich seine Macht vollends zu. Es war nicht mehr der Zauber, der mich in seiner Nähe hielt, es war er selbst. Seine Augen waren geschlossen, jeder Teil seines Körpers glühte.

Plötzlich fing er an hysterisch aufzulachen, weshalb ich zurückschreckte und mir den Kopf an der schrägen

Decke stieß. Ich stöhnte und griff an die pochende Stelle, während die unmenschlichen Laute aus seinem Mund immer lauter wurden. Hilflos warf ich einen Blick zu Manis. Zumindest zu dem Platz, an welchem er zuletzt stand, denn nun war der graue Baumjäger verschwunden. Die Holztür war verschlossen, vermutlich wollte das Wesen einem weiteren Schlag aus dem Weg gehen. Erneut fluchte ich.

»Du bist – hicks – sonderbar. Mein Kopf schmerzt in deiner Nähe. Weißt du, dass ich den Schmerz mag?« Cyne lachte weiter, während er versuchte mit den Händen nach mir zu greifen.

»Komm bitte wieder her.« Nun verzog er flehend den Mund. Ungelenk versuchte ich aus seiner Nähe zu entkommen. Kurz überlegte ich, ob vielleicht eine Sorte Alkohol in seinem Mittagsmahl gewesen sein konnte, da ich aber das Gleiche gegessen hatte, schloss ich diese Möglichkeit aus.

Womöglich waren es Nebenwirkungen der Stimmungsschwankungen. Mutter sagte damals bei ihrem Patienten, neue Erkenntnisse ließen mehr Reize zu, die den Kopf überschwemmten. Noch ehe ich mich jedoch wirklich mit dieser Idee beschäftigen konnte, taumelte Cyne bereits zwei Schritte nach vorn und fiel mir stürmisch in die Arme. Ich hatte keine Möglichkeit, seiner abrupten Bewegung zu entkommen, und stieß einen spitzen Schrei aus.

Ich war der plötzlichen Belastung nicht gewachsen und kippte gemeinsam mit ihm nach hinten. Laut polternd landeten wir – er wahrscheinlich sanfter als ich – auf dem Boden. Erneut.

Sein herber Geruch stieg mir in die Nase und ich musste mich zusammenreißen, weiter kontrolliert zu atmen.

Ächzend versuchte ich das Gewicht seines Körpers von mir zu rollen, doch ich war nicht so stark wie gedacht.

»Cyne«, japste ich. Sein linker Brustkorb schnürte mir die Luft ab, seine Haare kitzelten an meinem Hals. Der Hüne jedoch bewegte sich keinen Zentimeter. Wenn er sich jetzt einer seiner grusligen Stimmungsschwankungen hingeben würde, wäre ich tot.

Wiederholt schlug ich ohne jegliche Behutsamkeit auf seinen Rücken ein – wieder ohne Erfolg.

»Hilfe!« Ich versuchte die Baumjäger auf uns aufmerksam zu machen, doch meine Stimme war kratzig und heiser. Nichts tat sich.

Plötzlich jedoch bewegte Cyne sich ruckartig, weshalb ich ganz kurz dachte, man hätte mir einen Schlag in die Magengrube verpasst. Sterne tanzten vor meinen Augen.

Cynes Körper ruhte nach wie vor auf meinem, so dicht, dass vermutlich nicht einmal ein Papierstück zwischen uns gepasst hätte. Ich versuchte erneut ihn von mir fort zu drücken, alles, was ich jedoch erreichte, war, dass sein Kopf dem meinen immer näherkam. Um genau zu sein, ruhten seine vollen, weichen Lippen kurze Zeit später an meiner Wange, was an der besagten Stelle ein prickelndes Gefühl hinterließ.

Wenn sein Mund auch nur zwei Zentimeter nach links rutschen würde-

Ich ermahnte mich fluchend selbst, die unerlaubten Gedanken nicht weiter auszubauen. Zumal ich ganz genau spürte, dass er es diesmal nicht war, der mich in diesen Wahnsinn trieb.

»Herr?!«, ertönte auf einmal eine Stimme dicht vor mir. Sofort öffnete ich die Augen, die ich vermutlich vor Genuss geschlossen hatte.

»Hilfe!«, ächzte ich und streckte flehend den rechten Arm aus. Keine zwei Sekunden später hörte man leichtes Trampeln auf den Holzdielen und sechs kleine, fleckige Hände zogen an dem Körper, der über mir lag. Mit vereinten Kräften schafften wir es, Cynes Körper von meinem herabzuziehen, ohne dass es zu ernsthaften Verletzungen kam. Ich schnaufte.

»Herrin, was habt Ihr-«

Ein vernichtender Blick ihres Bruders ließ Albis mitten im Satz verstummen und sie ließ niedergeschlagen den Kopf sinken.

»Nein, nein«, sagte ich schnell und hob ruckartig die Hände. »Es ist nichts passiert. Er ist bloß … gestolpert.« Ich versuchte, ein Lächeln auf meine Lippen zu zaubern. Mein Herz wünschte, es wäre mehr passiert.

Verdammt.

»Gestolpert?!« Albis' Augen wurden so groß wie die Teller, aus denen wir vor wenigen Stunden noch die Suppe gegessen hatten. Manis hingegen, welcher bereits wieder am Türrahmen lehnte, schmunzelte. Eine Geste, die ich von ihm nicht erwartet hätte. Ich wurde rot und probierte mich weiter aus der ganzen Situation herauszureden: »Ja er- er-« Wild mit den Armen schwenkend suchte ich nach dem geeigneten Wort. »Er ist irgendwie durchgedreht. Hat gelacht und ist dann auf mich gestürzt.«

Manis' Schmunzeln wich rasend schnell aus seinem Gesicht. Schnell tapste er zu Cyne, der noch immer wie ein Brett auf dem Boden lag, und tastete vorsichtig an dessen Hals. Mein Gesicht nahm einen verschreckten Ausdruck an. Jegliche Hitze schoss aus meinem Körper.

»Es ist doch alles gut mit ihm, oder?«

Ebenso schnell, wie der Baumjäger es eben getan hatte, kniete auch ich neben den leichenblassen Stimmungswandler. Seine Augen waren geschlossen, aber seine Lider zuckten unregelmäßig. Er sah krank aus, fast als hätte ein böser Geist seine Gedanken heimgesucht. Anzeichen einer Erkältung. Ich wollte Cyne berühren, wollte spüren, ob sein Gesicht erhitzt war, so wie Mutter es getan hätte, doch Manis kam mir zuvor und schrie: »Verschwindet, Herrin!«

Erschrocken zuckte ich zurück. Manis' Hand schwebte kurz vor meinem Brustkorb, fast als wolle er mich zurückstoßen. Kurz starrte er auf seine gräuliche Hand und dann wieder zu mir.

»Ihr solltet gehen«, murmelte er mit schmalen Lippen.

»Bringt es weg, es soll verschwinden.« Nicht einmal eine Sekunde später hatte er sich bereits von mir abgewendet und tastete weiter Cynes Halsgegend ab.

Entsetzt huschte mein Blick zwischen den grünen, nickenden Baumjägern und dem sich noch immer nicht regenden jungen Mann hin und her.

»Was ist mit ihm?!« Meine Stimme war viel zu hoch und viel zu laut. Unruhig blickte ich zu Manis, doch dieser ignorierte mich. Mein Puls beschleunigte sich, während Cynes Atmung immer unregelmäßiger wurde. Beruhigend griff Albis nach meiner Hand. »Kommt, Herrin.«

Ich dachte jedoch nicht einmal daran, mit den grünen Kreaturen mitzugehen. Trotzig schüttelte ich den Arm des Baumjägerweibchens ab und rief ungeduldig: »Was ist mit ihm?!« Mein Hals war trocken, meine Stimme klang kratzig.

Das hier war meine Chance, diesen Ort zu verlassen, und ich entschied mich ohne zu zögern dagegen. Ich würde nicht von hier verschwinden, ehe Manis etwas zu Cynes Zusammenbruch sagte.

Viel zu viele Kinder hatte ich in den Eisenminen zusammenbrechen sehen – keins von ihnen war danach wieder aufgestanden.

Manis schüttelte genervt den Kopf, ehe er fauchend antwortete: »Das geht Euch nichts an.«

Ganz kurz fixierte er mein Gesicht mit den gelben Augen. »Geht jetzt, der Herr benötigt Ruhe.«

Albis zupfte sanft an meiner Yhunixkleidung, doch ich dachte nicht daran, zu verschwinden.

»Ihr habt mich in dieses verdammte Haus verschleppt, habt zugesehen, wie er mich mit seinen unheimlichen Kräften verzaubert, habt mir Schmerzen zugefügt, mich nach meinem Erbe befragt und jetzt soll ich gehen?« Meine Stimme war schrill, meine Brust vibrierte.

Manis stöhnte genervt auf. »Verschwindet von hier, Ihr habt schon genug angerichtet.« Albis trat neben den gräulichen Baumjäger und versuchte auf ihn einzureden, doch dieser schüttelte den Kopf. »Es muss weg. Es ist schlecht.«

»Ich habe überhaupt nichts getan!«, rief ich aufgebracht. Albis warf den Blick überfordert zwischen mir und Manis hin und her, vermutlich wusste sie nicht, wessen Seite sie unterstützen sollte. »Vielleicht kann die Herrin ihm helfen«, sagte sie zögernd. Manis riss die Hände aufgebracht in die Luft. »Nein, das geht nicht. Bringt es weg. Sofort.«

Ich verschränkte die Arme vor der Brust und schüttelte den Kopf. Ich dachte nicht einmal daran, zu gehen, nur weil er es für das Richtige hielt. »Was ist denn bitte so falsch daran, dass ich hier bin?«

»Ihr seid ihm wichtig, verdammt!«, knurrte Manis. »Er ist in Eurer Gegenwart nicht sicher. Verschwindet oder er stirbt.«

Seine Worte trafen mich wie ein Faustschlag ins Gesicht. Cyne zuckte unruhig, ich konnte ihn auf keinen Fall verlassen. Schon gar nicht nach diesen Worten. Diese ganzen Geheimnisse um Cynes Persönlichkeit und die Schwerter machten mich verrückt, ich wusste nicht mehr, was ich denken, geschweige denn, was ich machen sollte.

»Geht. Jetzt.« Manis sah schon gar nicht mehr zu mir, sondern begann das klitschnasse Hemd an Cynes Brust aufzuknöpfen. Ich schluckte.

Mutter hatte mich meistens auch aus dem Behandlungsraum geschickt.

»Du bist zu ungeduldig, Kind«, sagte sie immer kopfschüttelnd, während ich protestierend auf den Boden stampfte. *»Kranke Menschen brauchen vor allem eins: Schlaf. Den solltest du ihnen jetzt geben.«*

Ich seufzte innerlich. Vermutlich hatte sich das bis heute nicht geändert. Langsam richtete ich mich auf, Manis ächzte erleichtert.

»Er benötigt Ruhe«, wiederholte ich die Worte des Baumjägermännchens und verließ verwirrt mit seinen Geschwistern den Raum.

Wieder einmal war Cynes Leben viel zu faszinierend und mein kleines, dummes Herz viel zu neugierig, um ihn zu ignorieren.

Zumal ich ihm wichtig war. Mein Herz machte Luftsprünge bei diesem Gedanken.

Vermutlich hatte ich erst einen viel kleineren Teil seines Geheimnisses offenbart, als ich zunächst gedacht hatte.

Kapitel 18

Die Baumjäger mochten kurze Beine haben, doch ihre Geschwindigkeit schien nicht darunter zu leiden. Im Gegenteil, wir rannten beinahe eine halbe Stunde lang durch den Wald, ehe wir an einem kleinen See Halt machten. Schnaufend stützte ich die Hände auf die Oberschenkel und versuchte meinen Atem wieder unter Kontrolle zu bekommen.

Ich hatte mich während des gesamten Weges weder umgedreht noch irgendwelche Fragen bezüglich Cynes Zusammenbruchs gestellt. Mein eigentliches Ziel, Alyria zu retten, hatte sich endlich wieder in meinem Kopf breitgemacht, und dieses Mal zwang ich mich, es nicht einfach so hinfort zu schieben.

»Ich muss weiterziehen«, sagte ich langsam, ohne zu den beiden Baumjägern hinter mir zu schauen. Viel zu oft hatte ich diesen Entschluss gefasst und doch wieder verworfen. Nun musste es endlich funktionieren.

Cyne war nicht in meiner Nähe, um meine Gedanken nach seinen Wünschen formen zu können. Zwar konnte ich nicht leugnen, dass ich mir nach diesem Zusammenbruch Sorgen machte, doch zum ersten Mal, seit ich diesen Wald betreten hatte, schaffte ich es, wieder nur an Alyria zu denken.

Albis seufzte. »Ihr solltet warten.«

»Warum?« Ruckartig fuhr ich herum, sodass das Baumjägerweibchen zusammenzuckte. »Ich habe genügend Tage hier verloren. Ich muss den Brief überbringen. Bitte, ich kann verstehen, dass ihr nur das Beste für ihn wollt. Aber das bin ich nicht.« Ich warf ihr einen flehenden Blick zu. Alyrias tränengefüllte Augen kamen mir wieder in den Sinn. »Ich kann mich jetzt nicht ablenken lassen und schon gar nicht von ihm – er hat versucht mich umzubringen! Ich dürfte längst nicht mehr in diesem Wald sein! Es tut mir leid, aber ich kann euch nicht helfen!« Die Worte sprudelten aus mir heraus und das brennende Gefühl der Tränen machte sich in meinen Augen breit.

»Ihr solltet dennoch warten, glaubt mir«, sagte Albis erneut mit einer nervigen, monotonen Stimme, ehe sie sich an einem Baum niederließ.

Ich brummte, ohne es überhaupt beabsichtigt zu haben. »Ihr habt doch keine Ahnung! Hier in diesem Wald ist es egal, was draußen – in der großen, weiten Welt – geschieht. Aber ich lebe nun mal nicht völlig abgeschottet zwischen ein paar Bäumen!« Meine Worte wurden immer lauter, das Echo schallte durch die dunklen Tannen. Sollten sie doch das verdammte Schwert selbst suchen und sich dann die Güte des Königs erkaufen. Keines ihrer Probleme konnte bedeutender als Alyrias Leben sein.

»Meine Heimatstadt ist bis auf die Grundmauern niedergebrannt, meine Freunde sind zu barbarischen Yhunixsoldaten in Eribon geworden und dieser verdammte Brief ist die einzige Möglichkeit, meine Schwester aus den widerlichen Fingern des Yhunixprinzen zu befreien«

Die heißen Tränen auf meinen Wangen waren schlimmer, als jeder Schlag eines Soldaten in den Minen es sein könnte.

Ich wusste nicht, weshalb ich mich vor diesen Wesen rechtfertigte. Es konnte ihnen egal sein, wohin ich gehen würde.

»Geht, wenn Ihr es für nötig haltet. Wartet noch und der Herr wird Euch helfen.« Albis ließ sich von meinen Worten kein Stück beeindrucken und auch Suris hatte sich längst entspannt an einen Baum gelehnt.

Genervt stöhnte ich auf. Ihre abwesende Haltung störte mich, doch sie würde mich nicht von meinem Plan abhalten. Kampfbereit blickte ich mich um. Jeder Baum in diesem Wald glich dem Nächsten. Ich unterdrückte den Drang, laut aufzuschreien.

»Wo muss ich lang?«, murrte ich, nun wieder das Baumjägerweibchen fest im Blick.

Diese zuckte nur die Schultern und grinste schadenfroh. »Woher sollen wir das wissen?«

Was erlaubte sie sich eigentlich?

Ehe ich mich jedoch auf das schmächtige Wesen werfen konnte, sagte sie betont langsam: »Der Herr kennt jedes einzelne Blatt in diesem Wald, ohne ihn schafft Ihr es nie in die Stadt des Nordens. Ihr solltet warten.« Ihre Augen funkelten amüsiert.

Ein fauchendes Geräusch drang aus meiner Kehle, ehe ich mich umdrehte und wütend in die Dunkelheit stapfte.

Diese Wesen konnten mich mal.

»Viel Spaß beim Sterben!«, rief Suris laut, seine Stimme vibrierte belustigt. Ich ballte die Hände zu Fäusten und ermahnte mich, seinen Worten keine Bedeutung zuzuschreiben. Sollten sie doch glauben, ich sei schwach und ohne Hilfe aufgeschmissen. Ich würde den Brief nach Windorw bringen. Koste es, was es wolle.

Kurz fuhr ich mit der Hand in meine Jackentasche und erstarrte.

Nein.

Nein, nein, nein.

Panisch riss ich die Jacke von meinem Leib und suchte sämtliche Taschen nach dem kostbaren Papier ab.

Nichts. Ich keuchte auf.

Diese verdammten, ungezogenen, widerlichen Viecher!

Blind vor Wut stampfte ich zu den kleinen Wesen, die mit geschlossenen Augen an den hohen Bäumen dösten.

»Wo. Ist. Der. Brief?«, fauchte ich und griff nach Albis' knochigem Arm. Das Weibchen verzog schmerzerfüllt das Gesicht, ehe sie sich jedoch entspannte. Ein wissendes Grinsen schlich sich auf ihre Lippen. Der Anblick der grünlichen Zähne machte mich nur noch wütender.

»Wie konntet ihr nur?«

Vor Wut stiegen mir die Tränen in die Augen. Aufgewühlt stieß ich Albis nach hinten und schlug, ohne auf die Wesen zu achten, auf einige Äste ein.

Das hier musste mein schlimmster Albtraum sein.

»Der Herr braucht Euch!«

»Das ist mir aber egal, er soll das Schwert verdammt nochmal selbst suchen!«, fauchte ich.

»Das meine ich nicht«, erwiderte Albis, die Arme vor der Brust gekreuzt. Ich fuhr herum und trat mit zusammengekniffenen Augen einige Schritte näher an sie heran. Sie ließ sich davon nicht beeindrucken.

»Wozu sollte er mich sonst brauchen?« Die Frage kam eisig über meine Lippen, mein Körper bebte.

»Ihr tut ihm gut.« Suris war neben das Weibchen getreten und blitzte mich mit den gelblichen Augen interessiert an.

Ich holte empört Luft.

»Er benutzt mich verdammt nochmal«, rief ich, die Energie wild in meinem Körper gebündelt. »Er wird nie jemanden brauchen.«

Albis schüttelte energisch mit dem Kopf. »Er hinterfragt seine Magie. Er beginnt sich endlich damit auseinanderzusetzen, anstatt wahllos seine Wünsche durchzusetzen.«

»Er manipuliert mich, um seine Wünsche durchzusetzen. Genau das tut er«, fauchte ich aufgebracht, während ich mir wild durch die Haare fuhr. Diese Wesen mussten jede seiner Handlungen falsch deuten. Oder sie wünschten, dass das, was sie sagten, wahr wäre. Allein die Gedanken an ihn machten mich noch wütender.

»Merkt Ihr nicht, wie wohl er sich in Eurer Nähe fühlt? Und wie sehr er dagegen ankämpft, wenn die Dunkelheit über ihn Besitz ergreift? Das geschieht allein wegen Euch«, sagte Albis betont langsam und musterte mich bei jedem einzelnen Wort.

»Er braucht Euch, sonst zerstört ihn die Dunkelheit.«

Ich schnaubte und glaubte, mich verhört zu haben. Nichts, was dieser Mann brauchte, könnte ich ihm jemals geben.

Ich musste verschwinden.

»Fragt Ihr euch nicht, was eben mit ihm geschehen ist?« Albis kam näher, die Augen fest auf mein Gesicht gerichtet.

Mein Kopf schrie *nein*, während mein Herz gleichzeitig *ja* quiekte. Ich ignorierte es.

»Nein, ich muss los. Gebt mir den Brief.« Jedes einzelne Wort kostete mich mehr Kraft als alles zuvor.

»Ihn so zusammenbrechen zu sehen, hat Euch nicht im Geringsten beunruhigt?«, fragte Albis mit zusammengezogenen Brauen, ohne auf meine Forderung einzugehen. Ich presste die Lippen fest aufeinander. Dieses Spiel dieser kleinen Wesen war böse.

»Na schön, was war denn mit ihm?« Meine Frage klang kalt, wütend verschränkte ich die Arme vor der Brust. »Und wagt es ja nicht, mir eine weitere Lügengeschichte aufzutischen.«

Meine Hände zitterten.

Albis sah genau, wie sehr ich auf die Antwort wartete. Zufrieden grinsend nickte sie, was mich nur noch wütender werden ließ. Vermutlich sollte ich jeden Gedanken an Cynes Gesundheitszustand sofort aus meinem Kopf löschen. Zweimal hatte er mir die Kehle durchtrennen wollen – ohne Grund. Jedoch hatte ihn ein winziger Teil meines schmachtenden Mädchenkörpers mit seiner launischen und auch humorvollen Art bereits ins Herz geschlossen.

Ich schnaubte augenverdrehend.

Vermutlich lag es einfach daran, dass er das erste männliche Wesen außerhalb der eisernen Mauern Eribons war, dem ich begegnet war.

»Als wir ihn im Wald fanden, ging es ihm genauso. Seine Lider zuckten, sein Körper war leblos«, sagte Albis langsam und fixierte mich erneut mit den Augen. »Das war kurz nachdem er aus der Heimat verbannt wurde und ohne Pause durch das halbe Land reiste.«

»Ich habe nach keiner Geschichtsstunde gefragt«, brachte ich mit zusammengebissenen Zähnen hervor. Diese Wesen durften auf keinen Fall denken, dass Cyne mir etwas bedeutete.

Suris grunzte leise, während Albis ruhig fortfuhr: »Er hat sich erholt und all die Jahre hat es nie wieder so einen Vorfall gegeben. Und dann seid Ihr aufgetaucht.«

Ich schluckte, erlaubte mir jedoch nicht, noch mehr in diese Geheimnisse verwoben zu werden.

»Gut, das zeigt doch, dass ich gehen sollte. Er ist nicht sicher in meiner Nähe, das hat Manis selbst gesagt. Gebt mir also den Brief«, entgegnete ich, die Hände längst wieder zu Fäusten geballt.

Ich würde sicherlich nicht die Tagesmutter spielen, die Cyne in seinen dunklen Momenten bewachte und darauf wartete, dass er den Fluch unter Kontrolle brachte.

»Den Brief. Sofort«, stieß ich erneut hervor und streckte die rechte Hand fordernd in Richtung der Wesen.

Albis seufzte. »Der Brief ist nicht hier.«

Aufgebracht schnappte ich nach Luft.

»Und nein, wir kehren nicht zurück. Wartet, bis der Herr kommt.« Nun sah das Weibchen richtig wütend aus, hatte die Augen zu kleinen Schlitzen geformt.

Verdammte Mistviecher.

»Und wenn er nicht zurückkommt?« Die Worte waren schneller über meine Lippen gehuscht, als ich hätte darüber nachdenken können. Nun waren es die kleinen Wesen, die empört aufschnauften.

»Der Herr wird es überleben. Ihr wisst das.«

»Ich weiß überhaupt nichts«, entgegnete ich murrend. »Alles in diesem Wald ist ein einziges, riesiges Geheimnis.«

Genervt drehte ich mich einmal im Kreis und versuchte meine Worte zu verdeutlichen, indem ich wild in die

Dunkelheit deutete. Ich wusste nicht, was ich der Welt getan hatte, dass sie mich nun so bestrafen musste.

»Und wahrscheinlich ist es besssser so!«, zischte Suris noch immer mit einem verärgerten Ausdruck im Gesicht, ehe er sich etwas abseits erneut an einem Baum niederließ und den Blick feindlich von mir abwandte.

Ich blickte zu Albis und merkte erst jetzt, wie schwer mein Körper bebte. Das Weibchen musterte mich mit einem milderen Blick. »Stimmungswandler haben manchmal Probleme mit der Gefühlsfindung. Wenn sich der Körper nicht entscheiden kann, welches Gefühl über ihn herrschen soll, sinkt die Körpertemperatur und der Körper ist für eine kurze Zeit leblos.«

Überfordert schnappte ich nach Luft. So sehr ich eben noch vor Aufregung gebebt hatte, so schien jetzt jeder meiner Muskeln zum Zerreißen gespannt.

»Wieso seid ihr so verdammt ruhig dabei? Ihr habt gerade noch gesagt, dass er überleben wird!« Meine Stimme vibrierte und das Echo hallte durch die dunklen Bäume. Albis musterte mich einmal von oben bis unten und schüttelte dann langsam den Kopf.

»Er ist stark.«

»Er ist zusammengebrochen.«

Vor Wut trat ich auf einen kleinen Ast, der unter meinem Fuß laut knackte und entzweibrach.

Ich wollte mir nicht vorstellen, wie sich das Gefühl der absoluten Kontrolllosigkeit anfühlen musste. Gleichzeitig wäre das die Chance gewesen, aus diesem Wald zu kommen.

Und diese kleinen Wesen hatten sie verspielt. Hatten sie den Brief absichtlich aus meinen Taschen genommen? Wollten sie mich für ewig an ihren Herrn ketten? Glaubten sie tatsächlich, ich wäre dazu fähig, aus ihm einen normalen Mann zu machen?

Ich schnaubte, unfähig, die Gedanken in meinem Kopf ordnen zu können.

»Weshalb möchte er eins der sieben magischen Schwerter besitzen?« Die Frage brannte auf meiner Zunge, heiser brachte ich sie über meine Lippen.

Sofort wandten beide Baumjäger die Blicke von mir ab und starrten stillschweigend in die Tiefe des Waldes.

Eine drückende Stimmung lag in der Luft.

Wütend biss ich mir auf die Zunge, jede Zelle meines Körpers pochte.

»Ihr schuldet mir eine Antwort«, sagte ich betont ruhig. Ich brauchte die Antwort auf diese Frage und diese Wesen wussten sie, da war ich mir sicher. Die Dunkelheit ließ meinen Körper verrücktspielen, vermutlich liebten die kleinen Todesbringer es, mich zu quälen.

Das Schwert spielte für Cyne eine persönliche Rolle. Ich glaubte, dass das Gold des Königs ihn zurück in seine Familie kaufen sollte.

»Wir schulden Euch gar nichts. Wir haben *Euch* all die Jahre gesucht«, entgegnete Albis. Ihr kleiner, krummer Finger war auf mich gerichtet.

»Aber warum?« Aufgebracht sprang ich nach oben. Ich hatte das Gefühl, mich im Kreis zu drehen.

Albis ignorierte mich erneut. »Darüber wird der Herr Euch selbst noch informieren. Ihr solltet ein wenig die Stille genießen, Herrin. Ich werde Feuerholz suchen. Mein Bruder wird Euch beschützen, fragt ihn, wenn Ihr etwas benötigt.«

Kurz zwinkerte sie mir zu, ehe sie fortfuhr: »Selbst, wenn er die Augen geschlossen hat, ist er wach. Baumjäger schlafen nicht.«

Ich schnaubte und ließ mich auf einen großen Stein sinken.

Ich war mit meinen Fragen keinen Schritt weiter und ich bezweifelte, dass Suris, welcher tatsächlich mit geschlossenen Augen am Fuß einer Tanne hockte, mir auf die Fragen antworten würde.

Lustlos nahm ich einen Stock und rührte in dem kleinen Teich umher, in der Hoffnung, er würde mir die Antworten auf meine tausend Fragen geben.

»Wie war es in Eribon?«

Langsam hob ich den Blick und ließ ihn zu dem grünen Männchen schweifen, das nach wie vor die Augen geschlossen hielt.

Sie durften Fragen stellen, natürlich.

Ich zuckte mit den Schultern. »Wie es halt dort ist.«

Ich hatte absolut keine Lust, über meine Vergangenheit hinter den dicken Mauern zu sprechen, schon gar nicht mit einem Wesen, welches mir meine Fragen nicht beantwortete.

Suris seufzte und öffnete die gelben Augen. »Ich hörte, dass die Yhunix Meister im Manipulieren seien.«

Ich dachte an die vielen Kinder, die willenlos aufeinander einschlugen, und schluckte schwer. »Ja, das sind sie in der Tat.«

»Wie lang wart Ihr dort, Herrin?«

Zischend atmete ich aus. »Fünf Jahre.«

»Wie habt Ihr es geschafft, Euch nicht manipulieren zu lassen?«

Ich öffnete den Mund, schloss ihn jedoch sogleich wieder. Meine Antwort schien mir zu naiv, stattdessen flüsterte ich: »Ich habe einen Preis dafür bezahlt.«

Suris' Augen verengten sich zu zwei interessierten Schlitzen. »Welchen Preis?«

»Schmerz«, hauchte ich leise. Langsam hallten die Buchstaben durch den dunklen Wald. Fröstelnd zog ich den Anzug etwas enger. Suris nickte, ohne weiter drauf einzugehen.

Ich bedankte mich stumm, ehe wir beide auf unsere Plätze zurücksanken. Eine nachdenkliche Ruhe entstand, doch jeder schien seinen eigenen Gedanken nachzuhängen. Die Wut in meinem Körper war endgültig verpufft und zum ersten Mal wollte ich den Wesen nicht den Hals umdrehen.

Nach einer Weile kam Albis mit einem Haufen an Holzscheiten zurück. Das Knistern des Feuers war beruhigend, doch Suris' Fragen hatten mich zurück in diese grausame Zeit in der Waffenschmiede versetzt. Zurück in eine Zeit des Schmerzes und des hoffnungslosen Wartens.

»Unsere Eltern waren dort«, brach Suris irgendwann die Stille.

Mein Blick hob sich. Noch nie hatte ich ein solches Geschöpf in Eribon gesehen. Stumm fragend musterte ich das kleine Männchen.

»Baumjäger gelten als besondere Delikatesse«, brachte Suris mit zusammengekniffenen grünen Lippen heraus. Meine Augen weiteten sich entsetzt.

»Oh Gott«, murmelte ich.

Der grüne Baumjägerjunge erhob sich und blickte mich mit einem traurigen Blick an. »Wir hielten sie für Freunde, doch sie haben uns betrogen. Immer und immer wieder.«

»Yhunix sind grausam«, ertönte plötzlich eine tiefe, raue Stimme hinter mir. Überrascht huschte ich herum und blickte in Cynes blitzende Augen. Ein Gefühl der Beruhigung überkam mich, als ich ihn in dieser munteren und gesunden Verfassung sah. Sein gesamtes Äußeres schien sich erholt zu haben. Ich wollte aufspringen, doch hielt mich im letzten Moment zurück.

Er hat dich manipuliert, Nuraya. Er ist nicht dein Freund.

Die Stimme hatte Recht, weshalb ich es dabei beließ, ihm ein leichtes Lächeln zu schenken. Seine Augen leuchteten wieder in dem wundervollen Grün, wobei das Violett mit einem so großen Gegensatz dagegen strotze wie noch nie zuvor. Seine Haut war nicht mehr so blass wie vorhin und seine Haare fielen ihm nun wieder in sanften pechschwarzen Strähnen ins Gesicht.

Langsam kam er auf mich zu und musterte mich mit festem Blick, wobei ich nicht anders konnte, als vor Ungewissheit die Luft anzuhalten.

»Das ist einer der Gründe, warum ich das Schwert brauche, Nuraya.«

Ich seufzte innerlich. Das war also das Einzige, was zählte?

»Wozu brauchst du es noch?« Meine Stimme klang heiser. Ich musste die Wahrheit wissen. Jetzt.

Angespannt musterte ich ihn, doch er machte augenblicklich dicht. »Das sollte nicht deine Sorge sein.«

»Es betrifft mich aber. Du kannst nicht hier aufkreuzen und mich zwingen, dieses verdammte Schwert zu suchen.« Die Worte waren lauter als beabsichtigt, doch diesmal blieb Cyne ruhig.

»Ich erzähle es dir, wenn der Zeitpunkt gekommen ist.«

»Seit wann bestimmst du, wann der richtige Zeitpunkt ist?«, fauchte ich. Er machte mich verrückt.

»Nura, ich muss zu diesem Schwert. So schnell es geht.« Er sprach langsam, fokussierte meinen Blick bei jeder Silbe.

Er dachte, dass er die Oberhand über mich hatte? *Pff.*

Wütend verschränkte ich die Arme vor der Brust: »Wie schon gesagt, ich weiß nicht-«

Cynes Kopfschütteln unterbrach mich. »Du wirst dich erinnern.«

»Ich kann aber nicht!« Lauter als gedacht schrie ich ihn an. Gehetzt sprang ich nach oben, weshalb er kurz den Blick verhärtete.

»Weshalb solltest du nicht können?!« Seine Stimme war dunkel, sein Blick scharf. Jetzt war ich es, die den Kopf schüttelte. »Ich habe einfach keine Zeit.«

Ein unmenschlicher Laut drang aus Cynes Mund, eine eisige Kälte überzog den Waldboden.

»Was beansprucht denn deine Zeit?!«

Die wütenden Gesten seinerseits machten mich nervös, Erinnerungen überkamen mich, weshalb mein Blick seine Gestalt verletzt musterte.

»Ich. Muss. Meine. Schwester. Retten«, sagte ich mit all der Kraft in meinem Körper. Ich hoffte, dass Cyne mich endlich verstehen würde, jedoch wurden seine Augen noch eine Spur kälter. Es war, als würden sie nun endgültig gefrieren.

»Und sie ist dir wichtiger als unsere Welt?!« Seine Stimme bebte.

Verwirrt und erniedrigt musterte ich seinen vibrierenden Körper.

»Was hat die Befreiung meiner Schwester mit unserer Welt zu tun? Die Suche nach dem verdammten Schwert hat Zeit.«

»Nein, hat sie nicht.«

Aufgebracht blickte ich zwischen Cyne und den stummen drei Gestalten hin und her.

»Wieso sagt ihr denn nichts dazu?!« Meine Stimme klang gereizt, mein Kopf pochte.

Fast als hätten sie mich nicht gehört, ignorierten die Geschöpfe mich und traten tiefer in den Wald hinein, sodass mir die Sicht zu ihnen versperrt wurde. Wütend schnaufte ich auf.

»Ich habe deinen Brief gelesen.« Cynes Stimme war leise, aber keineswegs entschuldigend.

Nein, nein, nein, nein.

Mit aufgerissenen Augen starrte ich ihn an.

Unmöglich.

Mein Blick wanderte langsam zu seinem Gesicht, er stand kaum einen halben Meter von mir entfernt. Wutentbrannt schnaubte ich auf. Was erlaubte er sich?

Ich tat das Erste, was mir einfiel und verpasste ihm eine schallende Ohrfeige. Meine Hand schmerzte, doch sein Gesicht wurde nicht einmal ein klein wenig rot. Das ließ mich noch wütender werden, ehe ich aber auf ihn einschlagen konnte, umfasste er sanft meine Handgelenke.

»Nura.« Seine Stimme war mild.

»Wag es ja nicht, mich wieder zu verzaubern«, kreischte ich und versuchte mich aus seinem Griff zu befreien.

Damit kam er nicht durch. Dieser Brief war alles, was ich noch hatte.

»Beruhige dich«, redete er weiter. Diesmal zog er mich ganz nah, sodass ich glaubte, einige Sommersprossen auf seiner Nase sehen zu können.

Fasziniert beobachtete ich das flüssige Violett in seinen Augen, während sich mein Herzschlag allmählich wieder beruhigte. Cyne war einzigartig und wunderschön.

»Siehst du, geht doch.« Langsam ließ er meine Handgelenke los. Seine Augen leuchteten sanft, doch das rasende Gefühl in meiner Brust verschwand nicht.

»Du hast es schon wieder getan«, knurrte ich, riss mich aber zusammen, um mich nicht erneut auf ihn zu stürzen.

Cyne sagte kein Wort dazu, schien aber nicht abgeneigt, mich erneut in seine Arme zu schließen.

»Wo ist der Brief?«, fragte ich weiter, die Augen längst wieder zu zwei Schlitzen verzogen. Bedächtig zog Cyne einen zerrissenen Brief aus seiner braunen Hosentasche hervor, musterte mich kurz eingehend und reichte ihn mir schließlich. Seine Augen funkelten wie zwei Smaragde.

Davon würde ich mich dieses Mal nicht ablenken lassen. In meinem Inneren hatte sich längst wieder ein unbeschreiblich wütendes Gefühl aufgekeimt, welches mein Herz zum Beben brachte.

Ehe ich überhaupt nachdenken konnte, entriss ich ihm das Stück Papier und schrie unkontrolliert: »Wie kannst du es wagen, meine Sachen zu nehmen?!«

Etwas unbeholfen blickte ich auf den Zettel in meinen Händen, langsam segelte der beige Umschlag zu Boden. Zerrissen und verdreckt.

»Wie konntest du nur?« Salzige Tränen tropften auf das edle Papier. Mein Herz zitterte vor Entsetzen.

»Nura.« Cynes Stimme wirkte gefasst, vorsichtig wollte er meinen Unterarm berühren, jedoch war ich schneller und schlug seine Hand weg. Mit zusammengekniffenen Augen blickte ich zum ihm auf.

»Für dich immer noch Nuraya«, fauchte ich. »Fass mich ja nicht an.« Die Tränen rannen meine Wangen hinab, während ich, den Brief fest an meine Brust gedrückt, einige Schritte nach hinten taumelte.

»Du musst lesen, was in dem Brief steht.« Cyne versuchte ruhig zu bleiben, jedoch musste auch er gegen seine wütende Seite ankämpfen.

Ruckartig schüttelte ich den Kopf. »Garantiert nicht«, spuckte ich ihm vor die Füße und drehte mich um. Die Tränen verschleierten meine Sicht, während ich mich durch das dunkle Gestrüpp kämpfte. Immer schneller rannte ich in den Wald hinein, ohne nachzudenken. Ich musste weg von alldem.

Wie konnte ich nur tief in meinem Inneren glauben, dass Cyne ein guter Mensch wäre?

Ich hätte schon viel früher gehen sollen. Spätestens, als Cyne von meiner Familie gesprochen hatte, von Vaters Erbe, hätte ich ihn verlassen müssen. Eigentlich hätte ich nie bei ihm noch weitere Tage und Nächte verbringen dürfen.

Jeder vergangene Tag war ein verlorener Tag. Die spitzen Äste fuhren mir über das Gesicht, die Striemen brannten, doch ich wurde nicht langsamer.

Gewiss hatte ich mir erhofft, Cyne würde mir helfen, zu Alyria zu gelangen. Ich schnaubte wütend auf. Ich hatte gehofft, er würde mich verstehen.

Kraftlos ließ ich mich an einem Baum hinab gleiten. Meine Hände zitterten, der Brief war längst in zwei Teile gespalten. Ich schaffte das nicht allein. Ein Schluchzer verließ meinen Mund, die Tränen schienen sich in meine

Wangen zu brennen. Der Brief war meine einzige Chance gewesen.

Ich hatte versagt. Erneut.

»Nura?« Unruhig schallte seine Stimme durch den Wald.

Verräter.

Ein weiterer schluchzender Laut kam über meine Lippen. Er hatte mich benutzt. Kraftlos legte ich meinen Kopf auf die Knie und machte mich so klein, wie es nur ging. Niemals würde ich ihm erneut die Chance geben, über meinen Körper zu herrschen.

»Nura, wo bist du?« Seine Stimme wurde lauter, ein paar Äste knackten in meiner Nähe.

»Geh weg«, brummte ich leise, nicht stark genug, meiner Stimme Ausdruck zu verleihen.

Dumpfe Schritte schienen näher zu kommen, ängstlich verdeckte ich mein Gesicht mit Hilfe meiner Hände. Eine Hand legte sich sanft auf meine Schulter. Ich zuckte zusammen. »Lass mich.« Meine Stimme zitterte.

Ich hörte, wie er sich zu mir herabbeugte, raue Hände umschlossen die meinen.

»Nura, du musst mir zuhören.« Seine Stimme war weich und zärtlich, fast wie eine Melodie. Er versuchte es schon wieder. Ich schüttelte ruckartig den Kopf und murmelte mit bockiger Stimme: »Geh weg, Cyne.«

Mit dem Daumen fuhr er über meinen Handrücken. »Nura.« Seine Stimme klang ermahnend.

Ruckartig schoss mein Kopf nach oben. Meine Augen verwandelten sich zu schmalen Schlitzen.

Reflexartig schrie ich ihn an: »Was? Was ist, Cyne?«

Er zuckte nicht einmal.

»Ich bin hier, um dir zu helfen«, brachte er mit zusammengepressten Lippen hervor. Anscheinend musste er schon wieder stark gegen sein Inneres ankämpfen.

Er durfte mich von sich stoßen, wann immer er wollte, aber ich hatte nicht einmal das Recht, fünf Minuten allein zu sein?

Ein Schnauben verließ meinen Mund. »Helfen?! Wobei hast du mir geholfen? Dieser Brief«, ich deutete auf das zerknitterte Papierstück in meinen Händen, »war die einzige Möglichkeit, das Leben meiner Schwester zu retten.«

»Diese Vereinbarung war doch von Anfang an nicht gültig«, zischte Cyne, während sein Händedruck stärker wurde.

Meine Augen weiteten sich vor Entsetzen.

Das konnte er nicht gesagt haben.

»Du-« Mehr brachte ich nicht heraus, da ich mich vor Fassungslosigkeit selbst unterbrach. Wütend versuchte ich erneut ihn – irgendetwas an ihm – zu schlagen. Ohne Erfolg.

»Du hast doch nicht etwa geglaubt, dass die Yhunix deine Schwester einfach so freilassen, oder?«

Cynes Stimme war ein einziger, dunkler Hauch. Ich musterte seine Augen, die langsam wieder ins Dunkelgrüne übergingen. Ich musste mich zusammenreißen.

Ich zuckte mit den Schultern und versuchte, seinem bohrenden Blick zu entkommen.

»Nura …«, tadelte Cyne in einer tiefen, bedrohlichen Stimme und trat einen Schritt nach vorn. Nervös sprang ich nach oben und zog meine Hand aus der seinen. Cynes Körper schien von Sekunde zu Sekunde mächtiger. Ängstlich taumelte ich einige Schritte zurück. Ich schaffte das nicht mehr. Cyne jagte mir Angst ein, von Sekunde zu Sekunde mehr.

»Lass mich bitte«, flüsterte ich leise und hielt schützend die Arme vor mein Gesicht.

Aus seiner Kehle drang nur ein tiefes, mörderisches Lachen. »Du bist so naiv, Nura«, murmelte er mit einem blutbegierigen Funkeln in den Augen. Mein Herz bebte unter der dünnen Jacke, die ich trug, meine Hände wurden feucht. Mit dumpfen Schritten kam er näher, grob griff er nach meinen Händen, während sein Oberkörper meinen streifte. Langsam leckte er sich über die Lippen, verführerisch streifte sein Blick meine Augen. »Wieso kannst du mir nicht einfach glauben? Alles an dir macht mich verrückt, ich halte das langsam nicht mehr aus.« Seine Augen funkelten, mein Mund wurde ganz trocken.

Nein, nein, nein, nein.

Ich biss die Zähne zusammen und riss mich von seinem charmanten Grinsen los. Dieses Mal nicht.

»Lass mich verdammt nochmal in Ruhe, Cyne«, rief ich und stieß mit einer kräftigen Bewegung gegen seine Brust. Überrascht taumelte er einige Schritte nach hinten.

Seine Augen funkelten bedrohlich. »Ich kann dich nicht in Ruhe lassen, gottverdammt, verstehst du das nicht? Ich bekomme dich einfach nicht mehr aus meinem Kopf.« Jedes seiner Worte war gespannt, seine Hand hatte er längst wieder zur Faust geballt.

Oh nein.

Nein, nein, nein.

Mein Herz flimmerte nervös, meine Kehle wurde ganz trocken. Er schnaufte und biss sich unruhig auf die Lippen. Vorsichtig machte er einen Schritt in meine Richtung, die Augen fest auf meinen bebenden Körper gerichtet.

Ich schüttelte heftig den Kopf.

Diesmal würde er mich nicht um den Finger wickeln.

»Ich muss Alyria retten.« Ich legte all den Schmerz in meine Worte, in der Hoffnung, er würde endlich verstehen. Doch er schüttelte nur ruckartig den Kopf.

»Ich brauche dich. Du musst mich zu dem scheiß Schwert bringen! Das Mädchen muss sich selbst retten«, fauchte er und machte einen Satz auf mich zu. Ich sprang rechtzeitig nach hinten und presste mich an eine der hohen Tannen. Das war ein gefährlicher Tanz und wenn ich nicht aufpasste, würde er die Oberhand über meinen Körper gewinnen.

Bestimmt schüttelte ich den Kopf. »Ich muss gar nichts. Und schon gar nicht für dich!«

»Naives Kind! Wenn wir verlieren, verlierst du auch sie«, spuckte er mir ins Gesicht.

Seine Augen funkelten dunkler als das Grün der Bäume. Diesmal konnte ich ihm nicht schnell genug ausweichen.

Mit seinen Händen packte er mich an den Schultern, mit der linken fuhr er unter meine Beine und hob mich hoch. Ich strampelte, doch er ließ mich nicht los.

»Ich habe jahrelang auf diese Chance gewartet. Du wirst mich zu diesem Schwert bringen, und wenn es das Letzte ist, was du tust!«

Kapitel 19

Mein Herz setzte für einen Moment aus.

»Was hast du gesagt?« Mein Atem ging schnell, jeder Teil seines Körpers ließ mich von innen heraus gefrieren.

»Ich brauche dieses Schwert, warum verstehst du das nicht?« Diesmal klang er verletzlich, seine Stimme zitterte. Mein Kopf war einziger hohler Raum. Alles um mich herum drehte sich.

Und wenn es das Letzte ist, was du tust.

Mein Herz schien von innen heraus zu verbrennen. Eine ungewohnte Leere machte sich in meinem Körper breit. Ich klammerte mich an seinen Hals, vermutlich wäre ich ohne seine Hilfe zusammengesackt.

»Wozu brauchst du das Schwert?« Ich hatte keine Kraft mehr, meine Stimme klang heiser.

»Unsere Welt wird untergehen.« Dieses Mal klangen seine Worte gefasst. »Die Yhunix planen den Untergang. Die Prophezeiung wird wahr.«

Unter seine Augen hatte sich ein dunkler Schatten gelegt. Unruhig schluckte er.

»Welche Prophezeiung? Die Erzählungen über die Schimmer? Die Legenden, in denen Menschen wie du die Welt retten können?«, fragte ich und drückte mich etwas von seiner Brust ab, um ihm ins Gesicht blicken zu können.

Der Schimmer, die Brücke der Welt, führt die Welt zum Sieg oder stürzt sie in den Tod.

Ich glaubte mich an die Zeilen erinnern zu können, gleichzeitig wollte ich die Worte nicht glauben.

»Nein, die Prophezeiung der Welt. Das Gleichgewicht ist zerstört«, erwiderte Cyne.

Ich verstand ihn nicht, doch ich fragte nicht noch ein weiteres Mal. Er schien sich nicht völlig von der Welt abzuschotten, vielmehr plante er etwas in den Tiefen des Waldes. Und ich schien ein Teil davon zu sein.

Zumindest wenn es nach ihm ging.

Der Weg zur Hütte zog sich ewig, doch Cyne machte keine Anstalten, mich herunterzulassen. Insgeheim war ich ihm dankbar.

Er hatte mir gesagt, weshalb er das Schwert brauchte, selbst wenn seine Worte auch jetzt nicht mehr als ein riesiges Chaos in meinem Kopf waren.

»Wir brechen sofort auf«, bestimmte er, als wir an der kleinen Holzhütte ankamen. »Gebt ihr eine Jacke, ich kann diesen Anzug nicht mehr sehen.«

Ich schluckte. Er wirkte nervös, doch die Dunkelheit schien nicht erneut in seinen Körper zurückgekehrt zu sein. Vielmehr schien es, als wäre er *motiviert.*

Albis schmunzelte, während sie ihn beim Klettern beobachtete. »Ihr tut ihm gut.«

Ich runzelte die Stirn und wollte gerade etwas erwidern, als Suris grob nach meinem Handgelenk griff. Eingehend musterte er mich. »Tut was er verlangt, Herrin. Er wird sich nicht ewig dagegen stemmen können. Widersprecht ihm nicht, wenn er in einer wütenden Stimmung ist. Und-«, kurz warf er einen Blick zu seiner Schwester, die ihm beruhigend zunickte, »gebt ihm nicht die Schuld an seinem Verhalten. Er ist auch nur ein Mensch.«

Noch während er diese Worte sagte, kletterte er die lange, instabile Leiter empor.

Ich zwang mich, ruhig weiter zu atmen.

Du kannst alles schaffen, was du willst, kamen mir Großmutters Wörter erneut in den Sinn. Ich würde einen Weg finden. Oben angekommen nahm ich auf einem der Stühle Platz. Mir entging nicht, wie Cyne mich musterte, wobei ich ihm dieses Mal mit offenen Augen entgegnete.

Es könnte funktionieren.

»Beweg dich nicht.« Sein Blick blieb an dem zerknitterten, tränennassen Brief in meinen Händen hängen, »Du musst den Brief lesen.« Danach verschwand er im Nebenraum. Unsicher blickte ich auf meine schmutzigen Hände, die den mittlerweile völlig verdreckten Brief umklammerten.

Vorsichtig öffnete ich das edle Papier, wobei einige Erdklumpen zu Boden fielen. Mit meinen schlammigen Händen wischte ich über die schwarzen Buchstaben und begann zu lesen.

Valerio, alter Freund,

hat sich der Bote, der mir deine Antwort überbringen soll, verlaufen? Seit Wochen warte ich auf deine Rückmeldung!

Ich bin enttäuscht, musst du wissen, so dachte ich doch, dass wir einander unterstützen würden.

Und gerade jetzt ist Unterstützung dringend vonnöten.

Ich hoffe, du hast meine Briefe sorgfältig gelesen, die Sklavin, die ich zu dir schicke, sollte dein Gedächtnis ein wenig auffrischen.

Da du meinen Wünschen nicht von selbst nachgekommen bist, muss ich nun wohl zu anderen Mitteln greifen. Es schmerzt mich, dass gerade du, ein so alter Freund, meine großartigen Pläne nicht unterstützen zu wollen scheinst.

Als König der Eribonländer, Zerstörer der Menschenstadt Bergk und Herrscher über die Besitztümer Ryans veranlasse ich, dass die geteilte Stadt Windorw mir ihre volle militärische Stärke zur Verfügung stellt.

Menschen sollen leiden.

Menschen sollen sterben.

Unterzeichnet

Der König Eribons

Immer wieder las ich die vorletzte Zeile.

Menschen sollen leiden. Menschen sollen sterben.

Mein Herz schien zu explodieren, meine Hände ließen das Blatt zitternd zu Boden fallen. Voller Entsetzten starrte ich auf den Tisch.

Oh nein.

»Verstehst du, was ich dir sagen wollte?«

Ich machte mir nicht einmal die Mühe, meinen Kopf zu heben, um Cyne anzuschauen. Still starrte ich auf meine leeren Hände. Ich hatte den verdammten Brief die ganze Zeit in meiner Brusttasche gehabt. Cyne legte seine Hand auf meine Schulter, während er das Blatt aufhob. Ich zuckte kurz zusammen, doch seine Berührung war sanft.

»Sie wollen die Menschen vernichten.« Meine Stimme hallte lautlos durch den Raum, seine Hand verhärtete sich minimal an meiner Schulter.

Tod. Die Yhunix wollten den Krieg.

Ich wusste, dass die Yhunix nicht davor zurückschreckten, ihre Feinde zu vernichten. Doch die Worte nun schwarz auf weiß in diesem Brief – einem Brief, den ich überbringen sollte – lesen zu müssen, ließ mich beinahe durchdrehen.

Bergk war gerade einmal der Anfang. Wenn der feindliche König erst einmal Nuria geschlagen hatte, hätten die Menschen keine Zuflucht mehr.

Valencien, wie wir es kannten, würde untergehen.

Vorsichtig spürte ich Cynes Fingerspitzen an meinem Kinn, langsam drehte er meinen Kopf zu sich. Ich blickte mit tränengefüllten Augen in die beiden sorgenvollen Smaragde.

»Wir brauchen das Schwert. Ohne das magische Metall werden wir alle in Eribon landen«, wiederholte er seine Worte, diesmal langsam, aber nicht weniger bedeutend.

Ich nickte nur. Gewiss hatte ich keine Ahnung von den Kräften des Schwertes, doch der Schmerz in Cynes Augen

– der Schmerz in meinem Herzen – sagte mir, dass es die richtige Entscheidung sein würde.

Cyne nickte nur und Erleichterung blitzte in seinen Augen auf. »Danke«, war das Einzige, was er sagte, ehe er im Nachbarraum verschwand.

Kraftlos ließ ich meinen Kopf nach vorn sinken, wobei mir einige weiße Strähnen ins Gesicht fielen. Mit zitternden Händen griff ich nach einer solchen Strähne und drehte sie gedankenverloren zwischen meinen Fingerkuppen. Ich dachte an Alyria.

An meine Alyria. Nicht an die junge, geschwächte Frau in den Fängen der Feinde, die all ihrer Kraft beraubt worden war. Sondern an das kleine Mädchen in ihr, das heimlich Mutters Plätzchen stibitzte und sich nachts in mein Zimmer geschlichen hatte, um einer alten Geschichte zu lauschen.

Ich dachte an meine zerbrechliche, kleine Schwester, die alles Gute in dieser Welt verdient hätte.

Wenn ich Cyne jetzt folgte und wir sofort nach dem Schwert suchten, hätte ich keine Chance, rechtzeitig nach Eribon zurückzukehren. Mein Herz setzte einen Moment aus, während ich an die dunkle Mine dachte.

Das Bild von Alyria in der erdrückenden Hitze ließ mich zusammenzucken. Nervös umklammerte ich den Brief fester.

Andererseits wusste ich, dass die Yhunix nur auf den geeigneten Moment warteten, um anzugreifen. Der Feind war barbarisch. Ich konnte nicht wissen, was sie meiner Schwester mittlerweile angetan hatten. Oder was passieren würde, wenn Ryan sich tatsächlich für den Krieg rüstete. Die Hauptstadt der Yhunix war stark und ich wusste nicht, wie viele Stützpunkte sie in der Umgebung aufgebaut hatten. Selbst ohne die Unterstützung Windorws wären sie uns klar überlegen.

Tränen verfingen sich in meinen Wimpern, geschlagen keuchte ich auf.

Allein der Gedanke an einen möglichen Krieg ließ mich am gesamten Körper erschaudern.

Nein, ich hielt das nicht mehr aus. Die Freiheit, nach der mein Körper lechzte, schien mit diesem Brief weiterhin unmöglich. Valenciens Bürger wären unter der alleinigen Herrschaft der Yhunix nie frei. Stöhnend griff ich an meine Stirn. Wenn wir das heilige Metall finden würden, besäßen die Menschen zumindest zwei Schwerter. Das Schwert der Trolle war sicherlich tief in den Minen Troniens, wenn das Schwert der Feen jedoch in unseren Händen liegen würde, hätten wir vielleicht sogar eine Chance.

Erst der Sieg würde uns die Freiheit schenken.

»Wir müssen los, Nura«, hörte ich Cyne knapp hinter mir sagen. Ich nickte geistesabwesend, unfähig, mich zu bewegen.

Das Blut rauschte in meinen Ohren. Ich wollte meine Schwester nicht im Stich lassen, doch ich hatte keine Wahl.

Es gab keinen anderen Weg.

Die Erkenntnis fuhr wie ein Blitz durch all meine Venen. Mein Herz zitterte, meine Atmung ging schwach. Ich würde einem Stimmungswandler vertrauen und ihm das Schwert übergeben müssen. Der Kloß in meinem Hals wuchs. Was, wenn ich mich einmal nicht gegen die dunkle Seite an ihm wehren konnte? Würde es ihm leidtun, mich verletzt zu haben? Ich zwang mich, die Gedanken hinfort zu schieben. Das Schwert war der Schlüssel zu Alyrias Freiheit. Dem Leben, welches sie verdiente. Panisch schnappte ich nach Luft, während meine Beine mechanisch aufstanden.

Ich hatte keine Wahl. Ich musste ihm vertrauen.

Die Dunkelheit trieb mich in den Wahnsinn. Bei jedem Knacken zuckte ich zusammen.

Laut Cyne dauerte es knapp drei Tage, bis wir den Wald nördlich des Ryangebirges verlassen könnten. *»Die*

Yhunixsoldaten können sich überall verstecken, wir müssen vorsichtig sein«, hatte er gesagt. Dass wir uns die gesamte Zeit anschweigen würden, hatte er jedoch nicht erwähnt.

Die ersten beiden Tage machte mir diese Stille nichts aus. Ihn zu ignorieren war keine schwere Sache, zumal er sowieso die meiste Zeit wütend vor mir her stampfte.

Am dritten Morgen hätte ich ihn beinahe erwürgt, so sehr nervte es mich, dass er anscheinend kein einziges Wort mit mir sprechen wollte. Die Baumjäger, die neben uns hertrotteten, hatten am Anfang versucht, die Stimmung etwas aufzulockern, leider ohne Erfolg.

Ich selbst hatte mich keinmal dazu ermutigen können, den ersten Schritt zu wagen. Immer wenn ich Luft holte, um etwas zu fragen, ballten sich seine Hände zu Fäusten und sein Schritttempo verdreifachte sich. Ich musterte jedes Mal seinen angespannten Rücken und vergaß die Frage dabei fast wieder. Was es nicht unbedingt einfacher machte. Innerhalb der Zeit, in der wir uns nur durch das dunkle Gestrüpp kämpften, hatte er siebzehn kleine Wutanfälle. In den Nächten sprang er sechs Mal auf und schlug wahllos auf einige Äste ein. Ich stellte mich schlafend, und doch versuchte ich jedes Mal mitzuzählen, um eine Struktur aus diesem Gefühlswechsel entwickeln zu können. Denn ich hatte Angst, Cyne im falschen Moment anzusprechen.

Mit all dem Zählen und Nachdenken war das Sprechen schließlich in den Hintergrund geraten.

»Wo hast du das Schwert versteckt?« Seine Stimme nach diesen langen Tagen endlich wieder hören zu können, ließ mich erleichtert aufseufzten. Er hatte sich, zum ersten Mal, zu mir umgedreht und musterte mich nun langsam. Mir war dieser Blickkontakt immer noch sehr unangenehm. Schnell wandte ich den Blick ab.

»In den Silber-Hügeln«, flüsterte ich leise. Zum einen da ich es noch nicht riskieren wollte, Cyne erneut zu erzürnen, zum anderen da ich Angst hatte, Spione Eribons würden dieses Waldstück beschatten.

Letztes erschien mir nach genauerem Überlegen jedoch unglaubwürdig. Yhunixsoldaten mochten schlau sein, doch sie hielten sich ungern im Verborgenen auf. Vielmehr hätten sie uns längst in Zwei geteilt. Cynes Augen wurden ein klein wenig größer, nachdenklich fuhr er sich durch die schwarzen Haare. »Der Ort ist gut gewählt doch …«, kurz überzog seinen Mund ein kleines Schmunzeln, »… es wird schwierig werden, das Schwert zu finden. Ich habe gehört, jeder Stein gleicht dem nächsten.«

So sehr ich dagegen ankämpfte, auch meine Mundwinkel hoben sich für den Bruchteil einer Sekunde. »Ja, das stimmt wohl.«

»Glaubst du, du würdest den Ort wiedererkennen?« Cynes Stimme war leise, seine Miene angespannt. Vorsichtig nickte ich, ehe ich die dicke Jacke, die Suris mir in die Hand gedrückt hatte, ein Stück enger zog.

Ich musste den Ort einfach wiederfinden.

Zwischen Cyne und mir herrschte jetzt schon eine angespannte Stimmung, die nicht so einfach verfliegen würde. Und wenn wir das Schwert nicht fanden, hätte ich auch in Eribon bleiben können.

Er erwiderte mein Nicken, ehe er sich wieder nach vorn drehte und die gefühlt endlose Wanderung fortsetzte.

Ich stöhnte innerlich.

Würden wir uns jetzt den ganzen Weg anschweigen?

»Cyne?« Meine Stimme klang heiser. Er drehte sich um, musterte mich lediglich stumm.

Ich zögerte, sprach dann aber doch die Frage aus, die mich die gesamte Zeit beschäftigt hatte: »Du hast gesagt, ich bin die, die du die gesamte Zeit gesucht hast. Ist es wegen des Schwertes, weil ich dich zu ihm führen kann?«

Meine Stimme wurde mit jedem Wort leiser, mein Herz sehnte sich nach seiner harmonischen Stimme.

Gemächlich blieb er stehen, während er behutsam nach meinen Schultern griff. Ein warmer Schauer durchzog meinen Körper und Hitze schien mir ins Gesicht zu fließen.

Seine langen Wimpern verdeckten das strahlende Grün, bis er mich überlegend musterte. »Du bist eine Erbin. In allen großen Heldengeschichten spielen die Nachfahren der Erbauer unserer Welt eine wichtige Rolle.« Er lachte leise und seine Finger fuhren über das Mal, welches Manis mit seinen kleinen Fingern hinterlassen hatte. »Ich weiß es nicht«, sagte er ehrlich, während sein Blick wieder zu meinem Gesicht fuhr. »Dein Kampfgeist ist unglaublich und ich glaube nicht, dass du die Minen ohne Grund überlebt hast.«

Unsicher blickte ich zu ihm auf, ein Lächeln lag auf seinen vollen Lippen. »Du kennst das Leid, welches den Gefangenen Eribons widerfährt. Dein Rücken erzählt ganze Romane.« Sein Lächeln wurde von einem ernsten Blick überschattet. Ich öffnete den Mund, schloss ihn aber sogleich wieder.

Ich wollte gar nicht wissen, woher er das wusste.

»Bergk haben die Yhunix schon völlig zerstört. Übrig blieben Erinnerungen, schmerzhafte Erinnerungen.« Sein Blick hob sich erneut, Verzweiflung machte sich in seinen Augen breit. »Was ist, wenn die ganze Menschheit nur noch eine Erinnerung ist?«

Ich wurde nervös, blickte unruhig hinab zu Albis, welche tröstend nach meiner Hand gegriffen hatte.

»Die sieben Schwerter wurden einst für Gerechtigkeit geschaffen. Mit dem versteckten Schwert besitzen wir lediglich zwei, eins liegt in der Hand der Trolle und drei der Schwerter befinden sich schon im Besitz der Yhunix. Die Schwerter sind heilig, nahezu magisch. Was denkst du passiert, wenn die Yhunix die Macht der Schwerter endlich erkennen und wir uns nicht zur Wehr setzen können?«

Die dunklen Bilder, die ich mir in meinen Gedanken ausgemalt hatte, schienen mit seinen Worten Realität zu werden. Ich schluckte, unfähig meine überwältigenden geistigen Gebilde auszusprechen. Schreckliche Abfolgen von vergangenen Bildern spielten sich vor meinem inneren Auge ab.

Ich erinnerte mich an das hilflose Gefühl, welches sich in meiner Brust ausgebreitet hatte, jedes Mal, wenn eines der Kinder in meinen Armen verstarb. Ich hatte so vielen von ihnen nicht helfen können. Unbewusst beschleunigte ich meine Schritte.

Ich hatte geschrien, als sie ihre leblosen Körper unsanft gepackt und aus der Zelle gezerrt hatten. Ich hatte mich geweigert, meine Arbeit zu verrichten.

Zwecklos.

Instinktiv griff ich mit meiner linken Hand über die Schulter an meinen Rücken. Die vielen kleinen Schnitte waren gerade einmal der Anfang. Unter der Hand der Yhunix würden Tausende ihr Leben lassen.

Angst kam in mir auf, brachte meinen Körper zum Beben. Hilflos versuchte ich mir selbst Halt zu schenken, doch meine Hände zitterten unkontrolliert.

Die Stärke, die Cyne in mir sah, war eine Lüge. Keiner der Helden hätte seine Familie in den Fängen des Feindes gelassen, keiner von ihnen hätte sich durch seine Gefühle leiten lassen.

Der ganze Schmerz schien jeden Teil meines Körpers zu belagern, meine Beine wurden weich. Ich reckte den Kopf zum Himmel und schrie, lauter, als ich es je getan hatte. Das Feuer in meinem Körper schwächte mich, mein Kopf schien längst zu zerspringen. Ich mobilisierte all die Kraft in meinem Körper und rannte, rannte immer weiter, ohne die Umgebung überhaupt noch wahrzunehmen.

»Nura.«

Mein Herz blieb einen Moment stehen, ein erschrockenes Keuchen verließ meine Lippen. Der Klang der Stimme war rau und herrisch, aber keineswegs so wie der der Yhunix. So war er doch zugleich süß und schützend.

Starke Hände umschlossen meine Taille, während jemand langsam eine weiße Strähne aus meinem blassen Gesicht strich. Ich weinte weiter, legte meinen Kopf jedoch gegen den weichen Oberkörper der Person, die anscheinend meinen Namen gerufen hatte.

Die Kopfschmerzen wollten nicht nachlassen, jedoch beruhigte mich der Duft, der mich umgab. Es hatte etwas Vertrautes, Schützendes. Langsam atmete ich ein und aus, mein Körper zitterte, wobei die Wärme der Person langsam die tauben Glieder erhitzte.

Plötzlich jedoch verspürte ich einen Druck, der von der Person ausging. Meine einzelnen Finger krallten sich schlagartig in weichen Stoff am Rücken meines Beschützers. Ich wollte ihn nicht loslassen, nie wieder. Ich wollte, dass er bei mir blieb.

Ich wollte Frieden, Freiheit für alle.

Eine neue Welle der Verzweiflung überfiel mich, es war, als hätte man mich einem Bären zum Fraß vorgeworfen. Ich schluchzte laut auf, hämmerte meinen Kopf mehrmals gegen die Brust des Mannes. Salzige Tränen durchnässten sein Oberteil.

»Nura«, sagte er leise, nachdem mein Schluchzen verstummt war. Harmonie umgab seine Stimme. Kurz dachte ich, die Zeit würde stehen bleiben. Alles war ruhig und friedlich.

Tiefe Atemzüge belebten meine strapazierten Lungen.

Langsam fuhr ich mir noch immer zitternd über die tränenverschleierten Augen.

Mit einer immer klareren Sicht überkamen mich auch wieder sämtliche Probleme und Ängste, weshalb ich am liebsten wieder angefangen hätte zu weinen. Mein Herzschlag verdoppelte sich, erstickte Schluchzer drangen bereits aus meinem Mund.

»Psst …« Cyne strich mir beruhigend über die Haare. Vorsichtig hob ich den Kopf und blickte dabei in zwei strahlende Augen.

Mein Herz wurde schlagartig warm. Ich umschloss seinen breiten Körper und versuchte mich vollkommen auf seinen Herzschlag zu konzentrieren.

Bumm, Bumm, Bumm.

Ich schloss die Augen, während ich nur diesem einen Ton lauschte und jegliche äußeren Geräusche ausblendete. Es klang so vollkommen und gleichmäßig.

Erneut musste ich meinen Blick heben und hauchte ein lautloses »Danke.«

Cyne lächelte schwach, ehe er sanft nach meinem Kinn griff. Jedes Hautstück, welches von seinen rauen Fingerspitzen berührt wurde, begann augenblicklich zu kribbeln. Nach wenigen Sekunden schien mein ganzes Kinn von Ameisen übersäht. Nur schöner.

Ich musterte seine Augen, die mittlerweile fast völlig in violetter Farbe leuchteten. Selbst das kleinste bisschen Grün war verschwunden. Fasziniert und gleichzeitig aufgeregt blickte ich zu ihm auf und dabei war es so, als würde ich in seine Seele blicken.

Langsam schlossen sich seine Lider, lange Wimpern verdeckten die strahlende Farbe, ehe sein Blick an meinen Lippen hängen blieb.

Mein Herz begann zu rasen, nervös biss ich mir ein wenig auf die Lippe.

Ich wollte ihn. Jeder Teil meiner Seele schrie danach, sich diesem berauschenden Gefühl hinzugeben. Cyne nahm die Angst von meinem Körper und belebte meine Sinne. In seiner Nähe schien plötzlich alles möglich zu sein.

Ich wollte diesen Frieden so sehr, dass es in meiner Brust schmerzte. Cyne musterte mich abwartend, beinahe als überließe er mir dieses Mal die Entscheidung. Ich spürte das Ziehen in meiner Brust und wie von selbst nickte ich.

Seine Augen schienen den Sternen in der Nacht Konkurrenz machen zu wollen, während er sich sanft zu mir hinab beugte. Ich versuchte mir jeden einzelnen Augenblick genau einzuprägen, doch das Blut rauschte so laut in meinen Ohren, dass ich kaum etwas anderes wahrnahm.

Als seine Lippen die meinen trafen, war es, als hätte man einen Stern in meinem Inneren zerspringen lassen. Mein ganzer Leib schien von innen mit Sternenstaub bedeckt zu werden. Ich bebte am gesamten Körper, doch er hielt mich fest umschlungen.

Ich gab mich seiner Magie vollends hin. Mir war es egal, ob er mich verzauberte oder meine Seele beeinflusste. Das war alles, was ich je wollte. Und das berauschende Gefühl nahm kein Ende.

Keuchend, fast schon gierig schnappte ich nach Luft, ehe ich erneut meine Lippen mit den seinen verschmolz.

Er schmeckte nach Tannengrün und Zucker, eine Mischung, die ich bis zum jetzigen Zeitpunkt verabscheut hätte. Doch er schmeckte vertraut und hoffnungsvoll. Es schien, als legte er all seine Geheimnisse in diesen Kuss, und ich betete, dass es nie enden würde.

Vorsichtig berührte seine Zunge meine Lippen. Überrascht und völlig überwältigt von dem Gefühl, welches diese kleine Geste bewirkte, öffnete ich meinen Mund und schon ließ er seine Zunge zwischen meine Lippen gleiten.

Mein ganzer Körper stand unter Spannung, als er meine Zungenspitze berührte. Es war ungewohnt, aber schrecklich aufregend. All die ungesagten Dinge zwischen uns schienen vergessen, im Moment konnte ich nicht genug von ihm bekommen. Er fuhr begehrend unter die Soldatenkleidung, streifte mir die Jacke mühelos von den

Schultern. Ich knöpfte sein Hemd auf und fuhr stöhnend über den hart geformten Bauch.

»Cyne«, japste ich, während ich begierig versuchte meinen Körper mit ausreichend Luft zu versorgen. Wir mussten aufhören oder ich würde vollends meinen Verstand in diesem Wald verlieren. Meine Brust vibrierte, meine Lippen waren taub.

Auch er taumelte zwei Schritte zurück. Rasch hob und senkte sich sein Brustkorb, während er die Hände auf den Oberschenkeln abstützte.

Jede seiner ruckartigen Bewegungen spiegelte meine Gefühle in diesem Moment wider. Die Magie tanzte um meinen Körper, und all meine Glieder tanzten mit ihr.

Die schwarzen Strähnen fielen in Cynes verschwitztes Gesicht, während er sich bedächtig über die vollen Lippen leckte.

Ich versuchte dem Drang zu widerstehen, diese Lippen sofort wieder in Beschlag zu nehmen, was jedoch eine Herausforderung darstellte, die ich nie für möglich gehalten hätte.

Es war, als hätte man die Zeit um uns herum angehalten. Der Wald war völlig still, die Bäume schienen heller als je zuvor, während Sonnenstrahlen langsam meine Nase kitzelten.

»Das war-«, keuchte auch er, stockte aber wieder, um einen großen Atemzug zu nehmen.

»Atemberaubend«, vervollständigte ich ihn noch immer mit schwacher Stimme und fuhr mir durch die weißen Haare, welche ungeordnet über meine Schultern fielen. Wir ergänzten einander perfekt, sein Haar war so dunkel, meins leuchtete hell. Ich hätte in diesem Moment alles gegeben, dass dieser Zauber blieb. Der Zeitpunkt, in dem ich die vergangenen Momente bereute, blieb aus. Ich lächelte sanft. Jeder Teil meines Körpers wollte genau das hier.

Cynes Augen funkelten begeistert, ehe sein Blick auf einen Punkt hinter mich fiel und sich schlagartig verhärtete.

Immer noch mit einem leichten Lächeln auf den Lippen drehte ich mich um, wobei ich mitten in der Bewegung stockte.

Vorsichtig trat ich mehrere Schritte zurück, wo mich zwei starke Arme auffingen. Ich neigte den Kopf ein wenig nach hinten, um Cyne ins Gesicht blicken zu können, doch er starrte nach wie vor regungslos zu der Person vor uns.

All die belebenden und wundervollen Sekunden zuvor schienen vergessen. Angst übermannte meinen Körper, kleine Härchen stellten sich auf meinen Armen auf. Ich griff nach der Soldatenjacke und zog sie mir schützend über die Brust, ehe ich zitternd nach Cynes eiskalter Hand griff. Er regte sich nicht einmal.

»Junges Liebesglück ist eine berauschende Sache, nicht wahr?«

Kapitel 20

»Was wollt Ihr?«, fragte Cyne leise, jedoch immer noch mit der Stärke in der Stimme, die ich auch zu Beginn unseres Kennenlernens bemerkt habe.

Mein panischer Blick schwankte zwischen seinen immer dunkler werdenden Augen und den Spitzen der Pfeile, die auf unsere Körper zeigten, hin und her.

Ohne Zweifel waren wir auf zwei Yhunixsoldaten gestoßen, die uns penetrant musterten. Beide besaßen lange Haare, die bei jeder anderen Rasse auf fragende Blicke gestoßen wären, bei diesen jedoch ordentlich und gepflegt aussahen. Ihre Rüstung glänzte. Ich fragte mich, wieso zwei Yhunixsoldaten völlig abseits jeglicher Stützpunkte waren, kam aber zu dem Schluss, dass wir uns längst an der Grenze des Finsterwaldes befinden mussten.

Unruhig wippte ich auf der Stelle umher, ohne den Blick von den Pfeilen abzuwenden.

»Hüte deine Zunge!«, spuckte der rechte Soldat. Cyne schnappte aufgebracht nach Luft.

Oh nein.

Meine Hand umschloss die seine ein wenig fester, in der Angst, die Wut in seinem Körper könnte jeglichen menschlichen Teil in ihm verdrängen. So hell wie seine Augen noch vor wenigen Sekunden gestrahlt hatten, so dunkel funkelte jetzt das mordlustige Grün.

Die beiden Soldaten kamen näher, weshalb Cyne und ich vorsichtig mehrere Schritte nach hinten traten. Mir entging nicht, wie er mit der rechten Hand sein Schwert umschloss.

Der Bogen brannte auf meinem Rücken, ich wagte es aber nicht, Cynes eisige Hand loszulassen. Ich zitterte, die Zähne schlugen laut aufeinander, doch ich zwang mich, die Augen keine Sekunde zu schließen.

»Steck das Schwert weg, Junge!«, knurrte der größere der beiden Yhunix, was Cyne mitten in der Bewegung stocken ließ. Er brummte leise, sein Gesichtsausdruck war längst nicht mehr zu retten.

Mein Blick schwankte zwischen den beiden muskulösen Männern hin und her, die mich lüstern musterten. Ich zog die Jacke eng an meinen Körper und biss mir auf die Lippen. Der Geschmack von Blut – meinem Blut – betäubte mich, sodass sich mein ruckartiger Atem verlangsamte. Ich betete zu Mutter Natur uns zu verschonen. Ich hatte nicht alles dafür getan, vor den Feinden zu fliehen, nur um jetzt wieder in ihren Fängen zu landen. Mutig steckte ich den Rücken durch.

»Was wollt Ihr?«, wiederholte ich Cynes anfängliche Frage, jedoch leiser und weniger mit dem Wunsch, den Kopf der Soldaten abzuhacken. Yhunixsoldaten liebten das Gefühl der Macht und Erhabenheit.

Der beiden Männer warfen sich einen wissenden Blick zu, ehe einer schmutzig grinsend einige Schritte näherkam.

»Dich, Süße!«, rief er laut, ohne den Blick von mir zu nehmen. Mir war, als hätte man mir einen Schlag in die Magengrube verpasst. Jegliches Essen, das ich heute zu mir genommen hatte, kam schlagartig wieder hoch.

Cyne bäumte sich neben mir auf und trat schützend einen Schritt vor mich, das Schwert mittlerweile mit beiden Händen umschlungen. »Sicher nicht!«, rief er knurrend.

Wäre die Situation nicht so angespannt gewesen, hätte ein kleines, dankbares Lächeln meine Lippen umspielt. Unter den gegebenen Umständen verspürte ich gerade einmal, wie mein Herz einen Hüpfer machte.

Die Soldaten stießen ein Grollen aus, binnen eines Wimpernschlages standen sie bereits mit erhobenem Bogen vor uns. Die Pfeilspitze war nicht einmal mehr drei Meter von meinem Kopf entfernt. Die Spitze der dunkelbraunen Pfeile zerteilte in meinen Gedanken längst meine blasse Stirn.

Ich wollte Cyne an die Schulter greifen, ihn beruhigen, er schüttelte jedoch meine Hand ab.

Als er sich zu mir umdrehte, war all das Violett in seinen Augen verschwunden. Überfordert presste ich die Hände zusammen. Jede Stimmungsschwankung könnte größte Folgen hinter sich ziehen.

»Cyne.« Meine Stimme zitterte. Er ignorierte mich und schob mich stattdessen noch ein Stück nach hinten.

»Was ist, Junge? Fürchtest du dich?«, fragte der kleine Soldat.

»Ihr werdet nicht an sie rankommen« knurrte er und hob das Schwert ein wenig höher. Ein spöttisches Lachen drang aus der Kehle des Yhunixsoldaten.

»Und wie ist es mit diesen Geschöpfen hier?«, grinste der Größere. Kurz deutete er mit einem Nicken nach rechts. Cynes Blick schoss in die gezeigte Richtung, entsetzt weiteten sich seine Pupillen.

»Nein«, keuchte er und ließ ruckartig das Schwert sinken. Ich drehte mich ebenfalls um, stockte aber mitten in der Bewegung. Meine Hände zitterten, mein Atem ging viel zu schnell. Hinter den dunklen Bäumen traten zwei weitere Yhunixsoldaten hervor. Ich musste nach Luft schnappen, als ich das spöttische Grinsen von Jornar erkannte.

Nein, nein, nein, nein.

»So sieht man sich also wieder«, sagte er grinsend, während er Albis grob hinter sich herzog. Das Baumjägerweibchen stöhnte schmerzerfüllt auf.

Cyne wollte einen Schritt auf die Männer zugehen, wurde aber durch einen Pfeil, welcher haarscharf an seinem Gesicht vorbeiflog, gebremst. Sein Brustkorb hob und senkte sich rasch, dennoch schien es, als würde der Sauerstoff seine Lungen nicht erreichen. Sein Mund öffnete sich, fast als wolle er etwas sagen, er schloss ihn aber sogleich wieder.

Entsetzt blickte ich zu dem dünnen Pfeil, der nun hinter uns in einem der hohen Bäume steckte.

Wäre Cyne auch nur zwei kleine Sekunden schneller gewesen, hätte der Pfeil ihn-

Ängstlich versuchte ich mir diesen grausamen Gedanken aus dem Kopf zu schlagen, während ich mit meiner Hand wieder nach Cynes Arm griff.

»Was ist, Junge? Hat es dir die Sprache verschlagen?«, grunzte einer der Yhunixsoldaten belustigt. Die anderen drei lachten gehässig, wobei mein ganzer Körper von einem eisigen Wind erfasst wurde.

»Lasst sie!« Cynes Stimme klang tief und herrisch. Ich wagte es nicht, ihm noch einmal in die Augen zu blicken, es war längst zu spät. Die kleinen Wesen stöhnten leise.

Er bäumte sich neben mir auf, ohne Mühe riss er sich aus meinem Griff los. Panisch warf ich einen Blick zu den Feinden. Selbst wenn er mir in dieser Phase schreckliche Angst einjagte, so würde es die Yhunix gewiss nicht davon abhalten, die drei Baumjäger und mich gnadenlos zu erschießen. Und die Spitze des Pfeiles stand immer noch auf Augenhöhe.

Ich versuchte Cyne an den Schultern zu packen, ihn festzuhalten, doch er wich mir geschickt aus.

»Verschwinde, Nura«, knurrte er, während er kampflustig das Schwert in die Höhe regte.

Entsetzt schüttelte ich mit dem Kopf. »Tu das nicht«, wisperte ich. Ich versuchte die Tränen in meinen Augen zurückzudrängen.

»Geh!« Verzweiflung lag in Cynes Stimme, ehe sein Blick wieder auf seine drei Freunde fiel. Seine Hände zitterten, doch ich wusste, dass er diese Wesen nicht kampflos aufgeben würde.

»Lasst sie gehen.« Das tiefe Knurren aus Cynes Kehle verursachte ein nervöses Ziehen in meiner Brust.

Ich wollte zu ihm rennen, ihn festhalten, doch meine Beine waren wie gelähmt. Stumme Hilfeschreie drangen aus meiner Kehle, unfähig, Cyne jetzt noch zu stoppen.

»Und wenn nicht?« Ein tiefes, dunkles Lachen drang aus Jornars Mund. Mit langen Schritten schloss er den letzten Raum zwischen ihm und Cyne.

Die Spitze des braunen Pfeils ruhte wenige Zentimeter vor dessen Stirn. Es war, als würde mein Herz stehen bleiben.

»Wie ist es nun?«, fragte der andere Yhunix, während sein Blick auf mir lag.

Cyne wollte sein Schwert heben, doch viel zu schnell berührte die eiserne Spitze bereits seine makellose Stirn. Ruhig lag sie auf der angespannten Haut, bohrte ein kleines Loch hinein. Cyne verzog keine Miene.

Regungslos starrte ich auf das Blutrinnsal, das sich über seine Stirn schlängelte. Ich rührte mich weder, noch schrie, weinte oder zitterte ich. Es war, als hätte man die Zeit angehalten.

Und ich tat nichts. Ich hätte zu ihm rennen können, den Yhunix niederschlagen können, doch ich tat es nicht. Der Bogen auf meinem Rücken brannte, doch ich traute mich nicht, nach ihm zu greifen. Ich war wie festgefroren.

»Ich schlage Euch einen Handel vor.« Die Worte des Yhunixsoldaten schienen unglaublich weit entfernt zu sein, und gleichzeitig war es, als würde er direkt neben mir stehen. »Das Mädchen gehört uns, die Wesen bekommt Ihr zurück.«

Ich hörte, wie Cyne aufschnaufte, ignorierte es aber. Langsam, beinahe automatisch setzte ich einen Fuß vor den anderen. In meinem Kopf schien ein Schalter umgelegt worden zu sein, mein Körper handelte wie von selbst. Und ich ließ es zu.

Die Wesen bekommt ihr zurück.

Die kleinen Gestalten gehörten zu ihm. Ich dachte an die Wärme, die in seinen Augen lag, als er über Manis gesprochen hatte. Ich durfte nicht der Grund sein, weshalb sie getrennt wurden. Gleichzeitig kamen mir Suris' Worte in den Sinn und ich konnte gewiss nicht zulassen, dass die Wesen auf den Tellern von barbarischen Soldaten landeten.

Ich lief vorbei an Cyne, vorbei an den Baumjägern, die mich entsetzt anstarrten, direkt in Jornars Richtung.

Zurück in die Hölle. Und ich zitterte nicht einmal.

Aus dem Augenwinkel sah ich, wie der Yhunix seinen Pfeil senkte und stattdessen Jornar Albis abnahm.

Ich spürte Cynes Hand, welche sich an meiner Schulter festklammerte, schaffte es aber, sie ohne Mühe wegzuschieben. Vorsichtig wandte ich mich zu ihm um.

»Es hätte nie anders sein dürfen«, wisperte ich leise, sodass es kaum möglich war, dass man mich verstand. Dennoch sah ich, wie sich seine Augen weiteten.

»Nura.« Seine Stimme bebte, sein Blick schwankte zwischen mir und den drei kleinen Geschöpfen. Ich lächelte kurz, nickte dankbar und trat weitere Schritte nach vorn.

Ich spürte, wie sich Jornar gierig an mir festkrallte, doch es interessierte mich nicht.

Ich sah, wie die anderen die Baumjäger losließen und diese mit kleinen, tapsigen Schritten hinter ihrem Herren Zuflucht suchten.

Immerhin logen die Yhunix nicht. Ich atmete rasselnd ein und blickte langsam in Cynes Augen. Jegliches Dunkelgrün war verschwunden, eine neue, unglaublich beeindruckende Farbe mischte sich mit dem jetzigen Ton.

Das Gelb ließ Cynes Augen panisch aufleuchten, bereitete mir eine Gänsehaut, die all meine Härchen aufstellte. Ich wünschte, jemand könnte diese Augen malen, noch nie hatte ich etwas Außergewöhnlicheres gesehen.

»Verschwinde jetzt, Bursche!«, hörte ich den Yhunix hinter mir sagen, während er grob nach meinem rechten

Handgelenk griff. Ich stolperte, ehe ich meinen Blick von Cynes panischen Augen abwenden musste. Dankbar warf ich einen Blick in den Himmel. Die Götter verschonten sein Leben.

Die dumpfen Schritte der Yhunixsoldaten hallten durch den Wald. Ich hatte meinen Blick noch immer nach hinten gerichtet, Cynes Silhouette war jedoch nur noch ganz schwach zu erkennen. Ein trauriges Lächeln lag auf meinen Lippen, viel zu schmerzhaft und schnell war unser Abschied gewesen. Leise hauchte ich ein stummes »Danke« in die zurückliegende Richtung, während warme Tränen meine Wangen hinabtropften.

Dies war womöglich einer der schwersten Abschiede meines Lebens.

»Schneller, Mädchen.« Jornar zog erneut an meinem Handgelenk. Die Haut unter seinen Handflächen brannte, ich verzog das Gesicht, bemühte mich aber noch schneller als bisher zu laufen. Die Kleidung klebte an meiner Haut, während ich kaum mit den Yhunix mithalten konnte. Wenn wir noch weiter in diesem Tempo durch den Wald rannten, könnten sie mich auch gleich begraben.

Jornar seufzte, ehe er seinen Männern zu verstehen gab, dass sie anhalten sollten. Unsicher blickte ich zwischen den vier Soldaten hin und her. Der kleinste Mann hatte meinen Bogen mit den bloßen Händen in Zwei geteilt, ich wollte gar nicht daran denken, zu was sie noch alles fähig sein würden.

Gefühlte Stunden waren vergangen, seitdem wir uns von Cyne getrennt hatten, und jede einzelne Sekunde hatte ich zutiefst bereut. Wir hatten den dunklen Wald längst hinter uns gelassen. Vor uns erstreckte sich ein Meer aus moosbewachsenen Felsen und gelb leuchtenden Blumen.

Ich wollte stark sein. Ich wollte Cyne zeigen, was es mir bedeutete, in seinem Haus Zuflucht gefunden zu haben.

Doch jetzt fühlte ich mich wieder wie das kleine, naive Mädchen, welches dachte, es könne Bergk vor dem Untergang bewahren.

Unsicher versuchte ich meine ertaubte Hand aus den Fängen der langen, schlanken Finger zu befreien, scheiterte jedoch. Die makellose Hand verhärtete sich stattdessen, weshalb ich schmerzerfüllt das Gesicht verzog.

»Hast du Angst?«, fragte der größte der Männer plötzlich, während er ein Stück nach vorn trat. Wie von selbst trat ich einen Schritt zurück, schüttelte jedoch den Kopf. Ein dunkles Lachen drang aus den Kehlen der Yhunix.

»Du wirkst aber ein wenig ängstlich«, lachte ein etwas kleinerer Yhunix und umkreiste mich wie ein Tier seine Beute. Ich schluckte, versuchte mir meine Angst aber nicht anmerken zu lassen.

»Ich glaube, wir waren doch nicht fertig, als wir uns das letzte Mal gesehen haben«, flüsterte Jornar mit kratziger Stimme in mein Ohr. Erschrocken zuckte ich zusammen, unfähig, Abstand zu ihm zu gewinnen. Der größte Soldat lachte spöttisch auf. »Nun mach schon.« Er fuhr unter die dicke Jacke von Cyne, ohne mich aus den Augen zu lassen.

Ich biss die Zähne aufeinander, zwang mich jedoch, seinen eisigen Augen entgegenzublicken.

Die Finger des Yhunix' brannten auf meiner Haut, doch ich ließ zu, wie er mir beide Jacken auszog. Je weniger ich mich wehrte, desto geringer war der Schmerz.

»Wo ist der Brief?«, fragte Jornar, während er die Taschen durchsuchte. Unruhig musterte ich ihn. Der große Yhunix schien langsam die Geduld zu verlieren, riss sich aber zusammen und blickte ebenfalls nach hinten.

»Er hat ihn«, sagte ich leise. Jegliche Gedanken an Cyne schafften es erneut, einen Teil meines Herzens aufzureißen. Ruhig versuchte ich, ein und aus zu atmen.

»Wer? Dein kleiner Freund?«

Ein schreckliches Lachen drang aus den Mündern der Yhunix, weshalb ich mir am liebsten die Ohren zugehalten hätte. Stumm nickte ich.

»Lüg mich nicht an«, fauchte Jornar, während er weiterhin in den Jackentaschen wühlte. Aufgebracht schleuderte er die Jacke einige Meter in den Wald. Der Yhunix vor mir riss kräftig an meinen Haaren, sodass mir die Tränen in die Augen stiegen.

Ich zuckte unbeholfen die Schultern, unfähig, etwas zu erwidern. Nachdem ich den Brief gelesen hatte, hatte Cyne ihn schnell wieder in seine Brusttasche gesteckt, ohne dass ich etwas dagegen hätte tun können.

Jornar stöhnte genervt auf, ehe er sich durch die Haare fuhr.

»Wir hätten ihn umbringen müssen«, knurrte er mit zusammengebissenen Zähnen.

»Wir haben das Mädchen«, entgegnete der andere Yhunix, während er meinen Oberarm erneut fest umschloss.

»Das Mädchen ist wertlos. Man wird mich hinrichten.« Jornar fluchte leise.

»Nicht, wenn sie Informationen hat. Was stand in dem Brief?«, erwiderte der kleinste Yhunix interessiert. Er musterte mich, während er mich langsam umkreiste. Ich schluckte und zuckte nervös mit den Schultern. »Ich weiß es nicht.«

Innerlich hoffte ich, dass sie das Spiel mitspielen würden. Diese vier Soldaten durften auf keinen Fall erfahren, dass ich auch nur ein Wort dieses Briefes gelesen hatte.

Der Griff an meinem Oberarm wurde abermals stärker. »Die Wahrheit, Kleine.« Der Yhunix leckte sich über die Lippen. »Oder ich werde etwas ganz Böses mit dir anstellen.«

Mein Herz setzte für einen kurzen Moment aus. Ich wusste nicht, ob es seine plötzliche Nähe war oder die gehauchten Worte, die eine unbändige Energie durch meine Adern stießen. Ohne jegliche Kontrolle holte ich mit dem linken Arm aus und verpasste dem Yhunix einen Schlag in Halsbeuge, sodass er für den Bruchteil einer Sekunde meinen Arm losließ. Diesen nutze ich und riss mich von ihm los.

Weder er noch die anderen Yhunix hatten mit so einer Bewegung gerechnet, so hatte ich einige Sekunden Vorsprung, bis sie aus ihrer Starre fielen. Meine Gedanken wirbelten wild umher, vermutlich sehnte sich mein Körper nach dem Tod.

Das wütende Keuchen und die dumpfen Schritte auf dem steinernen Boden spornten mich zusätzlich an.

Immer stärker beschleunigte ich die Geschwindigkeit, meine Füße schienen geradezu über dem Boden zu schweben.

Ich wagte es nicht, mich umzudrehen, zu sehr hätte das meine Schnelligkeit gemindert. Und ich wusste nicht, wo ich hinsollte. Hier auf dem freien Feld war ich den Yhunix schutzlos ausgeliefert. Mein Kopf schellte nach rechts und links, mein Atem ging bereits in ein Keuchen über. Ich musste mich zwischen den Bäumen verstecken, ohne die schützenden Stämme könnten sie mich jederzeit einholen.

Panisch versuchte ich meine Geschwindigkeit ein weiteres Mal anzuziehen, als ich plötzlich spürte, wie ein Pfeil in unmittelbarer Nähe an meinem weißen Haar vorbeiflog. Ich zog scharf die Luft ein und achtete für eine Sekunde nicht auf die kleinen Steine, die auf dem Boden lagen. Ich stolperte und taumelte wild umher.

Nein, nein, nein.

Mit voller Wucht überschlug ich mich und blieb letztendlich mit schmerzverzogenem Gesicht auf dem kiesähnlichen Boden liegen. Vor meinen Augen tanzten leuchtende Sterne, in meinem Kopf schien sich alles zu drehen.

Ich versuchte mich aufzurappeln, irgendwie von hier wegzukommen. Meine Beine knickten jedoch wie von selbst wieder ein.

Es war zwecklos.

Das Letzte, was ich bemerkte, waren keuchende Geräusche und ein dumpfer Schlag in meine Halsbeuge, bis ich in ein Land der völligen Dunkelheit versank.

Kapitel 21

Hell. Dieses Wort schoss mir sofort in den Kopf, als ich langsam wieder zur Besinnung kam. Ich musste blinzeln, die Sonne schien meine Augen verbrennen zu wollen, während kleine Sterne in meinem Kopf umhertanzten.

«Ich glaube, sie kommt zu sich.« Laute Stimmen zerbrachen die göttliche Ruhe, die zuvor in meinem Kopf geherrscht hatte. Stöhnend und noch immer mit geschlossenen Augen versuchte ich mich an die vergangenen Stunden zu erinnern, doch mein Kopf schien wie leergefegt. Ich wollte meine Arme heben, mich strecken, doch irgendetwas hinderte mich daran.

Mehrmals blinzelte ich, ehe das Bild vollends scharf wurde.

Entsetzt riss ich die Augen auf. Mein Kopf flog von rechts nach links. Das Quietschen der Eisenfesseln drang in mein Ohr.

Bitte nicht.

Scheu blickte ich in die Masse, die sich gaffend vor mir versammelt hatte. Die eisblauen Augen, die mich zu Hunderten musterten, jagten mir einen grausigen Schauer ein. Die Soldaten schienen interessiert, einige hatten sich entspannt mit einem Bier zurückgelehnt.

»Gut geschlafen, Kleine?«

Mein Blick wanderte langsam nach rechts und ich erkannte Jornar, der mich anscheinend an diesen Ort verschleppt hatte. Zögerlich nickte ich, um überhaupt irgendeine Regung zu zeigen.

Bleib stark, Nuraya.

»Das freut uns doch besonders«, sagte der große Yhunix zynisch, während er über meine Wange fuhr.

»Was wollt ihr?« Meine Stimme war kratzig. Ich wollte mir an den Hals fassen, jedoch wurde ich durch die schweren Fesseln gehindert. Stumm fluchte ich, als mich ein ziehender Schmerz durchfuhr. Ein Lachen ging durch die Menge, einige Soldaten prosteten sich mit den Gläsern zu. Mein Blick verfinsterte sich.

»Wütend, Kleine?«, lachte einer der anderen Yhunix, während Jornar ihm grinsend auf die Schulter klopfte.

»Farrukh, die Kleine weiß gar nicht, wie ihr geschieht. Schau doch ihr verängstigter Gesichtsausdruck.« Belustigt griff er an meine linke Wange, weshalb ich empört aufschnaufte. Die Soldaten lachten rau auf.

»Ich werde dich ein wenig aufklären« Jornar grinste triumphierend, fast als freue er sich, dass niemand anderes diese Aufgabe übernommen hatte.

»Wir befinden uns hier in Zestiria, einem der größten Yhunixstützpunkte.« Unsicher schluckte ich.

Zu viele Yhunix, zu wenig Fluchtmöglichkeiten.

»Wie du wahrscheinlich bereits geahnt hast, ist auch dein zweiter Fluchtversuch gescheitert.«

Schulterzuckend deutete er auf die schweren Eisenketten, die meine Arme in Schach hielten.

Ich versuchte, ein knurrendes Geräusch aus meiner Kehle zu locken, doch es klang vielmehr nach einer sterbenden Katze. Die Masse lachte erneut. »Da wir aber fantastische Gastgeber sind …«, setzte Farrukh grinsend an, »… haben wir dir sogar ein kleines Gastgeschenk gemacht.«

Genervt verdrehte ich die Augen. Einhundert Yhunix zu versammeln, war gewiss kein Geschenk.

»Aus dem Weg«, schallte jedoch plötzlich eine mir bekannte Stimme durch die Massen. Entsetzt hielt ich die Luft an.

Das konnte nicht wahr sein.

Jornar musterte mich grinsend, ehe auch sein Blick auf die sich teilende Menge schwenkte.

Durch den breiten Gang schritt niemand anderes als gerade der Mann, den ich nie wieder in meinem Leben sehen wollte. Meine Augen weiteten sich, wären meine

Hände nicht gefesselt gewesen, hätte ich sie mir entsetzt vor den Mund geschlagen. Mein Puls schoss in die Höhe, panisch versuchte ich mich von dem Holzpfahl loszureißen.

»So sieht man sich wieder.«

Mein Blick wanderte automatisch ein Stück nach rechts. Mein Herz setzte einen Moment aus, Tränen sammelten sich in meinen Augenwinkeln.

»Nura.« Ihre Stimme zitterte, mein Atem ging flach. Ihre Haare waren gelockt und strahlten in der Sonne eine unglaubliche Eleganz aus. Ihr unglaublich schöner Körper steckte in einem weit fallenden Kleid. Sie lächelte, doch ich wusste, dass es nur zur Schau war, zu sehr strahlte die Besorgnis in ihren Augen.

Immer wieder schwankte mein Blick zwischen ihr und ihm hin und her, bis mein Kopf brummte. »Wieso?«, war das Einzige, was ich über meine Lippen brachte.

Alyria trat zögerlich einige Schritte nach vorn und wischte vorsichtig eine Träne aus meinen Augen. Ihre zärtliche Geste durchfuhr meinen Körper, panisch schnappte ich nach Luft.

»Nura«, flüsterte sie sanft. Für einen kurzen Moment schloss ich die Augen, zu schön war es, sie wiederzusehen.

»Wieso?«, wiederholte ich und rüttelte an meinen Fesseln. Ich wollte sie umarmen. Ich wollte sie halten.

Mirnas grinste schadenfroh. »Wie schön es doch ist, dich wiederzusehen.« In mir tobte ein schrecklich großer Sturm. Meine Hände zitterten, während ich fieberhaft überlegte, weshalb meine Schwester mit diesem Tyrannen so weit von der Hauptstadt entfernt war.

Alyria versuchte weiter, die Tränen hinfort zu wischen, die unaufhörlich meine Wangen hinuntertropften, doch ihre Hände ertranken in der Flüssigkeit.

»Nicht weinen, Nura«, flüsterte sie leise, ehe sie sich erneut zu dem Prinzen Eribons umdrehte.

»Mein Vater war so dumm, zu glauben, das Leben deiner Schwester wäre dir Ansporn genug, keine Dummheiten zu begehen. Doch anscheinend hat er sich getäuscht«, sagte der Prinz leise, während er mich spöttisch grinsend musterte. Ich schluckte, wagte es nicht, zu Alyria zu blicken.

Ich hatte sie im Stich gelassen. Nie würde ich mir das verzeihen können. Der Prinz persönlich hatte sie in der Hand.

»Zum Glück haben mich die Götter mit Weisheit gesegnet.«

Die Menge grölte.

»Du hattest nie vor, den Brief zu überbringen«, sagte er lachend, während er langsam durch meine Haare fuhr. Alyria schluchzte.

»Ich-«, setzte ich leise an, doch Mirnas schüttelte ruckartig den Kopf.

»Der Streit meiner besten Soldaten hat dir die Chance gegeben, zu fliehen. Ich wusste, dass du fliehen würdest.« Er lachte und schlug bei Jornar ein. Entsetzt musterte ich den Soldaten, der in die Menge strahlte und siegreich die Hand in die Luft reckte.

Der Streit war geplant gewesen?

Die Gedanken wirbelten in meinem Kopf umher, ich wünschte, einen Moment die Zeit zurückdrehen zu können. Glasklar sah ich Jornar und die anderen Soldaten vor mir. Sie stritten lautstark und gaben mir das Gefühl, unbeobachtet flüchten zu können. Dabei hätte ich mir eigentlich denken können, dass sie mich keine Sekunde aus den Augen gelassen hatten. Sie wurden in Ryan ausgebildet, kein Soldat wäre so unfähig. Natürlich hatten sie mich gehen lassen. Auf einmal erschien alles ganz logisch. Am liebsten hätte ich mir gegen die Stirn geschlagen.

Mirnas wusste, dass ich bei der erstbesten Gelegenheit fliehen würde und dass er mich dann vor allen zur Schau stellen konnte. Vermutlich hatte er sogar den gesamten Wald umstellen lassen.

Fluchend ließ ich den Kopf gegen den Holzstamm sinken.

Wie hatte ich das übersehen können?

Alyria musste denken, ich hätte sie freiwillig in den Fängen dieser Wesen gelassen. Panisch warf ich ihr einen Blick zu, doch ihre Augen waren ganz warm.

»Es ist alles gut«, flüsterte sie lautlos, während ein sanftes Lächeln auf ihren Lippen lag. Laut ließ ich die Luft aus meinen Lungen entweichen. Nichts anderes war wichtig.

»Weniger erfreulich ist, dass der Brief nicht mehr bei dir ist«, knurrte Mirnas dicht neben mir. Seine Worte waren schmerzhafter als sein fester Griff um mein Kinn. Abschätzig musterte er mich, das Blau in seinen Augen schien gefroren zu sein.

»Hast du eine Erklärung dafür?«

Ich schüttelte ruckartig den Kopf. Mirnas lachte nur und packte meine Schwester an der aufwendigen Frisur. Ich rüttelte an den Fesseln, das Keuchen meiner Schwester lief wie in Dauerschleife in meinem Kopf.

Ich wollte die Augen zusammenkneifen, doch gleichzeitig starrte ich wie gebannt auf das silberne Schwert, welches Mirnas quälend langsam hervorzog.

Alyria wimmerte und plötzlich schien es, als wären wir zurück in Eribon. Zitternd holte ich Luft.

»Wem hast du den Brief gegeben? Dem Widerstand? Hattest du in den Minen Kontakt zu den Rebellen?« Seine Worte stachen wie Pfeile.

Ich schüttelte abermals den Kopf, starrte gebannt auf Alyrias schmerzverzogenes Gesicht.

»Lüg mich noch einmal an und du kannst ihr Blut vom Boden aufwischen!«, fauchte er und zog das Schwert noch näher an ihren Hals. Alles in mir drehte sich, panisch versuchte ich mich aus den schweren Ketten zu befreien. Alyria zitterte, hilflos umklammerte sie Mirnas' Unterarm.

Ich antwortete ihm nicht, selbst wenn ich es gewollt hätte, wäre es unmöglich gewesen. Cyne war kein Rebell und den schwarzen Raben hatte er sich ebenfalls nicht angeschlossen, falls diese überhaupt existierten.

Mirnas schnaubte genervt auf. »Der gesamte Wald ist umstellt. Wir werden ihn finden. Und ich kann dir versprechen, das wird kein schönes Ende nehmen.« Er fauchte, ehe er das Schwert vom Hals meiner Schwester entfernte und sie abschätzig musterte.

Panisch versuchte ich meine Lungen wieder mit Luft zu füllen, unfähig die Augen von meiner zappelnden Schwester abzuwenden. »Bitte.« Meine Stimme war brüchig, jeder Teil von mir stand unter Spannung.

Mein Leben war zum Scheitern verurteilt, doch Alyria musste leben. Mirnas verdrehte die Augen.

»Nuria wird fallen und das wirst auch du nicht verhindern.« Mit einem Ruck ließ er Alyria fallen, ehe sein Blick wieder auf mich fiel. »Und du wirst dem Untergang nicht beiwohnen können.«

Alyria schnappte nach Luft, während ich keinen Ton über die Lippen brachte. Ich würde sie verlieren. Die Menschen würden ihre Hauptstadt verlieren.

Die Prophezeiung der Welt wird wahr.

Das unbändige Gefühl in meiner Brust wuchs mit jedem Atemzug, unruhig schüttelte ich den Kopf.

»Nuria könnte niemals fallen.«

Mirnas lachte spöttisch, ehe er sich neben meine Schwester kniete und ihr eine dunkle Strähne aus dem zitternden Gesicht strich.

»Nuria ist schwach. Es ist nur eine Frage der Zeit.«

Mein Mund war trocken, die Bilder von Bergks Untergang kamen mir in den Sinn.

»Also, versteckt sich der Widerstand in diesem erbärmlichen Wald?« Mirnas griff grob nach meinem

Kinn und drückte es ohne große Anstrengungen nach oben. Ich kniff die Augen zusammen, doch der Druck um meinen Hals verstärkte sich. Das Blau seiner Augen brannte sich direkt unter meine Haut. Sein Haar glänzte honiggolden, sein Gesicht strahlte nur so vor Makellosigkeit.

»Nein«, brachte ich heiser hervor. Alyria, deren Blick noch immer auf mein Gesicht geheftet war, atmete erleichtert auf.

Mirnas seufzte und drehte sich zur Menge um. »Ist das eine Lüge?« Die Männer grölten.

»Auf den Scheiterhaufen mit ihr!«, rief einer laut. Die Soldaten um ihn herum johlten zustimmend. Ich riss die Augen auf, fast als hätte ich mich verhört.

Mirnas grinste überlegen und spielte mit dem Knauf seines Schwertes. Anfeuernde Rufe kamen aus der Masse. Ich konnte an nichts anderes mehr denken und starrte wie gebannt auf das silberne Metall.

»Der Tod sollte ein Geschenk für dich sein«, sagte Mirnas, ehe er sich langsam aufrichtete. Alyria drückte sich ebenfalls nach oben und umklammerte Mirnas' Unterarm.

»Mein Prinz, bitte nein. Bitte, habt Erbarmen.«

»Schweig«, entgegnete Mirnas angespannt. Sie schluchzte auf, ehe ihre Augen erneut zu mir flogen. Hilflos fiel sie vor mir auf die Knie.

»Sie ist meine Schwester, Herr«, flüsterte sie mit gesenktem Blick.

»Schweig, Weib.«, brummte Mirnas dunkel, weshalb sie ängstlich zusammenzuckte. Mit einer klaren Geste deutete er meiner Schwester zu verschwinden. Zitternd klammerte sie sich an meine Brust. Ihre Tränen konnte sie längst nicht mehr zurückhalten.

»Psst«, flüsterte ich ihr beruhigend ins Ohr, während in mir ebenfalls ein unermüdlicher Sturm tobte.

»Verschwinde«, murrte Mirnas erneut und trat mehrmals gegen ihre Rippen, um sie zum Aufstehen zu bewegen.

Trotzig schüttelte sie den Kopf, die Hände noch immer fest um mich geschlungen. Mirnas' Geduld schien hingegen endgültig am Ende, wütend packte er Alyria am Hals.

»Was hast du an meinen Worten nicht verstanden?«

Die Menge johlte, während er Alyria unsanft auf den Boden schleuderte.

Meine Augen verwandelten sich binnen weniger Sekunden in zwei schmale, wütende Schlitze. »Ihr solltet Eure Wut nicht an ihr auslassen«, sagte ich, der mordslustige Blick auf Mirnas gelegt. Dieser funkelte mich mit seinen eisblauen Augen an. »Hast du etwas gesagt, Sklavin?«, fragte er höhnisch grinsend. Ich schloss für einen Moment die Augen und versuchte mir das schmerzende Gefühl in der Brust nicht anmerken zu lassen. Der Prinz wusste zu gut, wie sehr ich dieses Wort verabscheute. Als ich sie wieder öffnete, sah ich gerade noch, wie Jornar mit der Faust ausholte und mir einen ordentlichen Hieb in die Magengrube verpasst. Ich stöhnte qualvoll auf, die Menge applaudierte. Mein Atem ging schnell, als ich wieder zu Mirnas aufblickte. Den trotzigen Ausdruck hatte ich mir durch diesen einen Schlag noch nicht nehmen lassen.

»Hast du immer noch nicht genug?«, fragte der Prinz höhnisch lachend. Das Schwert in seiner Hand glänzte, doch ich zwang mich, die Augen nicht abzuwenden. »Mein Prinz, bitte!«, kam es von Alyria, die sich bereits, trotz ihres voluminösen Kleides, wieder aufgerichtet hatte. Kurz wandte der Prinz mir den Rücken zu, um ihr einen verachtenden Blick zuzuwerfen. »Geh mir aus den Augen.« Seine Stimme war dunkel. Es war, als wäre ein plötzlicher Sturm aufgezogen. Ein schrecklicher Sturm.

»Der Tag ist noch lang und ein vorzeitiger Tod würde das Fest heute Abend nur in den Schatten stellen, meinst du nicht?« Mit neugierigem Blick hob er die Finger an Alyrias Gesicht und fuhr über ihren Wangenknochen.

Zitternd holte sie Luft. Er lachte, ehe sich seine Augen wieder dunkel färbten. »Verschwinde. Sofort.«

Alyria warf einen verängstigten Blick in meine Richtung, Hilflosigkeit zeichnete sich in ihrem Gesicht ab. Ich nickte ihr zaghaft zu und zwang mich zu einem Lächeln. Sie durfte nicht sehen, dass auch ich Angst hatte.

Sie musste stark bleiben. Kurz machte sie eine Verbeugung vor dem feindlichen Prinzen und lief in schnellen Schritten einmal durch die gesamte Masse.

Das zerriss mir das Herz.

Am Abend hatte man ein Lagerfeuer errichtet. Dieser Ort war einer der größten Yhunixstützpunkte, in welchem etwa vierzig Prozent der Soldaten untergebracht worden.

Farrukh hatte sich am Nachmittag zu mir gesellt und ein wenig über die Geschichte Zestirias erzählt. Vermutlich hatte er Spaß daran, mich angekettet an einem Holzpfahl zu sehen.

Zestiria war eine große Soldatenstadt zum Schutz Ryans, in der sich ein jeder Krieger dem Kampf verpflichtete. Anscheinend gab es einige Gruppen, die trotz der großen Rückschläge versucht hatten, Ryan zu stürzen.

Ich musste innerlich bei diesen Worten lächeln, zu schön wäre es gewesen, wenn tatsächlich eine von ihnen gesiegt hätte.

Die Kämpfe in Windorw hatten ebenfalls in den vergangenen Jahren zugenommen. Man hatte versucht die Mischlingskinder aus der Stadt zu vertreiben, doch diese hatten sich wehren können. Laut Farrukh sei es die Pflicht der Yhunix gewesen, ihre Seite der Stadt zu beschützen.

Und wie tat man das besser als mit einer Armee an Soldaten, die ihr Leben dem König verschrieben hatten?

»Und was ist mit unserer Hauptstadt?«, hatte ich bebend gefragt. Der Gedanke, Nuria könnte tatsächlich gefallen sein, schien nicht in meinen Kopf gelangen zu wollen.

Farrukhs Antwort darauf beruhigte mich jedoch, was ihm nicht sonderlich gefiel. »Die Armee Baens ist stark. Wir hatten zu wenig Soldaten in den Westen geschickt.«

Er schien nicht zu wissen, was in dem Brief stand, zumindest fragte er mich nicht danach. Ich hatte mich nicht getraut, noch weitere Fragen zu stellen, und irgendwann war ihm langweilig geworden. Panisch hatte ich jede seiner Bewegungen gemustert, neugierig war er mit den Fingern über meine Arme gefahren, ohne dass ich etwas hätte dagegen tun können. Grinsend hatte er mich beobachtet, ehe er sich langsam zu meinem Ohr gebeugt und leise geflüstert hatte: »Ich mag es lieber, wenn sie Widerstand zeigen können. Sieh es als ein Geschenk der Götter.«

Danach war er gegangen und hatte mich mit meinen Gedanken allein gelassen.

Trostlos blickte ich auf das tänzelnde Feuer. Lachende Stimmen drangen zu mir vor. Es schien, als wäre die Feier schon längst im Gange. Meine Arme schmerzten, mein Bauch knurrte vor Hunger. Seitdem Cyne und ich getrennt wurden, hatte ich keinen Bissen mehr gegessen.

Ich zwang mich, nicht an seine einzigartigen Augen zu denken, doch ich vermisste die Art, wie er redete und wie er mir Hoffnung machte, selbst wenn es schon längst aussichtslos schien.

»Nura.«

Langsam drehte ich meinen Kopf nach links. Ein seliges Lächeln bahnte sich auf meine Lippen, erstarb aber sogleich wieder, als ich in eisblaue Augen blickte.

»Wie geht es dir?« Die Stimme meiner Schwester zitterte, vorsichtig streifte sie meine Wange. Ihre Haut war so weich. Genüsslich schloss ich die Augen. »Gut.«

Mirnas schnaubte. »Du hast sie gesehen, komm.« Er wollte nach Alyrias Oberarm greifen, doch sie wich ihm geschickt aus.

»Lasst mich allein mit ihr reden, Herr.« Ihre Stimme klang bestimmt, der Blick hielt ihrem Gegenüber stand.

Seine Augen verengten sich zu schmalen Schlitzen. »Komm jetzt oder ich zwinge dich dazu.«

Erneut schüttelte meine kleine Schwester den Kopf, kniete sich im nächsten Moment aber unterwürfig hin. »Bitte, mein Prinz, ein letztes Mal.« Mirnas knirschte mit den Zähnen.

Sein eiserner Griff umschloss Alyrias zartes Kinn. Gierig betrachtete er jeden ihrer zarten Gesichtszüge. Ihr Atem ging schnell, doch sie hielt seinem dunklen Blick mutig stand.

»Zwei Minuten«, knurrte er, ehe er auf dem Absatz kehrtmachte und sich mit schnellen Schritten entfernte.

Alyria schnappte nach Luft und schloss für einen Moment dankbar die Augen.

»Nura.« Die Hände meiner Schwester fuhren über meine Wangen, ein wohliges Gefühl entstand in meinem Bauch. Sanft umarmte sie mich einige Sekunden und ich wünschte, wir könnten ewig so beisammen sitzen bleiben.

»Wie geht es dir?« Diesmal war es meine Stimme, die zitterte. Alyria senkte den Blick und biss sich nervös auf die Lippe. »Es ist gut.« Ich schüttelte den Kopf, wie gerne hätte ich sie jetzt umarmt.

»Er ist nett zu mir«, kam es flüsternd über ihre Lippen. Mit tränengefüllten Augen blickte sie zu mir. »Die Kräutermeister Ryans sind gute Leute.«

Ich wollte erleichtert ausatmen, doch meine Lungen schienen nach wie vor zugeschnürt. »Er schlägt dich«, flüsterte ich leise. Nicht erst jetzt waren mir die blauen Flecken an ihren Armen und in ihrem zarten Gesicht aufgefallen.

Alyria schluckte und wischte sich kurz über die Augen. »Wenn er wütend ist-« Sie stockte, ehe sie sich flüchtig umschaute. »Mach dir um mich keine Sorgen, ich werde dich von hier befreien. Glaub mir.«

Der Tatendrang in ihrer Stimme erinnerte mich daran, wie sie für alles in dieser Welt einen Ausweg fand. Sie konnte den Menschen schon immer Hoffnung schenken. Ich musste lächeln, selbst wenn ich wusste, dass es hier keinen Ausweg gab.

»Wir können alles schaffen«, murmelte ich lautlos, während Alyria mir einen kurzen Kuss auf die Stirn drückte. Ich wünschte, wir hätten die Zeit, dass sie sich von all dem Schmerz befreien könnte. Zu wissen, dass sie wahrscheinlich nie die Gelegenheit bekommen würde, über die vielen dunklen Stunden im Schloss Ryans reden zu können, machte mich traurig. Ich nahm einen tiefen Atemzug und flüsterte leise: »Pass auf dich auf.«

Aus dem Augenwinkel sah ich, wie Mirnas bereits wieder mit ruckartigen Schritten heraneilte.

»Hab dich lieb«, sagte Alyria langsam, ehe sie sich von ihm wieder auf die Beine ziehen ließ. Er würdigte mich keines Blickes und zog sie stattdessen stumm hinter sich her.

»Ich dich auch«, flüsterte ich, ohne auch nur eine Sekunde den Blickkontakt zu ihr zu unterbrechen.

Erst als die Sterne schon hoch am Himmel ihren Platz eingenommen hatten, wurde ich endlich von Jornar von dem lästigen Pfahl losgebunden. Die Schmerzen in meinen Armen wurden dennoch nicht schwächer.

Mein Körper bebte und jede Zelle in mir sträubte sich davor, dem Feuer näherzukommen.

Der Tod war es nicht, vor dem ich mich fürchtete. Doch kein Geist könnte das Leben meiner Schwester vor diesen herrschsüchtigen Barbaren retten. Und ich konnte nicht zulassen, dass die Götter auch ihr Schicksal in die Höllengluten warfen.

»Was wird jetzt mit mir gemacht?«, flüsterte ich heiser und blickte zu dem Yhunix neben mir. In seinem Gesicht zuckte es kurz, jedoch antwortete er nicht. Ich wollte nachhaken, traute mich aber nicht.

Die Masse hatte sich erneut gaffend vor dem kleinen Holzpodest versammelt, ich wagte es aber nicht, in die einzelnen Gesichter zu blicken. Scheu senkte ich den Blick stattdessen zu Boden und hielt erst an, als Jornar grob nach meiner Schulter griff. Nervös malte ich mit meiner Fußspitze Kreise in den aufgewühlten Dreck.

Ein grober Stoß in den Rücken ließ mich zusammenzucken, doch ich zwang mich zögerlich, aufblicken. Als erstes begegnete ich Alyrias nervösem Blick, wanderte aber weiter zu Mirnas' eisblauen Augen, die erfreut aufblitzten, als er meinen verunsicherten Blick bemerkte.

»Die Angst lässt deinen Körper beben«, lachte er und stieß meine Schwester an, weshalb sie sich ebenfalls zu einem Lächeln zwang.

Angst ist unser größter Feind, vergiss das nicht.

Ich dachte an Cynes Worte und versuchte den Rücken durchzudrücken. Alyria hatte es verdient, dass ich stark für sie war.

Mirnas kam einige Schritte auf mich zu, umkreiste mich, während er langsam über mein Kinn strich. Ich versuchte, so wenig Regung wie möglich zu zeigen, zuckte jedoch selbst bei dieser sanften Berührung zusammen.

»Ich wollte dich rösten.« Mirnas lachte, während Alyria ängstlich ihre Tränen aus dem Gesicht wischte. »Ich wollte dich braten. Verbrennen und deine Asche auf den Grund des Totensees rieseln lassen.« Mit jedem Wort, welches aus seinem Mund drang, wurde ich gefühlt ein Stück kleiner. Nervös biss ich mir auf die Unterlippe.

Die Menge verstummte, nur Alyrias leises Schluchzen war zu hören. Mirnas machte eine elegante Bewegung, blickte zu meiner zitternden Schwester.

»Doch heute ist ein Tag der Freude.« Ein dunkles Lächeln überzog seine Lippen, während er Alyria die

Tränen aus dem Gesicht wischte. »Feiern wir gemeinsam.« Er hob seinen Krug in die Luft, ehe er mir spöttisch grinsend zuzwinkerte. »Ehe morgen der Höhepunkt folgt.«

Die Menge diskutierte leise, einige der Männer stießen laut an. Ich wollte nach Luft schnappen, doch mein Körper schien vergessen zu haben, wie man atmete.

Ein Tag, ein verdammter Tag.

»Herr, bitte, Ihr sagtet doch!«, Alyria klammerte sich hilflos an Mirnas' Schulter. Unfähig, etwas zu tun, starrte ich gebannt auf sein wutverzogenes Gesicht. Er seufzte und entgegnete kühl: »Du solltest den Abend genießen.« Mit diesen Worten verschwand er in einem der großen Zelte.

Alyria starrte ihm stumm nach, ohne etwas zu entgegnen. Erst als ihr Blick wieder auf mich fiel, sammelten sich die Tränen in ihren Augen. »Es tut mir so leid«, murmelte sie, während sie mir stürmisch um den Hals fiel. Ihr Körper bebte vor Angst. »Psst«, flüsterte ich mehrmals, unfähig, andere Worte in meinem Kopf zu formen.

Alyria schluchzte und drückte mich noch enger gegen ihre Brust. Ich spürte ihren Herzschlag und wünschte, ich könnte ihr sagen, dass alles gut werden würde.

»Wir können alles schaffen«, murmelte ich leise und versuchte mir ein letztes Mal jedes kleine Detail an ihr einzuprägen. Ich merkte nicht einmal, wie Jornar mich packte oder Alyria sich fest in meine Jacke klammerte.

Stumm starrte ich auf die langen Haare meiner Schwester, musterte ihr schlankes, anmutiges Gesicht.

Lebe, Alyria. Du wirst leben.

Kapitel 22

Ein quietschendes Geräusch weckte mich aus meinen unruhigen Fantasien. Ich seufzte leise auf, realisierte aber keine zwei Sekunden später, wo ich war.

Nun war also der Moment gekommen?

Mein Kopf pochte wild, ich wünschte, die Nacht wäre noch nicht vorüber. Ich machte mir nicht einmal die Mühe, wild an den Fesseln zu rütteln.

Alyrias Freiheit zählte. Der Yhunixprinz würde ihr das Leben schenken und sie würde fliehen. Wenn ich eins wusste, dann das.

Ich hatte meine Augen noch nicht vollständig geöffnet, als ich eine starke Hand auf meinem Mund bemerkte. Panik fuhr durch meinen Körper, meine Lungen zogen sich fest zusammen. Ich wollte schreien, doch kein Ton kam über meine Lippen.

Das sollte also mein Ende sein?

Verschleppt von einem Yhunixsoldaten, der Ehre beraubt und anschließend zwischen einigen Büschen aufgeschlitzt?

Eine Gänsehaut fuhr über meinen Rücken, panisch versuchte ich die Hand von meinem Mund abzuschütteln.

Mein Kopf pochte, alles in mir schien sich zu drehen, doch auf einmal wurde alles klar. Vermutlich hatte der Yhunixprinz sogar das hier geplant. Kurz war ich dankbar, da Alyria es so nicht mit ansehen musste. Gleichzeitig wurde mir schlecht, als ich an sein spöttisches Grinsen dachte, wenn er es ihr erzählen würde.

Ich öffnete die Lider und wollte meinem Peiniger ins Gesicht blicken, traf jedoch nur auf zwei bekannte Augen.

»Ich bin es, sei leise«, flüsterte eine helle Stimme in die erdrückende Dunkelheit. Die Hand auf meinem Mund verschwand.

Träumte ich?

Langsam richtete ich mich auf. Meine Beine waren taub, meine Hände schmerzten. Selbst der Schlaf konnte mich also jetzt nicht mehr von meinen Schmerzen befreien. Ich seufzte leise, mir wurde erneut schwindlig.

»Du musst aufstehen.« Jemand umklammerte meine Schultern ruckartig. Alles um mich herum drehte sich, ich glaubte fast, Alyria vor mir sehen zu können.

Welch süßer Traum … Kurz wünschte ich, ich würde nie wieder aufwachen.

Ich blinzelte, der Sturm in meinem Kopf flachte langsam ab. Die Konturen um mich herum wurden immer schärfer, meine Augen gewöhnten sich allmählich an die Dunkelheit.

Ich hob den Kopf ein wenig nach oben und blickte direkt in Alyrias konzentriertes Gesicht.

Das konnte nicht wahr sein.

»Was machst du hier?«, fragte ich aufgebracht. Wenn eine der Wachen uns hier sehen würde! Nicht auszudenken, was sie Alyrias jungem Körper antun würden. Panisch blickte ich mich um, und konnte mich gerade noch zusammenreißen, die Ketten nicht wild umherzuschlagen.

Zu unserem Glück schien niemand meine komplett durchgedrehte Schwester zu bemerken. »Psst«, flüsterte sie, ehe sie mich endgültig von den Fesseln befreite. Angespannt fuhr ich über meine blutenden Handgelenke. Ich verzog das Gesicht, ehe ich erneut meine Augen panisch zu Alyria wandern ließ.

»Was tust du hier?« Meine Stimme war kratzig. Entsetzt warf ich den Kopf hin und her.

Sie musste von allen Sinnen sein!

»Komm mit.« Alyria griff nach meiner Hand und ich merkte, wie sie zitterte. Ich zögerte, doch sie seufzte nur leise: »Wir müssen hier weg, und zwar sofort. Komm bitte, Nura.«

Unbeholfen nickte ich ihr zu, worauf sie mich auf meine zitternden Beine zog. Ich brauchte einige Sekunden, um meine Schenkel wieder vollends spüren zu können.

Das, was wir hier gerade taten, grenzte an Selbstmord. Meine Gedanken kreisten um den feindlichen Prinzen, dessen Schwert vor meinem geistigen Auge längst in meiner Brust steckte. Das Herz schlug mir bis zum Hals, während wir geduckt durch das hohe Gestrüpp rannten, ohne uns auch nur einmal umzudrehen. Das Gras kitzelte an meinen nackten Armen, doch ich fror kein bisschen. Jeder Teil meines Körpers schien stattdessen in Flammen zu stehen.

Die Dunkelheit flog an mir vorbei, jeglichen Orientierungssinn hatte ich längst verloren. Mein Atem ging schnell, Alyrias Hand umklammerte zitternd die meine. Immer schneller zog sie mich durch die Sträucher.

Die Gedanken in meinem Kopf wirbelten umher, jede Sekunde fürchtete ich, gegen einen Soldaten zu laufen.

Das musste eine Falle sein! Hatte der Prinz meine Schwester so sehr in der Hand?

Ich keuchte erschöpft auf, als Alyria plötzlich stehen blieb und mir etwas Schmales in die Hand drückte. Durch die Dunkelheit erkannte ich nicht, was ich in meiner Hand hielt, bemerkte jedoch wenige Sekunden später bereits ein lautes Schnauben neben meinem Ohr. Fast hätte ich erneut aufgeschrien, hätte Alyria nicht beruhigend nach meiner Hand gegriffen.

»Steig auf«, flüsterte sie mir zu und schwang sich bereits gekonnt auf das weiße Pferd, welches neben ihr stand. Kurz musterte ich das dunkle Pferd, dessen Zügel ich bereits in der Hand hielt. Noch nie hatte ich allein auf einem Pferd gesessen, noch nie hatte ich mich unbemerkt auf einem Pferd von einer Meute mordslustiger Yhunix davongeschlichen. Hilflos blickte ich zu Alyria hinauf.

Würden wir tatsächlich fliehen?

»Mach schon!«, drängte sie unruhig, während sie den Blick gehetzt von einer Seite zur anderen warf. Auch das Pferd wurde unruhig, weshalb ich rasch nickte und umständlich auf den breiten Rücken kletterte.

»Folg mir«, flüsterte sie und trieb leise ihr Pferd an. Auch ich übte einen sanften Druck auf den Rumpf meines Pferdes aus, weshalb es ohne zu murren Alyrias Pferd folgte.

Unfassbar.

Mein Körper war verkrampft auf dem nackten Rücken des großen Tieres, unwohl versuchte ich, mich zu entspannen.

Mit mäßigem Erfolg. Alyria musste verrückt geworden sein.

Kaum, dass der Prinz bemerken würde, dass sie sich aus dem Zelt geschlichen hatte, würde er eine ganze Armee nach ihr schicken. Und sie würden uns finden, das war ich mir ganz sicher. Meine Hände waren schweißnass, meine Gedanken schrien mich an, schnellstmöglich umzudrehen. Ich wurde langsamer. Jeder meiner Fluchtversuche war gescheitert, wieso sollte es ausgerechnet jetzt funktionieren?

Ich musste Alyria zurückbringen oder er würde sie ebenfalls ermorden. Panisch warf ich den Blick zurück, doch die Dunkelheit verschluckte alles. Alyria schien die Angst in meinem Gesicht lesen zu können und schüttelte ruckartig den Kopf.

»Nura, komm, schneller!«, rief sie mir über die Schulter zu, die Augen vor Aufregung weit aufgerissen. Flehend blickte ich sie an, doch ihr Blick ließ keinen Widerspruch zu.

Ich betrachtete ihr hüftlanges Haar, welches wild im Wind umherschlug, und musste unweigerlich lächeln.

Nie hätte ich es für möglich gehalten, einen solchen Moment noch einmal zu erleben. Am liebsten würde ich eins von Mutters Honiggläsern nehmen und genau diesen

Moment – den Wind, der mir ins Gesicht peitschte, und den Geruch des großen Pferdes – einfangen.

»Wir schaffen das.« Alyrias Worte waren sonderlich ermutigend, weshalb ich mich zwang, mein Pferd wieder schneller anzutreiben. Die Kraft in ihr schien unaufhaltbar, sie schien an unseren Sieg zu glauben.

War das mein Fehler? In Gedanken sah ich mich die ganze Zeit in den Fängen der Feinde.

Könnten wir tatsächlich siegen?

Je schneller wir wurden, desto sicherer fühlte ich mich. Es war fast, als würden wir durch die Wälder fliegen. Der Staub wurde unter den Hufen der Pferde wild umhergewirbelt, einzelne Blätter der hohen Bäume streiften unsere Gesichter. Und dennoch machte Alyria immer wieder Handgesten, um das Tempo noch einmal anzuziehen.

»Komm, schneller«, flüsterte ich dem Pferd leise zu. Fast als könnte es mich verstehen, legte es tatsächlich an Geschwindigkeit zu.

Als ich es endlich geschafft hatte, zu Alyria aufzuschließen, warf sie mir einen aufmunternden Blick zu. Ihre Augen strahlten, die Wangen waren vor Aufregung gerötet.

»Wir schaffen das«, sagte sie lächelnd, weshalb auch endlich jegliche Last, die mich die letzten Tage beschäftigte, von mir abfiel.

So fühlte sich Freiheit also tatsächlich an.

Das war das Gefühl des Sieges.

»Wie hast du es geschafft, dass niemand uns bemerkt?«, fragte ich außer Atem. Meine Stimme war kratzig, wacklig verließ ich den Rücken des Pferdes. Meine Beine schmerzten, doch in meinem Bauch war es ganz warm. Wir waren den ganzen Vormittag geritten und irgendwann hatte sich das Gefühl von Sicherheit auch in meinen Gliedern breitgemacht.

Alyria stieg elegant von ihrem Pferd ab. Ihr Brustkorb hob und senkte sich ruckartig, während sie sich die Haare zu einem Zopf band. Hier im Schutz der hohen Bäume, nahe eines kleinen Baches, war die Welt beinahe friedlich. Alyria bestand darauf, endlich eine Pause zu machen, das Fell der Pferde glänzte feucht, die Rast hatten auch sie dringend nötig.

Meine Schwester lächelte sanft. »Ich habe mich während meiner Zeit im Schloss sehr für Kräuter interessiert.« Kurz warf sie den Blick unsicher zu mir, doch ich musterte sie gespannt. »Eribons Heiler ist ein Meister der Heilpflanzen. Mutter hatte geschwärmt, zu welchem Segen er fähig wäre. Der Prinz weigerte sich, mich in die Minen zu verbannen.« Sie holte kurz Luft, verkrampfte die Finger vor der Brust. Mein Blick wurde dunkler, als ich an die Gier in Mirnas' Augen dachte. »Auf jeden Fall habe ich mir von dem Heiler der Königsfamilie erklären lassen, welches Kraut man wozu nimmt. Er war äußerst angetan von meiner Neugier.«

Verwundert zog ich die Augenbrauen zusammen. »Und wo war Mirnas' während dieser Zeit?«

Als ich seinen Namen erwähnte, erstarb Alyrias Lächeln. »Vormittags war er meistens unterwegs, erst am Abend kam er wieder.« Ihre Stimme wurde immer leiser, weshalb ich beruhigend eine Hand auf ihre Schulter legte.

»Johanniskraut ist den Yhunix nicht bekannt, weshalb es nicht wie bei Mutter zu Hause als schwaches Einschlafmittel genutzt wird. Der Heilmeister hat nicht einmal gemerkt, dass ich die Schälchen mitgenommen habe. Dieses Kraut habe ich in den Alkohol letzte Nacht gemischt.« Ein spitzbübisches Lachen erschien auf ihrem Gesicht. »Die haben alle traumhaft geschlafen.«

Lachend musste ich sie umarmen. »Du bist aber ein kleiner Schlaufuchs.«

Niemals hätte ich es für möglich gehalten, dass Alyria diese gesamte wahnsinnige Flucht geplant hatte. Vermutlich musste ich so einiges von ihr lernen.

»Danke«, antwortete sie, ehe sie sich interessiert umblickte. »Manchmal stelle ich mir vor, wie Valencien sein könnte, wenn wir alle friedlich zusammenleben würden. Ich würde so viele Gebiete noch erkunden. Schau doch allein hier, die weiten Wiesen. Im Frühling muss es traumhaft sein, die vielen Blumen zu betrachten.«

Nickend stimmte ich ihr zu, ehe eine ungewohnte Stille zwischen uns entstand.

Liebend gern würde ich sie nach meinen Eltern und Henno fragen, jedoch wusste ich nicht, ob sie bereits all das Schreckliche in Ryan verdaut hatte. Ich wusste nicht, ob sie mir jemals verzeihen würde, dass ich sie in diesen Hallen zurückgelassen hatte, doch sicherlich würde ich sie jetzt nicht bedrängen.

»Frag ruhig. Du möchtest wissen, wie es ihnen geht, nicht wahr?« Alyrias Stimme war sanft, vorsichtig zupfte sie einige Grashalme aus dem Boden. Ich nickte kaum merklich.

»Nachdem Bergk zerstört wurde, haben wir Zuflucht gesucht.« Alyrias Stimme klang ungewohnt bedrückt, weshalb ich schnell nach ihrer kalten Hand griff. »Nach Süden konnten wir nicht, die Trolle hatten längst alles niedergemetzelt. Vater wollte mit uns nach Westen.«

Ich runzelte die Stirn. »Ans Meer?«

Eifrig nickte Alyria. »Doch er fürchtete die Trolle.«

»Sie hätten längst das Schattengebirge von Westen her erobern können. Am Meer ist es also nicht mehr so sicher«, überlegte ich laut. Alyria nickte zustimmend.

»Genau, also flohen wir nach Norden in die Hauptstadt.« Sie musterte mich unsicher mit ihren braunen Rehkitzaugen. Ich nickte ihr zu, Nuria war trotz ihrer Schattenseiten eine sichere, weltoffene Stadt.

Mutter hatte früher einige Schauergeschichten über das Königspaar Nurias erzählt, nicht selten verfolgten diese mich auch in meinen Träumen. Der alte König regierte schon lang nicht mehr, aber sein Nachfolger schien nicht wirklich besser zu sein. Ich dachte an den Brief, den Cyne mir gezeigt hatte, und fragte mich, ob Nurias Herrscher tatsächlich die Flüchtlinge ehrenwert aufnahm.

»Es ging uns gut«, flüsterte Alyria, anscheinend hatte sie meine Reaktion längst so erwartet. »König Baen nahm viele Vertriebene auf. Wir lebten in einem kleinen Häuschen am Rande der Stadt. Es war nicht so groß wie das in Bergk, aber ich mochte es. Vater und Henno haben täglich gejagt.« Ein seliges Lächeln schlich sich auf ihr Gesicht, von welchem ich sofort angesteckt wurde. Es tat gut, zu hören, dass es meiner Familie all die Jahre gut ergangen war.

»Und du?« Ich hatte meine Beine auf dem weichen Gras gekreuzt, viel zu sehr hatte ich diese Unterhaltungen vermisst.

Alyria zuckte kurz mit den Schultern. »Als Henno und ich noch kleiner waren, war Vater immer zu Hause. Das Königspaar hat Flüchtlinge sehr oft finanziell unterstützt und auch bei uns haben sie keine Ausnahme gemacht. Zu meinem neunten Geburtstag begann ich, mich mit Kräutern zu beschäftigen, lernte Mutters Handwerk und half Verletzten.« In ihren Augen blitzte ein Funken Liebe auf.

»Du mochtest die Arbeit, nicht wahr?«, flüsterte ich sanft, worauf Alyria sofort nickte. »Ich konnte helfen«, murmelte sie, während sie die Augen schloss.

Sie so zu sehen, machte mich unglaublich glücklich. Sie war wohlauf, die blauen Flecken an ihren Armen schienen langsam zu verblassen.

Dennoch lag mir eine ganz besondere Frage auf der Zunge, welche ich mich aber nicht traute, auszusprechen. Das Leben in Nuria schien keine schlimmen Folgen mit sich gezogen zu haben und ich wollte ihr nicht mit meiner nächsten Frage die Laune verderben.

Stumm musterte ich sie, wie sie die warmen Sonnenstrahlen genoss, bis auch ich die Augen schloss und genüsslich seufzte.

»Du willst wissen, was an dem Tag geschehen ist, nicht wahr?«, fragte Alyria nach einiger Zeit in die Stille. Ich öffnete die Augen, ehe ich mir nervös auf die Unterlippe biss. Alyria musterte mich wissend, weshalb ich fast unmerklich nickte.

Niemals hätten meine Eltern – die Löwen Bergks – ihre jüngste Tochter kampflos in die Hände der Feinde übergeben. Ich wollte nicht das hören, was ich längst vermutete.

»Vater hatte sich im Laufe der Jahre in den Rat des Königs hochgearbeitet. Als Münzmeister hat er das Königreich in allen wichtigen finanziellen Entscheidungen beraten. Nurias Wirtschaft entwickelte sich großartig, der Schutzwall konnte ausgebaut werden, frisches Wasser wurde für immer mehr Bürger zugänglich.« Ihre Augen funkelten vor Begeisterung, wild versuchte sie das Gesagte mit Gesten zu untermalen. Meine Mundwinkel zog es automatisch ein Stückchen höher.

Plötzlich legte sich jedoch ein dunkler Schatten über ihre sonst so aufgeweckten Augen. »Wir waren glücklich. Nura, du hast uns schrecklich gefehlt, aber es ging uns den Umständen entsprechend gut. Bis zu dem Tag.« Sie stockte kurz, während ich Tränen in ihren Augen schimmern sah.

»Du musst es mir nicht sagen«, flüsterte ich leise und strich ihr beruhigend über den Rücken, so wie ich es früher oft getan hatte, wenn sie traurig war.

Sie schüttelte jedoch bestimmt den Kopf. »An dem einen Tag sind Mutter und ich früh an den großen Pera-See gelaufen, der der direkt an Nuria angrenzt, um

Wäsche zu waschen.« Erneut machte sie eine Pause, traurig malte sie mit dem Zeigefinger in den Dreck.

»Wir dachten ja nicht, dass die Yhunix-« Sie schluchzte und schlug sich verzweifelt die Hände vors Gesicht. Rasch zog ich sie zu mir, sodass ich sie ganz fest umarmen konnte. »Psst«, flüsterte ich leise in ihre dunklen Haare.

»Sie waren da. So weit von ihrer Heimat entfernt! Ich weiß gar nicht mehr, es ging alles so schnell.« Ihre Wörter überschlugen sich. »Die Männer waren riesig. Ich hatte immer geglaubt, ich hätte sie mir als Kind so riesig vorgestellt, schließlich fiel Bergk auch so schnell, dass ich mich an kaum noch was erinnern kann, doch sie sind Riesen. Es waren die bestausgebildeten Soldaten. Die, die ihr ganzes Leben lang dem König dienen.« Alyria schniefte laut, ehe sie sich die vielen Tränen von den Wangen wischte. Auch ich musste mich zusammenreißen, nicht erneut von dem Sturm der Verzweiflung mitgerissen zu werden.

»Sie haben mich gepackt und mitgenommen, Nura. Einfach so. Der König wusste von Vaters Rang und muss geplaudert haben, anders kann es nicht sein. Ich habe in den vergangenen Tagen an kaum etwas anderes gedacht, habe jede Möglichkeit bis ins Detail betrachtet. Entweder der König hoffte, dass Vater an seiner Trauer zugrunde gehen würde und sich dann auf das Schwert konzentrierte, oder der Feind hatte einen Spion im Schloss«, sagte Alyria leise, ehe sie sich an meine Jacke klammerte. »Wir hatten keine Waffen dabei und Mutter konnte den sechs Riesen nicht ansatzweise standhalten.« Rasselnd schnappte sie nach Luft. »Ich habe ihren Blick gesehen, Nura. Der Schmerz, der in ihren Augen lag, die Verzweiflung.«

Beruhigend malte ich Kreise und Wellenlinien auf ihren Rücken, während sich ihr rascher Herzschlag langsam wieder normalisierte.

»Wir werden nach Hause kommen. Gemeinsam«, sagte ich leise. Die Worte waren fremd auf meiner Zunge, das

Gefühl in meinem Bauch ebenso. Alyrias kleine Augen waren geschwollen. Sie lächelte sanft, die Arme fest um mich geschlungen. »Wir sollten weiter. Nuria liegt vielleicht noch zwei Tagesritte entfernt.«

Ich nickte stumm, ehe ich mich langsam daranmachte, aufzustehen.

Ich würde endlich meine Familie wiedersehen. Nach so langer Zeit. Ich konnte nicht anders, ein breites Lächeln entstand auf meinem Gesicht.

»Siehst du die Turmspitzen?«, Alyria nahm eine Hand von den Zügeln und deutete aufgeweckt nach vorn. Müde kniff ich die Augen ein Stück zusammen und tatsächlich, kleine rote Turmspitzen waren in der Ferne zu erkennen. Schlagartig wurde auch ich, trotz meines zweitägigen Schlafmangels, hellwach.

Wir würden nach Hause kommen.

»Wir sind bald da!«, rief ich voller Elan, ehe ich Zoa, wie ich mein treues Pferd genannt hatte, noch einmal anspornte.

Ich musste zugeben, ich bewunderte die Pferde für ihr eisernes Durchhaltevermögen. Innerhalb dieser zwei Tage hatten wir ausschließlich kurze Pausen gemacht, einerseits um das Risiko, von den Yhunix doch noch eingeholt zu werden, zu verringern, und andererseits um schnellstmöglich wieder in Nuria anzukommen. Die Pferde hielten unserem straffen Ritt stand, selbst wenn man auch ihnen die Erschöpfung ansah.

Jetzt war es fast schon Abend und wenn wir Glück hatten, würden wir die Tore Nurias noch vor der Dämmerung erreichen. Und die Mauern würde uns schützen. Mein Herz bebte vor Aufregung.

Fünf Jahre waren vergangen, seitdem ich von meiner Familie getrennt worden war. So viele Jahre, in denen ich gekämpft, geweint, gehofft und gebebt hatte. Fünf lange Jahre, in denen sich so viel hätte verändern können.

»Ist Vater immer noch so selbstlos wie damals?«, rief ich laut, weshalb Alyria ein wenig ihr Tempo verminderte, um neben mir galoppieren zu können.

Als ich zu ihr blickte, nickte sie. »König Baen hat ihn etliche Male zu dem heiligen Schwert verhört, doch er hat stets die Kenntnis des Verstecks verneint. *Tod vor Verrat*, Dyregas hätte nie etwas gesagt.«

Ich runzelte die Stirn. Vater konnte nicht wissen, wo sich das Schwert befand, jedoch bereitete mir die Nachricht, dass der König ihm mehrmals befragt hatte, ein flaues Gefühl im Magen.

»Was ist König Baen für ein Herrscher?« Meine Stimme war gerade noch so laut, dass Alyria es trotz des pfeifenden Windes hören konnte. Schlagartig erstarb ihr sorgenfreies Lächeln. »Anfangs hielten wir ihn für einen Helden. Er gab uns ein kostenfreies Heim, versorgte uns mit Lebensmitteln und Kleidern. Die Frauen beteten ihn an wie einen Gott.« Alyria machte eine kopfschüttelnde Geste. »Nach etwa zwei Jahren befahl er den Handwerkern, ihre Arbeit niederzulegen und in Valenciens Ländern nach den heiligen Schwertern zu suchen.«

Ich fuhr mir einmal durch die weißen Strähnen, ehe ich den Mund zu einem geraden Strich verzog. »Er hat sie gezwungen, nach den Schwertern zu suchen?« Meine Stimme klang heiser, jegliche Geräusche schien ich auszublenden.

Alyria nickte stumm. »Bald waren es nicht nur die Handwerker … Bauern, Stallburschen, ja, selbst einige Dienstmädchen schickte er außerhalb der sicheren Stadtmauern in die weiten Feldlandschafen und bereitete ihnen somit den sicheren Tod.«

Meine Hand zitterte, als Alyria mir einen bitteren Blick zuwarf. »Über zwei Drittel kehrten nicht zurück.« Sie stockte kurz, ehe sie ihr Pferd in den Trab fallen ließ.

»Und die, die zurückkehrten, brachten nichts als tiefe Wunden.«

Mein Atem stockte, Bilder von tiefen, blutenden Wunden drangen in mein Gedächtnis. »Da war es bei mir nicht anders«, flüsterte ich lautlos, zu tief saß der Schock.

Alyria nicke mitfühlend. »Und das war gerade erst der Anfang. Nie hätte ich es für möglich gehalten, dass das heilige Metall so sehr an Bedeutung gewinnen würde. Ich hatte deine Begeisterung ja nie geteilt, aber da wurde ich neugierig. Nurias Bibliothek hat nur wenige alte Bücher, die meisten Legenden hatten ihr Zuhause in Bergk gefunden, jedoch hat kaum eins der Bücher dort überlebt. Ich habe Vater über die Kraft der Schwerter ausfragen wollen, doch er schaffte es jedes Mal, meine Fragen nur sehr vage zu beantworten.« Ich nickte stumm. Vater redete ungern über das Metall, viel zu sehr hatte er schon damals geschwiegen.

»Vater wollte uns schützen, das wurde mir dann auch klar. Die wenigen Informationen, die ich aus den Büchern bekam, reichten mir aber nicht. Also sprach ich heimlich mit der Geschichtenspinnerin Nurias und sie erzählte mir alles, was sie über die Prophezeiungen und die Magie wusste.« Alyria lachte kurz. »Ich glaubte ihr zunächst kein Wort. Schwerter sollten über den Sieg oder den Untergang unserer Welt entscheiden. Magisches Metall, welches aus der Kraft der Sterne geformt wurde. Und die Prophezeiung, die bei den Feen im Lliagebirge verschollen sein soll. Die Fantasie der Menschen ist grenzenlos, die Wirklichkeit hingegen ernüchternd. Doch eins habe ich gelernt, die zwei heiligen Schwerter, die wir besitzen, oder besitzen sollten, reichen in dieser Welt nicht mehr, wo doch auch die Yhunix im Besitz des magischen Metalls sind.«

Ich konnte nur stumm nicken und versuchte mich trotz meiner plötzlichen Übelkeit auf Zoa zu halten.

Cynes Worte kamen mir in den Sinn.

Die Schwerter sind heilig, nahezu magisch. Was denkst du passiert, wenn die Yhunix die Macht der Schwerter endlich erkennen und wir uns nicht zur Wehr setzen können?

»Sie wollen die Menschen vernichten«, sagte ich gefasst. Die Worte waren längst Wirklichkeit und doch klebten sie schwer auf meiner Zunge. Die Luft zitterte, nervös umfasste ich die Zügel fester. Alyria nickte. »Das vermutet Vater ebenfalls und auch König Baen ist der Auffassung.«

»Ich weiß, wo Dyregas‘ Schwert ist«, flüsterte ich kaum hörbar. Zu meiner Überraschung nickte Alyria erneut. »Vater hat es mir kurz vor dem Angriff der Yhunix erzählt. Er muss es gespürt haben.«

Ich würde nicht zulassen, dass die Yhunix Vaters Schwert fanden. Ich sah, wie es in Alyrias Gesicht kurz zuckte, ehe sie sich langsam zu mir drehte. »Wir sollten mit ihm reden.« Darauf konnte ich nur still nicken und trieb Zoa an, um das Tempo erneut zu steigern.

Die Zeiten des Wetteiferns hatten längst begonnen.

Kapitel 23

Kurz nachdem die Sonne untergegangen war, erreichten wir die Stadtpforte. Ich war so müde, dass mir alle zwei Sekunden die Augen zuklappten, und auch Alyria sah so aus, als würde sie jeden Moment von ihrem Pferd fallen.

»Was treibt ihr euch so spät noch außen umher, Mädchen?« Der Wachmann leuchtete unsere Gesichter mit einer schwachen Laterne an, weshalb ich kurz blinzelte.

Bitte lass uns einfach passieren.

»Wir waren auf der Jagd. Und dann haben wir die Zeit vergessen«, log Alyria und schenkte dem Wärter einen süßen Blick. Ich wippte unruhig umher und umklammerte die Zügel fester.

Auf die Lippen des bärtigen Mannes bahnte sich ein Grinsen, welches mir absolut nicht gefiel.

»Ach ja? Und wo ist eure Beute, Fräulein?«

»Nicht jeden Tag laufen genügend Tiere draußen umher«, schaltete ich mich ungeduldig ein, was der Mann mit einem Augenrollen quittierte. »Dürften wir bitte passieren? Unser Vater wartet bestimmt längst.«

Der Wärter seufzte genervt auf, mit großer Wahrscheinlichkeit hätte er das Gespräch mit meiner jungen Schwester nur zu gern fortgeführt. »Aber sicher doch.« Er zwang sich zu einem falschen Lächeln. »Eine angenehme Nacht wünsche ich.«

Ich nickte ihm zu, während Alyria noch ein freundliches 'Danke' murmelte.

Mit schnellen Schritten und den Zügeln der Pferde in den Händen traten wir durch das hölzerne Tor.

Innerhalb der Stadt staunte ich nicht schlecht. Die Wege waren wie in Ryan gepflastert, die Häuser trugen wunderschöne Fassaden. Einzelne Pflanzenkübel standen dekorativ in den Ecken.

»Eine prunkvolle Stadt, nicht wahr?«, sprach Alyria heiser, während sie ihren Blick über die Gassen streifen ließ. Keine Menschenseele befand sich zu dieser Uhrzeit noch auf den Straßen.

Ich nickte, während mein Blick an einem bunt bepflanzten Blumentopf hängen blieb. Unweigerlich musste ich an Ryan und die kunstvollen Bäume denken.

Alyria schien meinen Blick bemerkt zu haben, ein gequältes Lächeln fuhr über ihre Lippen, ehe sie leise sagte: »König Baen hat einen Drang zur Perfektion. Seine Urgroßmutter war eine Yhunix.«

Meine Augen weiteten sich entsetzt. »Er ist ein Nachkomme der feindlichen Rasse?« Meine Stimme war in ein ungemütliches Zischen übergegangen. Alyria nickte bestätigend. »Der König hatte keine Nachkommen. Er war zur richtigen Zeit am richtigen Ort.«

Ich schüttelte ungläubig den Kopf. Mischlinge trugen die besten Gene beider Rassen in ihrem Körper. Kein Wunder, dass die Menschen zum Suchen des Schwertes verpflichtet wurden.

»Mach dir keine Gedanken darüber, du kannst es sowieso nicht ändern«, flüsterte Alyria beruhigend, fast als hätte sie Angst, dass wir belauscht wurden. Ich nickte, erkannte aber auch in ihren Augen, dass sie dem König keineswegs vertraute.

Kurz darauf schwankte ihre Gefühlslage jedoch um und Aufregung machte sich in ihren Augen breit. »Bist du bereit, Vater gegenüberzutreten?«

Mein Herz machte einen fröhlichen Sprung. »Ich kann es kaum noch erwarten!«, sagte ich lächelnd und folgte Alyria wie ein kleines Kind hüpfend in eine Seitengasse.

Vor einem kleinen unscheinbaren Haus blieb meine Schwester schließlich stehen. Die Pferde hatten wir bereits in einem kleinen Stall von Alyrias Freunden untergebracht. Nicht auszudenken, was mit ihnen geschehen würde, wenn sie einsam auf der Straße die Nacht verbringen mussten.

Erwartungsvoll blickte ich zur Türschwelle herauf. Aufregung machte sich in meinen Gliedern breit.

Was, wenn Vater mich nicht sehen wollte? Wenn er sich längst damit abgefunden hatte, mich nie wiederzusehen?

Ich versuchte die negativen Gedanken zu verdrängen und meinen Blick stattdessen auf Alyria zu legen, welche mich nachdenklich musterte. »Keine Angst, er wird außer sich sein vor Freude.«

Ich fuhr mir gestresst durch die Haare, ehe ich dankbar lächelte. Alyria war eine unglaubliche Menschenkennerin.

»Willst du zuerst oder soll ich?« Alyrias Stimme klang ungeduldig, auch sie hatte Vater und Mutter einige Wochen nicht gesehen und freute sich garantiert, wieder in ihren schützenden Armen liegen zu können.

»Geh du!«, sagte ich, ohne groß nachzudenken, und trat direkt hinter ihr die harten Stufen hinauf. Die Spannung in mir stieg mit jedem Schritt, den ich tat.

Alyrias leises Klopfen brachte die Aufregung auf den Höhepunkt. Nervös wischte ich mir die schweißnassen Hände an den Hosenbeinen ab. Der Soldatenanzug war verdreckt, die Haare klebten mir an der Stirn.

Vater würde in mir nichts als Schande sehen.

Mein Herz hüpfte ungeduldig in meiner Brust umher, nervös biss ich mir auf die Lippen.

Innerhalb des Hauses hörte man leises Stimmengemurmel. Es kam mir wie eine Ewigkeit vor, als die Wohnungstür langsam geöffnet wurde.

Am liebsten wäre ich nach vorn gerannt und hätte diese verdammte Tür gänzlich aufgestoßen. Diese Warterei machte mich verrückt, meine Beine drohten längst zusammenzuklappen.

Doch dann, plötzlich, stand er im Türrahmen. Die Augen weit aufgerissen, die Hand gerade zu einer abwehrenden Geste gehoben. Vermutlich wollte er sich wegen der nächtlichen Störung aufregen.

Stumm starrten wir einander an. Sein Haar war gräulich geworden, die dunklen Strähnen, die einst im Überfluss über seine Schultern fielen, konnte man nun vermutlich an zwei Händen abzählen. Doch er hatte genauso eine schlanke Figur wie damals. Und seine Augen. Seine braunen Augen, die meine Geschwister von ihm geerbt hatten, strahlten gänzlich Überraschung aus, während seine Hand zitternd durch die grauen Haare fuhr.

»Henno?« Seine Stimme bebte. »Weck deine Mutter. Beeil dich.«

Sein Blick war nach wie vor starr auf mich gerichtet.

Die Situation war ungewohnt, aber keineswegs unangenehm. Langsam bahnten sich Tränen einen Weg in meine Augen.

»Wer ist denn da, Vater?« Eine tiefe Stimme erklang genervt im Hintergrund. Ich vernahm leises Gepolter, blickte ungeduldig an Vater vorbei.

Kurze Zeit später trat ein junger Mann mit kurzrasierten Haaren neben meinen Vater. Er war ihm wie aus dem Gesicht geschnitten. Seine Haut war rein, die wenigen Haare tiefschwarz, während seine Augen ebenfalls überrascht aufblitzten. Eine gefühlte Ewigkeit starrten wir einander sprachlos an, ehe er den Blick von Alyria zu mir und zurück gleiten ließ.

»Wie?«, brachte er atemlos heraus. Ich lächelte und versuchte die Tränen in meinen Augen zurückzudrängen.

»Wer ist dort draußen, Gerald?« Mutter klang verschlafen, während sie sich an Vater vorbeidrängte. Beim Klang ihrer Stimme vergaß ich einen Moment zu atmen.

Unsere Blicke trafen sich. Überrascht weiteten sich ihre Pupillen, ehe ihre Augen einmal über meine gesamte Statur wanderten. Ich tat es ihr gleich.

Das Haar ging ihr nur noch bis zum Kinn und einige Falten hatten sich auf ihr Gesicht geschlichen.

Sie war wunderschön. Eine Träne rollte meine Wange hinab. Eine Träne der Freude.

Die Dankbarkeit, die durch meinen Körper fuhr, ließ jegliche Müdigkeit verpuffen.

»Wir sollten nach innen gehen.«

Alyria griff mit einem breiten Lächeln auf den Lippen nach meiner Hand, doch ich hatte längst einen Schritt nach vorn gemacht. Erleichtert fiel ich Vater und Mutter um den Hals, weshalb sie Schwierigkeiten hatten, mich aufzufangen. Die Tränen flossen in Strömen meine Wangen hinab, während Vater mich mit beiden Armen umschlang. Ganz fest drückte ich seinen warmen Körper an meinen. Ich holte zitternd Luft, ehe ich meinen Kopf auf seine Schulter legte, so wie ich es früher immer getan hatte, wenn ich in seinen Armen eingeschlafen war.

Mit einem großen Atemzug zog ich seinen väterlichen Duft in meine Nase.

Ich war zu Hause.

»Unmöglich«, flüsterte er mit bebender Stimme in mein Ohr. Ich schluchzte. Unsere Herzen bebten beide.

Nach einer halben Ewigkeit, die aber trotzdem viel zu kurz für unsere jahrelange Trennung war, lösten wir uns wieder voneinander und Alyria umarmte meinen Vater, während ich Mutter und anschließend Henno umarmte.

Mit rot unterlaufenen Augen blickte ich zu Vater, welcher mich mit seligem Lächeln betrachtete.

»Willkommen zu Hause, mein kleiner Schatten.«

Das Haus war niedlich. Die Räume waren verwinkelt und überall standen Mutters kleine Fläschchen und Dosen. Ich lächelte, während ich nach dem herabhängenden Salbei griff. Mutter hatte schon immer eine Vorliebe für die heimischen Kräuter, kein Wunder, dass sie bis heute daran festhielt. Ich zog meine Stiefel aus und stolperte prompt über einige Körbe, die mitten im Gang standen. Leise lachte ich. Ordnung war noch nie ihre Stärke gewesen.

»Bist du es wirklich?« Henno zupfte aufgeregt an meiner Jacke, als wäre er sechs statt sechzehn Jahre alt. Ich musste schmunzeln und griff nach seiner großen Hand, während mir erneut die Tränen in die Augen traten. Früher waren seine Hände noch so klein. Er hatte schon als kleiner Junge immer mit meinem Bogen spielen wollen, doch seine Finger waren zu kurz und er hatte den Griff nie richtig umschließen können. Ich blickte in sein ebenmäßiges Gesicht, auf welchem sich etliche Bartstoppeln sammelten. Nun war er ein Mann geworden. Seine Schultern waren breit, vielleicht hatte er sogar schon ein Mädchen an seiner Seite.

Für den Bruchteil einer Sekunde überkam mich die Eifersucht. Hätte ich auch ein solches Leben haben können, wenn ich mit Vater damals geflohen wäre?

Hätte ich eine richtige Jugend gehabt, anstatt jeden Tag erneut um mein Leben kämpfen zu müssen? Ich hätte gemeinsam mit Henno auf den Feldern üben können, hätte seine Schwertkämpfe begleitet. Es gab nichts Schöneres, als anderen bei ihren Fortschritten zusehen zu können. Zum Erntefest hätte ich mit Alyria auf den breiten Straßen tanzen können. Als Kinder hatten wir immer unsere schönsten Kleider getragen und Mutter hatte uns die Haare geflochten.

Wäre ich ein normales Mädchen gewesen?

Kaum einen Wimpernschlag später drängte ich dieses Gefühl allerdings in die hinterste Ecke meines Körpers. Die Götter hatten über unser Schicksal entschieden, und ich war am Leben und zu Hause. Nur das zählte.

Mit einem Zwinkern zuckte ich mit den Schultern und versuchte das hartnäckige trauernde Gefühl in meiner Brust zu verstoßen. »So echt, wie man halt sein kann.«

Henno lachte rau, während er zufrieden einen Arm um mich und den anderen um Alyrias schmale Schultern legte. »Besser hätte es gar nicht kommen können.«

Nun musste auch Alyria lachen, und dieses Mal erkannte ich endlich dieses hoffnungsvolle, freie Geräusch, nach dem ich mich so lang gesehnt hatte. Kurz warf sie mir einen bedeuteten Blick zu und wisperte, wenn auch nicht gerade leise: »Henno ist so unglaublich sentimental geworden, in seiner Freizeit liest er sogar heimlich meine Märchen.« Ich musste laut lachen, während Henno ihr einen lieb gemeinten Stoß an den Oberarm verpasste.

»Ich würde meine vorlaute Zunge hüten, Schwesterchen«, feixte er grinsend, ehe er einen Blick zu Vater warf, welcher soeben mit zwei dampfenden Tellern durch die Tür getreten kam. Mutter reichte Alyria die Löffel, ohne den Blick von mir abzuwenden.

Wie abgesprochen begann mein Bauch zu knurren, weshalb ich die gut riechende Suppe mit größtem Vergnügen an mich nahm und Mutter zulächelte. Ich konnte mich nicht erinnern, wann ich das letzte Mal eine richtige, mit Liebe zubereitete Mahlzeit zu mir genommen hatte.

»Danke«, flüsterte ich noch schnell, ehe ich mir die warme Creme in den Mund schob. Ein Seufzen schlich sich aus meiner Kehle. Die Suppe schmeckte göttlich.

Vater schmunzelte, ehe er sich ganz dicht neben mir niederließ und mich gespannt von der Seite musterte. An seinen funkelnden, dunklen Augen erkannte ich genau, dass ihm dutzende Fragen auf der Zunge brannten, doch er wartete genau wie Mutter, bis Alyria und ich vollständig aufgegessen hatten, ehe er sie stellte.

Anfangs handelten die Fragen ausschließlich von Ryans Eisenminen. Mutters Haut wurde bei jeder meiner abgehackten Antworten blasser, sodass ich irgendwann nur noch vage antwortete und Vater es dabei beließ.

Die Worte über die Vergangenheit hingen schwer im Raum, doch das drückende Gefühl in meiner Brust, welches mich die letzten Jahre stumm begleitet hatte, verschwand allmählich. Mutter hatte mich ganz fest in die Arme geschlossen, vermutlich glaubte sie noch immer in einem Traum gefangen zu sein.

»Was ist passiert?«, fragte Vater, nachdem wir einige Minuten geschwiegen hatten. Die Stille war befreiend gewesen, ganz anders als die Stille, der ich mich in der Einsamkeit hingeben musste.

Nun hatte sich das Lächeln längst wieder in mein Gesicht gebrannt. Viel zu schön war dieser Moment.

Außerhalb des Hauses war die Welt längst in Dunkelheit getaucht, doch hier schien es, als würde jeder von uns von innen her strahlen. Doch nun runzelte ich kurz die Stirn, ehe sich ein nachdenklicher Schatten über mein Gesicht legte.

»Ich wurde gezwungen, vor den König zu treten«, begann ich leise und mit gesenktem Blick. Sofort lagen alle Blicke wie gebannt auf meinem Gesicht, weshalb ich mir unsicher eine weiße Strähne aus dem Gesicht strich. Sie mussten die gesamte Geschichte hören. »Ich wurde oft vor den König geladen. Dennoch hatte ich Angst.«

Nervös verknotete ich meine Finger, jedoch legte Alyria sofort beruhigend ihre Hand auf meine Schulter. Ich lächelte sanft. Es war unglaublich, zu wissen, dass meine Familie trotz der langen Zeit noch immer hinter mir stand. Sie hatten jedes einzelne Wort verdient.

»Der König bot mir die Freiheit an.« Ich stockte kurz. »Er wollte mir das schenken, wonach ich mich all die Zeit gesehnt hatte.«

Unter Kopfschütteln seufzte ich einmal leise.

Und ich hatte tatsächlich geglaubt, er würde mir die Freiheit anbieten. Henno warf mir einen mitfühlenden Blick zu, weshalb sich ein kleines Lächeln auf meine schmalen Lippen bahnte, ehe ich nervös die Stirn kräuselte.

Es war, als hätte man mich zurück in Eribons Länder versetzt. Bildlich sah ich, wie der König auf seinem vergoldeten Thron saß und mit zynischem Lächeln zu mir herabblickte.

Nervös wippte ich mit dem rechten Fuß.

»Ich war misstrauisch, der Yhunixkönig schenkte keinem Gefangenen die Freiheit. Niemals. Doch irgendwie wollte ich es glauben.«

Mein Blick fiel auf Alyria, welche mich mit angespanntem Blick musterte. Unruhig zupfte ich an meinen Kleidern. »Und dann brachten sie Alyria in den Saal-« Meine Stimme brach, Tränen bahnten sich einen Weg in meine geröteten Augen.

Meine Brust bebte, während ich mich in der Halsbeuge meines Vaters verkroch, welcher sofort einen Arm um mich legte und mir beruhigend über den Rücken strich. Ich wollte nicht in der Trauer versinken, doch es passierte wie von selbst.

Meine Atmung ging rasch, immer schneller rollten die Tränen meine Wangen hinab, verfingen sich letztendlich in dem mintgrünen Stoff von Vaters Oberteil. Die eisigen Augen des feindlichen Königs schienen sich selbst in meine Brust bohren zu wollen und je mehr ich mich wehrte, desto mehr schien es zu schmerzen. Mein Kopf dröhnte, doch Vaters Duft gab mir Kraft, sodass ich kurz darauf langsam den Kopf hob.

Meine Schwester holte währenddessen hörbar Luft, ehe sie mit der Erzählung fortfuhr: »Nuras Haare waren strähnig, ihr Blick so unglaublich leer. Ich habe mich gefragt, ob dies wirklich meine starke Schwester ist, die mich früher immer vor meinem großen Bruder verteidigt und mich heimlich mit in den Talhan genommen hatte, nur um mir das Klettern beizubringen.«

Glückliche Erinnerungen machten sich in meinem Kopf breit, wobei ein sanftes Lächeln die traurige Miene aus meinem Gesicht vertrieb. Alyria schaffte es mal wieder, die Welt von ihren guten Seiten zu betrachten, weshalb ich sie liebevoll in die Arme schloss. »Er schenkte mir die Freiheit und nahm sich dafür ihre. Es war grausam.«

Langsam strich ich Alyria eine Strähne aus dem eleganten Gesicht und sagte mit gefasster Stimme: »Ich habe ritterliche Yhunixkleidung und einen fein geschnitzten Bogen bekommen, alles von bester Qualität. Und einen Brief.« Ich stoppte meinen Redefluss kurz und dachte an Cynes Gesichtsausdruck, als ich den Brief zu Ende gelesen hatte. Selbst jetzt glaubte ich, das Violett seiner Augen auf meiner Haut spüren zu können. Ich musste schlucken.

»Einen Brief, der einen Verbündeten des Yhunixkönigs zwingen sollte, ihm ein Heer bereitzustellen. Der König plant, die Menschheit auszulöschen.«

Stille entstand. Niemand sagte ein Wort. Henno hatte sich entsetzt die rechte Hand vor den Mund geschlagen, Vater hatte seine Hände auf dem Schoß gefaltet, was er immer tat, wenn er nachdachte.

»Das habe ich bereits geahnt. Aber ich wusste nicht, dass es so schnell gehen würde«, sagte er leise, während er mich mit seinen dunklen Augen musterte. »Hast du den Brief noch?«

Stumm schüttelte ich den Kopf, während ich versuchte, das Bild von Cynes schwarzen Haaren und seinen grün-violetten Augen aus meinem Kopf zu verdrängen.

Er war weg.

»Wer dann?«, fragte Mutter leise. Augenblicklich verließ ein lautes Schluchzen meine Kehle. Verwirrt warf Henno einen Blick zu Vater, welcher ebenfalls ein wenig verdutzt schaute.

»Ein Freund«, flüsterte ich lautlos, während ich krampfhaft versuchte die Tränen zurückzuhalten.

Ich würde ihn nie wiedersehen.

Ich versuchte dagegen anzukämpfen, doch jeglicher Versuch, Cyne aus meinem Kopf zu verdrängen, erstickte bereits im Keim. Er bedeutete mir mehr, als ich zugeben wollte. Nie hätte ich gedacht, einmal das Gefühl von Sehnsucht nach ihm in meiner Brust zu spüren.

»Und wo ist dieser Freund?« Vater kratzte sich nervös am Hinterkopf, während Alyria mich nur mit einem interessierten Blick musterte. In meiner Brust machte sich das schreckliche Gefühl einer schmerzenden Leere breit.

Vaters Blick brannte auf meiner Haut. Ich wusste, was er am liebsten gesagt hätte. Der Brief wäre schließlich Beweis genug, um den König zu überzeugen, dass wir uns wehren mussten. Nuria musste sich erheben. Die Yhunix hatten eine ganze Armee, die nur darauf wartete, unsere Hauptstadt in Schutt und Asche zu legen. Ihr letzter Angriff mochte gescheitert sein, doch der Feind machte keinen Fehler ein zweites Mal.

»Wir wurden getrennt«, murmelte ich, ehe meine Beine wie von selbst aufstanden. »Ich bin unglaublich müde, vielleicht sollten wir unsere Unterhaltung morgen fortsetzen.«

Es war egoistisch von mir, nach Hause zurückzukehren und meine Familie dennoch eine ganze Nacht warten zu lassen, ehe ich ihnen von den schrecklichen Erlebnissen erzählte. Jedoch hatte das grausame Gefühl des Schmerzes längst Besitz von meinem Körper ergriffen. Cyne fehlte mir bedeutend mehr, als ich je gedacht hätte.

Er hatte einen Teil in meinem Körper erreicht, der lange verborgen schien, das wusste ich jetzt. Er hatte mir die unglaubliche Vielfalt der Schwächen eines Menschen gezeigt. Überhaupt hatte er mir gezeigt, dass man Schwächen besitzen durfte.

Mein Brustkorb zitterte, während ich mir mit raschen Griffen einige Tränen aus dem Gesicht wischte. Ich versuchte zu lächeln, doch meine Mundwinkel zuckten nicht einmal.

Ich hatte ihn verloren.

Ich verabschiedete mich von meiner Familie und verließ das Zimmer, ehe ich mich mit schnellen Atemzügen an den dunkelbraunen Türrahmen lehnte. Ich schloss die Augen, doch Cynes Gesicht ließ sich nicht so einfach aus meinem Kopf verbannen.

Ob es ihm gut ging?

Ich konnte mir bildlich vorstellen, wie die Yhunix bei ihm zu Hause einbrachen und alles niederschlugen. Die kleine Küche in Trümmern, die Felle auf seiner Liege in Fetzen gerissen.

Was, wenn man ihm etwas antat?

Wenn Mirnas seine Drohung wahrmachen würde? Eine Gänsehaut schlängelte sich über meine Arme, während ich erneut gegen die Tränen ankämpfen musste.

Würde ich ihn je wiedersehen können?

Er verabscheute die Menschen. Er lebte mehrere Tagesritte von hier entfernt und ich wusste nicht einmal, wo sein kleines Häuschen stand. Zumal Vater mir nie erlauben würde, diese Dunkelheit ein weiteres Mal zu betreten.

Dabei würde ich ihn so gern wiedersehen. Seine grünen Augen würden funkeln, wenn ich ihn erneut küssen könnte. Die Spannung zwischen uns im Wald war berauschend gewesen, sodass ich am liebsten alles sofort wiederholen würde. Unbewusst berührte ich mit den Fingerspitzen meinen rechten Mundwinkel.

Seine Lippen waren so weich, dass es fast schon wieder surreal wirkte. Seine Stimme war so sanft, dass ich jedes Mal fürchtete, in ihr zu versinken und nie wieder auftauchen zu wollen.

Still strich ich einige Tränen, die sich erneut einen Weg über meine Wangen gesucht hatten, aus meinem Gesicht. Ich wartete auf die beißende Stimme in meinem Kopf, die mich darauf hinweisen würde, dass er mich manipuliert hatte, doch sie blieb aus.

Ich vermisste ihn tatsächlich.

Mein Herz bebte, der Gedanke an ihn ließ sich selbst Tage nach unserer Trennung nicht vertreiben.

Vermutlich würde ich ihn nie vergessen.

»Möchtest du bei mir schlafen?« Alyrias feine Stimme riss mich aus meinen Gedanken. Ich zuckte zusammen, fühlte mich schuldig, während sie nur verstehend nickte. Laut schniefte ich auf und zwang mich zu einem Lächeln. »Sehr gerne.«

Vorsichtig griff sie nach meinen kalten, langen Fingern, umschloss sie und schenkte ihnen wieder ein bisschen Wärme. Wärme, die mir sogar den Ansatz eines richtigen Lächelns entlockte.

Ich nahm mir vor, jeden Moment, den ich mit meiner Familie verbringen durfte, richtig auszukosten und all die Zeit, die uns auf grausame Art und Weise gestohlen worden war, in den nächsten Wochen und Monaten wiederaufzuholen.

Kapitel 24

Ein lautes Poltern riss mich am darauffolgenden Tag aus meinen unruhigen Träumen. Schmerzverzerrt kniff ich meine Augen zusammen, während ich mir an den stechenden Kopf griff. Ich hatte die halbe Nacht kein Auge zubekommen. Alyria war in Sicherheit und doch quälte mich der Yhunixkönig in meinen Träumen.

»Gut geschlafen?«

Ich zuckte zusammen, während ich die müden Augen öffnete und direkt in ein vor Zufriedenheit strahlendes Gesicht blickte. Meine Mundwinkel hoben sich für den Bruchteil einer Sekunde, während ich meine Augen wieder schloss und ein verschlafenes »Morgen« nuschelte.

»Du solltest dich fertigmachen, es gibt Neuigkeiten!« Alyria sprang mit ihrem vollen Gewicht auf meine Beine, die nur durch eine dünne Decke geschützt wurden, und blickte mich mit ihren braunen Augen an.

Ich verzog kurz das Gesicht und hob anschließend fragend eine Augenbraue. Konnten die Neuigkeiten nicht noch zwei Stunden warten? Meine Geschwister waren schon immer Energiebündel, früher waren sie schon weit vor Sonnenaufgang hellmunter. Ich hingegen genoss die Stunden der Ruhe.

Alyria klatschte aufgeregt in die Hände und riss die dünnen Vorhänge ihres kleinen, sauberen, aber mit etlichen Kräutern bestückten Zimmerchens weit auf. Ich kniff schlaftrunken die Augen ein Stück zusammen und murmelte leise: »Kann das nicht warten?«

Alyria schüttelte ruckartig den Kopf, während ihre Augen hell aufblitzten.

»Der Sohn des Königs ist zurückgekehrt.«

Ich blickte in Alyrias aufgeregtes Gesicht, benötigte aber einige Minuten, um ihre eben gesagten Worte zu realisieren.

Etwas überrumpelt und nicht minder ahnungslos richtete ich mich auf. »War er denn verreist?« Meine Stimme klang rauchig, ein kurzes Gähnen verdeutlichte meine Müdigkeit. Der Königssohn würde sicherlich nicht sofort wieder verschwinden.

»Beeil dich, du musst aufstehen. Wir alle dachten, er sei tot!« Alyria hüpfte neben mir wie ein aufgewecktes Reh auf und ab. Jegliche Angst und Zweifel, die sie die vergangenen Wochen umgeben hatten, schienen hinfort.

Nach wie vor gähnend nahm ich mir eins von Alyrias Kleidern und zog es mir über den Kopf. Meine schmächtige Statur erlaubte es mir zum Glück, Alyrias Kleidergröße tragen zu können. Ich war diesem Umstand zugegebenermaßen sehr dankbar, da ich definitiv nie wieder diese lästige Yhunixkleidung an meinem Körper spüren wollte. Vater hatte sie gestern Abend gleich in das offene Feuer des Kamines geworfen. Ein Bad, nach dem sich mein schmutziger Köper nur zu sehr sehnte, konnte ich anscheinend erst auf später verschieben. *Wundervoll.*

»Was ist das denn für ein Prinz?« Die Aufregung meiner Schwester schaffte es noch nicht bis in meinen Körper, gerade mein Verstand hing ihren Worten noch ein bisschen hinterher. Ich gähnte laut und bewunderte die feinen Stickereien, die sich an den Ärmeln entlangschlängelten. Alyria drehte sich tadelnd zu mir um, während sie sich ihre Haare ordentlich mit ein paar Nadeln zusammensteckte. Ich musterte die vielen einzelnen Spangen und bestaunte anschließend die wunderschöne Frisur, die sie gezaubert hatte.

»Der Sohn von König Baen galt schon Jahre vor unserer Ankunft als verschollen. Man munkelt, dass er von seinem Vater als Strafe für seine aufmüpfige Art in die Wildnis ausgesetzt wurde und dort blutig zugrunde ging.«

Ich verzog angeekelt mein Gesicht. »Das ist ja schrecklich.«

Alyria nickte zustimmend, während sie sich auch an meinen Haaren zu schaffen machte. Sie reichte mir einige feuchte Tücher, mit denen ich den auffälligen Schmutz in meinem Gesicht und an den Händen hinfort wischte. Der Blick in Alyrias kleinen Spiegel fiel mir anschließend gar nicht mehr so schwer.

»Sein Vater soll verkündet haben, dass, wenn sein Sohn jemals wieder hier erscheinen würde, er ihn öffentlich auf dem Marktplatz hängen würde.« Ich verschluckte mich augenblicklich und begann lautstark zu husten. Es war deutlich erkennbar, dass König Baen von der yhunixschen Rasse abstammte. Tränen schossen in meine Augen.

»Und wieso willst du unbedingt zu diesem schrecklichen Prozess?« Meine Stimme war schrill, mein Kopf schien nicht verstehen zu wollen, dass Alyria anscheinend Spaß an einer Hinrichtung hatte. Meine Schwester, die mein plötzliches Mienenspiel verfolgt hatte, hob rasch abwehrend die Hände.

»Nein, nein, wie kannst du nur sowas denken, Nura?! Sobald sich genügend Bürger auf dem Marktplatz versammeln, lässt er seinen Sohn am Leben. So heißt es zumindest.«

Mein Herz schlug mit dieser Aussage beruhigt weiter. Noch ehe ich aber etwas erwidern konnte, klopfte es an der Tür und Vater steckte seinen Kopf durch den Spalt.

»Seid ihr bereit?« Kurz darauf ließ er seinen Blick an meiner Statur hinabwandern. Ein sanftes Lächeln umspielte seine Lippen und ließ ein paar Falten um seine Augen entstehen. »Dieses Kleid steht dir ausgezeichnet. Man könnte meinen, Alyria hätte es für dich geschneidert.« Ich warf einen überraschten Blick zu meiner Schwester, die nur zufrieden lächelte, und bedankte mich anschließend. Gemeinsam verließen wir das kleine Häuschen und ich staunte nicht schlecht, wie viele Menschen zu dieser frühen Stunde auf den Wegen der Hauptstadt unterwegs waren. Die Einsamkeit und

Verlorenheit, die ich gestern Abend noch gespürt hatte, war verflogen und ein buntes Getümmel machte sich in den Gassen breit.

Der Marktplatz war nicht weit entfernt, wir drängelten uns durch einige wenige schmale Gassen und über breitere gepflasterte Wege.

Auf dem großen Platz wurden wir mit lautem Stimmengewirr überrascht. Ich hatte schon lang nicht mehr so viele Menschen auf einem kleinen Raum gesehen. Sie alle unterhielten sich munter, zwischen einigen wurden geheimnisvolle Blicke getauscht. Alyria griff nach meiner schlapp hinabhängenden Hand und zog mich hinein in die bunte Masse, sodass wir nicht nur dabei, sondern mitten im Geschehen waren. Gemeinsam mit ihr bestieg ich ein kleines Podest, um mir einen besseren Überblick zu verschaffen. Die Menschen unter uns lachten, einige streckten aufgeregt die Köpfe zu dem großen Podest oder zeigten auf die verzierten Türen. Mit einem Mal wurde die Masse still. Ich warf meinen Blick nach rechts und konnte einen breit gebauten – wenn nicht sogar *zu gut* genährten – grauhaarigen Mann ausmachen.

»Seid gegrüßt, Bürger Nurias.«

Die Menschen um mich herum gingen langsam in die Knie. Ich tat es ihnen gleich. Gebannt starrte ich zu der kleinen Empore.

»Die erfreuliche Nachricht hat sich anscheinend schon auf den Straßen herumgesprochen.« König Baen, dessen weinrote Königsschleppe sich anmutig um den runden Körper schmiegte, verzog ein wenig verärgert das Gesicht. »Wie Sie alle zu wissen scheinen, ist mein Erstgeborener letzte Nacht zurückgekehrt.«

Die Art, wie der König seine Worte betonte, erinnerte mich zu sehr an die Art, wie man in Eribon mit seinen Untergebenen sprach. Ein unruhiges Gemurmel fuhr durch die Menge.

»Die Königsfamilie, meine Tochter Camille, mein Zweitgeborener Alexander und natürlich meine Frau und ich, freuen uns über dieses plötzliche, überwältigende Ereignis.« Der König versuchte ein falsches Lächeln aufzusetzen, weshalb das Gemurmel der Masse noch einmal anstieg. Unsicher blickte ich zu Alyria, die aber nur gebannt zu dem König sah.

Niemals konnte der König auch nur einen Funken seiner Worte ernst meinen, viel zu gegensätzlich sprach sein Körper. Seine Haltung war verkrampft, die Beine standen unruhig auf dem roten Teppich und wenn ich mich nicht täuschte, dann zitterte seine Unterlippe vor Aufregung.

»Bevor ich Ihnen jedoch unseren plötzlichen Zugang vorstelle, so heißt doch meinen geschätzten Teil meines Hauses willkommen.«

Hinter ihm traten winkend eine große schwarzhaarige Frau mit wallendem weinrotem Kleid und eine nicht weniger schöne, aber deutlich jüngere Frau hervor.

Zwei Männer kamen außerdem aus der Tür zu unserer Linken. Der eine besaß eine unglaublich hohe Stirn und aschblonde schulterlange Haare. Seinen Körper umhüllte eine schwere Rüstung, die ihm aber nichts ausmachen zu schien.

Vielmehr präsentierte er sie mit Stolz. Kaum hatte er seine Hand gesenkt, legte er sie um die Taille der jungen Frau, die ihm liebevoll zulächelte.

Der andere Mann war ebenfalls groß gebaut, die starken Beine steckten in beigefarbenen Hosen und sein Oberkörper wurde von einer eng geschnürten Weste umschlossen. Das silberne Schwert, welches an seinem Gürtel baumelte, glänzte in der Sonne.

Als ich ihm ins Gesicht blickte, fielen mir zuerst die pechschwarzen Strähnen auf, die ordentlich an seinen Kopf gebürstet waren.

Trotz seines gepflegten Aussehens störte eine lange Narbe, die quer über seine rechte Wange verlief, sein ebenmäßiges Gesicht. Die hellgrünen Augen, die er langsam über die Menge schweifen ließ, hinterließen ein unwohles Gefühl in meiner Magengegend und ich war froh, als der König erneut die Stimme erhob.

»Ich bin mir im Klaren, dass in dieser Stadt etliche Geschichten über das Verschwinden meines Sohnes existieren, und ich kann Ihnen versichern, dass sie alle eine Lüge sind.«

Einige erstaunte Laute wurden in der Menge ausgetauscht. Neugierig beugte ich mich ein wenig nach vorn, um den König noch besser erkennen zu können.

»Doch nun soll es an der Zeit sein, in der ich Sie in die Wahrheit einweihen möchte. Ich wage es gar nicht auszusprechen, doch in meinem eigenen Fleisch und Blut hat sich ein Verräter versteckt. Ich mochte es zu Beginn nicht glauben, doch er wandte sich schon früh gegen unsere Familie.« Die Menge, die vorher noch aufgeregt die neuen Erkenntnisse diskutiert hatte, schien nun erstarrt und blickte gespannt zu dem Königspodest.

»Erst zerstörte er kleinere Gegenstände. Vasen unserer geliebten Vorfahren, das edle Besteck meiner Großmutter.« Kurz senkte der König den Blick zu Boden, ehe sich seine leuchtenden Augen direkt in meine zu brennen schienen. Ich schluckte und wandte den Blick ab.

»Doch als er sich an seinem eigenen Bruder – seinem Seelenpartner, seinem Zwilling – verging, musste ich diesem Graus ein Ende bereiten.«

Das Gemurmel der Masse schwoll erneut an.

»Ich gab ihm ausreichend Nahrung, gab ihm Geld, ein Pferd und genügend Kleidung, mit denen er sich in einer anderen Stadt ein neues Leben aufbauen hätte können.« Er schnappte kurz nach Luft. »Ich war gnädig, doch er beschimpfte seine eigene Familie. Er verachtete seine Vorfahren, setzte womöglich selbst diese grausamen Gerüchte in die Welt. Dabei wollte ich ihm doch nur ein friedvolles Angebot zum Vorteil beider machen.«

Der König fasste sich kurz ins Auge, wischte gespielt eine Träne hinfort.

Ich ließ meinen Blick durch die Menge schweifen. Einige Frauen schnäuzten in fein gewebte Tücher, die Männer warfen ihm anerkennende Blicke zu. Das ungute Gefühl in meiner Brust hatte sich längst verselbstständigt und kroch durch meine Venen wie ein Insekt. Innerlich überlegte ich, ob die Menschen zu blind waren, um die Lüge des Königs zu erkennen, oder ob sie diese einfach nicht erkennen wollten.

Ich kannte den Sohn des Königs nicht, aber die Angst vor dem Erstgeborenen schien die Menschen zu blenden.

»Doch nun ist er hierher zurückgekehrt, obwohl wir in einem öffentlich unterschriebenen Vertrag einst klärten, dass er nie seine Heimat aufsuchen würde«, stieß die Königin mit klarer Stimme hervor.

Die Menge warf aufgeregt die Blicke umher. Alle schienen auf einmal den Prinzen sehen zu wollen. Alyria murmelte einige aufgewühlte Worte und griff nervös nach meiner klammen Hand.

Angespannt stellte ich mich auf die Zehenspitzen.

»Werte Bürger, scheuen Sie sich nicht, einem Wesen wie ihm, einem Mann, der seinem eigenen Bruder mordslustig ein Schwert ins Gesicht rammte, ihre Ablehnung zu verdeutlichen.« Die Stimme des Königs zitterte. Etwas entsetzt warf ich erneut einen Blick zu dem schwarzhaarigen Mann, der sich schmerzlich über die Wange fuhr. Im selben Moment schmerzte mein eigener Rücken erneut. Der Hass konnte den Menschen jeglichen Verstandes berauben.

»Zu Ihrer Vorsicht haben wir ihn in Ketten gelegt. Vergessen Sie nicht, Ihre Sicherheit liegt uns am Herzen«, sagte der König, die Lippen zu einer schmalen Linie verzogen. Einige Menschen jubelten erleichtert, stampfend bedankten sie sich, während der König der Wache ein kurzes Zeichen gab.

Der breit gebaute Mann nickte und umschloss den Griff der großen, dunklen Tür. Gespannt hielt ich den Atem an. Mit einem Ruck öffnete er diese.

Die Menge reckte sich und warf aufgeregte Blicke zu der besagten Tür. Immer lauter wurden die Stimmen und immer düsterer der Blick des Königs. Auch ich blickte ruhelos zu der massiven Holztür.

Die Aufregung der Bürger steckte mich an, doch gleichzeitig ermahnte ich mich, mich dieser Nervosität nicht hinzugeben.

Ich verstand nicht, wie eine ganze Stadt so auf einen Moment hinfiebern konnte.

Und dann sah ich ihn.

Danksagung

Schattenschimmer ist mein kleiner Liebling. Hätte mir damals jemand gesagt, dass ich dieses Buch einmal in den Händen halten würde, hätte ich gelacht. Die Idee von Valencien entstand 2017. Ich hatte meine Liebe zum Zeichnen wiederentdeckt und binnen weniger Stunden stand die ganze Landkarte. Zu der Zeit hatte ich noch keinen einzigen Roman bis zum Ende geschrieben, sondern mich immer nur auf Kurzgeschichten beschränkt. Und dann war da plötzlich diese Idee und heute existiert dieses Buch.

Als erstes möchte ich mich bei meiner Schwester Jenny bedanken, die sich immer wieder meine neuen Ideen anhören musste, von denen neunzig Prozent gleich wieder verworfen wurden. Dieses Buch ist dir gewidmet, bleib so, wie du bist!

Mein größter Dank geht an das Team des Wreaders-Verlages, allen voran Lena Weinert, die es möglich gemacht hat, dass ich das Werk heute in den Händen halten kann. Ihr seid klasse, macht genauso weiter!

Dank gebührt auch meiner Lektorin Julie Roth, die sich tierisch über Cynes Stimmungsschwankungen aufregen kann und mich mit ihren Anmerkungen zum Schmunzeln gebracht hat. Du leistest großartige Arbeit, fühl dich ganz fest umarmt!

Ein großes Dankeschön an Jasmin Clawman, die mir dieses wundervolle Cover und all die Grafiken gezaubert hat. Ich liebe sie und kann dir gar nicht genug danken!

Des Weiteren möchte ich mich bei meiner Familie und meinen Freunden bedanken, denen ich lange nichts von meinen Geschichten erzählt habe, die mich aber trotzdem in allem unterstützen. Danke besonders an Janina, die mich bei meinen allerersten Schritten begleitet hat und heute immer noch an meiner Seite steht. Danke an Yara, die jedes Mal völlig ausflippt, wenn ich ihr von meinen

Ideen erzähle, und an Vincent, der mein aufgeregtes Ich ertragen musste, als ich die Zusage vom Verlag erhalten habe.

Zuletzt möchte ich noch allen Lesern danken. Danke, dass ihr dieser Geschichte eine Chance gegeben habt. Ich hoffe, ihr begleitet Nura und Cyne auch im zweiten Teil auf ihrer Reise.

Über die Autorin

M.S. Krüger lebt und studiert in Dresden. Neben dem Schreiben liebt sie lange Spaziergänge an der Elbe, das Rauschen des Meeres und den Duft von frisch gebackenem Kuchen. Sie könnte sich ein Leben ohne Musik und Bücher nicht vorstellen und feiert mit *Schattenschimmer* ihr Debüt.

W READERS